黄河文化丛书

# 黄河民间故事

## 宁夏银川篇

HUANGHE MINGJIAN GUSHI NINGXIA YINCHUAN PIAN

主　编　蔡　菊　邹　荣
副主编　李国强　黄浩宇　仪秀强



黄河出版传媒集团
宁夏人民出版社

**图书在版编目（CIP）数据**

黄河民间故事．宁夏银川篇 / 蔡菊，邹荣主编．-- 银川：宁夏人民出版社，2022.12
（黄河文化丛书）
ISBN 978-7-227-07776-3

Ⅰ．①黄… Ⅱ．①蔡… ②邹… Ⅲ．① 民间故事 - 作品集 - 银川 Ⅳ．① I277.3

中国国家版本馆 CIP 数据核字（2023）第 013279 号

（黄河文化丛书）
**黄河民间故事·宁夏银川篇** 蔡 菊 邹 荣 主编

责任编辑 贺飞雁
责任校对 刘建昌
封面设计 王胜泽
责任印制 侯 俊

黄河出版传媒集团
宁夏人民出版社 出版发行

出 版 人 薛文斌
地 址 宁夏银川市北京东路 139 号出版大厦（750001）
网 址 http://www.yrpubm.com
网上书店 http://www.hh-book.com
电子信箱 nxrmcbs@126.com
邮购电话 0951-5052104 5052106
经 销 全国新华书店
印刷装订 宁夏凤鸣彩印广告有限公司
印刷委托书号 （宁）0026273

开本 787 mm × 1092 mm 1/16
印张 20.75
字数 200 千字
版次 2023 年 11 月第 1 版
印次 2023 年 11 月第 1 次印刷
书号 ISBN 978-7-227-07776-3
定价 38.00 元

## 《黄河文化丛书 黄河民间故事》编委会

主　　任　蔡　菊

副 主 任　邹　荣　李进云　马建军　仪秀江

成　　员　黑生宝　杨晓帆　吴　楠　官　玲　李丽娟　张乐文

田红梅　吴　灵　杨丽娜　黎丽梅　李国强　司文飞

孟宪宁　王文清　陈　卫　黄顺学　黄浩宇　王莲喜

张　青　李　亮　张绍慧　周文君

## 《黄河文化丛书 黄河民间故事》编辑部

丛书主编　蔡　菊

执行主编　邹　荣

执行副主编　周文君　张绍慧　黄浩宇

# 《黄河民间故事·宁夏银川篇》编辑部

主　　编　邹　荣

副 主 编　李国强　黄浩宇　仪秀江

特邀审读　马春宝　何克俭

# 序　一

2019年9月，习近平总书记在黄河流域生态保护和高质量发展座谈会上的讲话指出：“保护、传承、弘扬黄河文化。黄河文化是中华文明的重要组成部分，是中华民族的根和魂。要推进黄河文化遗产的系统保护，深入挖掘黄河文化蕴含的时代价值，讲好‘黄河故事’。”2020年6月，习近平总书记在宁夏考察调研时指出，“要努力建设黄河流域生态保护和高质量发展先行区，继续建设经济繁荣、民族团结、环境优美、人民富裕的美丽新宁夏。”

黄河是中华民族的母亲河，是中华文明的摇篮，也是世界文明的发祥地之一。宁夏是唯一全域属于黄河流域的省区，历史上造就了“天下黄河富宁夏”的独特地域历史文化内涵，蕴含着早期人类在宁夏的活动和农业萌芽，滋生了引黄古灌区世界灌溉工程遗产，孕育了富饶美丽的“塞上江南”，留下了以岩画、长城遗迹等为典型代表的优秀地域文化遗产，呈现出文化多样性和兼容性的特点。近代以来，特别是中国共产党成立之后，党领导宁夏人民在长期革命斗争、社会主义革命和建设、决胜全面建成小康社会实现第一个百年奋斗目标的历程中，宁夏践行“社会主义是干出来的、幸福是奋斗出来的”伟大号召，凭借黄河文化禀赋，一代接着一代，共同团结奋斗、共同繁荣发展，形成了“共产党好，黄河水甜”的时代价值。

宁夏回族自治区党委全面落实中央重大战略决策和战略部署，在《关于深入学习贯彻习近平总书记视察宁夏重要讲话精神继续建设经济繁荣民族团结环境优美人民富裕的美丽新宁夏的决定》《关于建设黄河流域生态保护和高质量发展先行区的实施意见》等文件中，明确提出要准确把握建设黄河流域生态保护和高质量发展先行区的目标定位，建设河段堤防安全标准区、生态保护修复示范区、环境污染防治率先区、经济转型发展创新区、黄河文化传承彰显区，为黄河流域生态保护和高质量发展作出示范、创造经验、打造样板。

宁夏文旅人抢抓机遇，先行先试，瞄准“高质量”，力争新作为，统筹推进，提升黄河文化保护传承弘扬体系化建设，加紧编制《宁夏回族自治区黄河文化保护传承弘扬实施规划》，精选编纂《黄河风辞》，结集出版《黄河文化研究》，加强沿黄文物和文化遗存保护，开展以保护、传承、弘扬黄河文化为主题的文艺创作，成为黄河流域博物馆联盟成员，把黄河文化传承彰显区建设，特别是沿黄文化和旅游业发展作为推动宁夏经济转型升级重要抓手，努力探索黄河文化保护传承弘扬的宁夏经验。

民间故事属于民间文化的范畴，伴随着历史进程，经过不同时代的继承，民间故事往往打上各个时代的印记，积淀深厚，具有特殊的文化历史价值。在沿黄九省区，民间故事是黄河文化的重要组成部分。《黄河文化丛书·黄河民间故事》主要围绕黄河流域宁夏段民间创作并广为流传的具有黄河流域宁夏段艺术特色和价值的民间文学作品。由于黄河流域宁夏段独特的地理位置，宁夏的民间故事主要吸收和扩展了中国传统的农耕文化，体现了天人合一的自然观、生态观，具有包容性、融合性，黄河流域宁夏段全部文明成果的内容和元素，有各民族劳动人民在长期社会生产和创造实践中所形成的价值观念、精神诉求、思维模式、语言表达、文学艺术成果以及行为方式等精神层面的内容；有生产对象、生产技术和工具、饮食、服饰、建筑、制作等物质层面的内容；有各个历史时期形成的有时代特征的地域文化，如移民、边塞、军事、战争以及开渠治河等内容；还有依黄河而生存的各个民族所创造的民族文化的内容。

讲好黄河民间故事，挖掘黄河文化价值。每篇民间故事都表现出黄河民间文化一页页的发展史。宁夏民间故事源于生活，发展于生活，凝聚了劳动人民的智慧，反映了历史风貌，反映着人民对生活和社会的思想情感，也反映着人民的理想愿景，展现了黄河流域人民群众的生活风貌、思想情感，讲述和传承着不屈的黄河精神，准确阐释黄河文化的精神内涵，从一个侧面展现黄河流域宁夏段文化发展脉络、历史遗产遗存、文化特征特色，深入挖掘黄河民间故事蕴含的价值，对丰富黄河文化内涵有着非常重要的意义。

讲好黄河民间故事，保护黄河文化遗产。黄河在宁夏境内铺展出渠网纵横、百谷百蔬的动人景象，有多少传奇就流传着多少丰富多彩的民间故事。黄河流域宁夏段民间故事中有黄河文明起源的故事，有展现黄河精神的故事，有黄河泛滥与治理的故事，有描述风俗物产的故事，有描述风景古迹的故事，等等，涉及境内的名村名镇、传统村落、历史建筑、工业遗址、水利工程遗产、农业文化遗产、引黄古灌渠、黄河渡口、人文景观等，这为阐释黄河文化内涵和时代价值提供了支撑。

讲好黄河民间故事，发展黄河文化旅游。高质量发展是新时代的主题。民间故事是民众从生活体验出发，将对于生活的经验、人生的知识和美好的愿望注入故事的创作之中，因其独特的区域地理环境、多元的历史文化的创作背景，黄河流域宁夏段孕育的民间故事表现出包容性和地域性并存、题材多样性的基本特征。新的时代，我们需要深刻认识文化和旅游机构重组的重大意义，也需要深刻认识文旅整合的重大意义，文化的注入，是文化旅游业高质量发展的前提和条件。作为全国第二个省级全域旅游示范区创建单位，宁夏坚持生态优先、绿色发展的理念，着力推动文化旅游发展转型升级，发挥好文化和旅游“大产业、大民生、大展示”的辐射带动作用，充分发掘黄河文化和旅游资源，依托宁夏生态文明建设成果、脱贫攻坚战略成果、厚重历史文化底蕴，紧跟消费个性化、多样化、高端化的新趋势，精准定位消费群体，创新推出沙漠游、星空游、长城游、乡村游、红色游、研学游、康养游等旅游系列产品，推进全域旅游发展，形成文化旅游发展新的经济增长点。在此新的战略背景下，民间故事作为人人喜爱的内容和形式，将成为文旅融合的重要内容之一，将成为着力打造黄河生态景观带、黄河文化旅游特色精品带、黄河旅游交通带、黄河城乡致富带和黄河流域交流带的重要资源，在新的时代彰显新的生命力，大放异彩。

《黄河文化丛书·黄河民间故事》由宁夏民族艺术研究所组织专家、学者搜集，整理编纂，内容包括神话、传说、轶事、古迹、风景、风物、风土、风俗和风情，该丛书每册20万字。在此，感谢参与本书策划、撰稿、出版的各位专家学者，感谢大家为保护、传承、弘扬黄河文化贡献智慧和力量。

蔡　菊

2021年9月



*作者系宁夏回族自治区文化和旅游厅党组书记、厅长、文物局局长兼任自治区党委宣传部副部长。

# 序 二

在历史悠久、绚烂多姿的黄河文化中，中华民族的历代先祖贤达们，为后世与后人留下了内容丰富、形式多样的地域民族文化与地区民间文艺的瑰丽宝藏。其中，“黄河民间故事”便是一方永远闪烁着历史余晖与时代光芒的“珍玉奇石”。

黄河民间故事存在历史久远、形成年代不一、涉猎内容宽泛、留存形式多样、语言生动活泼、篇幅短小精当、流播区域广阔、受众群体庞大，且风格多样、主题深刻、特色鲜明、特点突出。这些优点与长处，在其神话、传说、轶事、古迹、风景、风物、风土、风俗、风情等各类题材、形式中，都有绝佳表现。

黄河流经宁夏全境约 400 千米，其中流经银川段总长度为 83.8 千米，途经灵武市、永宁县、兴庆区、贺兰县 4 个县（市、区），占黄河宁夏段的 21.1%。俗话说“天下黄河富宁夏”。而黄河银川段，正是黄河宁夏段最富饶、最亮丽的核心区域，是宁夏政治、经济、文化、社会的中心区域，同时，也孕育了银川地区丰厚的黄河文化底蕴。黄河银川段年均过水量 300 余亿立方米，形成秦渠、唐徕渠、汉延渠、惠农渠、西干渠、东干渠等多条引黄干渠，尽得引黄灌溉之便利。除引黄干渠外，目前银川市还拥有自然湖泊、沼泽湿地近 200 处，面积达 5.31 万公顷，水系水域面积占城市建成区面积的10%，是西北重要的鸟类栖息地之一，曾获得全球首批“国际湿地城市”称号。此外，银川市还拥有典农河、鸭子荡水库、鸣翠湖3个国家级水利风景区及阅海、鸣翠湖、黄沙古渡、宝湖、鹤泉湖5个国家级湿地公园。这一切，均得益于黄河水的滋养与恩惠。

《黄河民间故事·宁夏银川篇》收录流传在银川三区两县一市及周边地区的民间故事，从神话、传说、轶事、古迹、风景、风物、风土、风俗、风情等多个方面记述了流传在黄河流域宁夏川区段的民间传说，内容涉及山川湖渠、地容地貌、农耕畜牧、文物古迹、风景名胜、人文精神、风土人情、民族风俗、地方特产、政治经济和非物质文化遗产等诸多方面。这些民间故事，有的直接采自民间，较为原始，对研究黄河流域宁夏段的文化沿革与发展演进有着重要的参考作用；有的经过后世文人加工改编，对丰富宁夏银川地区民间文化，提升宁夏在黄河流域文化彰显区知名度起着重要的作用；有的则通过记述重大历史事件和重要历史人物的趣闻轶事，让更多的人能够直观或间接地从更多层面了解银川、认识宁夏。这些宝贵的民间故事，在不断保护、传承、弘扬黄河文化的同时，也从多个侧面展现了黄河银川段丰富多彩的特色旅游资源，吸引了众多中外游客来此地观光旅游与进一步体验黄河文化所具有的独特魅力，并在提升发展宁夏文化旅游业中发挥着重要的作用。此外，内容丰富、形式多样、生动有趣、引人入胜的民间故事，对于整合著名景区景点旅游资源，将黄河文化与中华优秀传统文化，以及红色文化等紧密结合起来并不断挖掘其文化价值及衍生产品文化经济附加值、保护文化遗产、发展文化旅游，打造黄河文化旅游带、传承黄河文化等，都将发挥出独特的重要作用。

赵苏平

2021 年 9 月



* 作者系银川市艺术研究室创研室研究员，退休。

# 目 录

## 神 话



## 传 说

**铁 事**

**古　迹**



**风　景**



**风　物**

**风　土**

# 神话

# 铁牛的传说

在银川市中山公园银湖岸边，卧着一头背阔腰圆的大铁牛。它翘角昂首，一双大眼睛直愣愣地盯着前方。听老人们讲，这头牛还有一段传说哩。

在很久很久以前，南起永宁，中经银川，北接贺兰，有大大小小七十二个湖，远远望去白茫茫地连成一片，人们都叫它七十二连湖。现在的银湖正好在中间。七十二连湖周围，住着千百户的老百姓，整年靠种稻打鱼挖藕过日子。庄子上有个小伙子，叫黑保，父母早年去世，只有他孤身一人，种着两亩水田打发光阴。他膀大腰圆，力大无比，几百斤重的碾盘端起来绕着庄子走三圈不打腾腾，远近的庄户人都叫他铁牛。

俗话说“山大走虎，水大游龙”。传说泾河老龙和洞庭湖老龙是干亲。有一年，洞庭湖老龙领着几个儿子走亲戚，绕道从七十二连湖经过，三龙子看中了这方圆几十里的鱼米之乡，觉得这里不亚于洞庭湖畔，于是就禀告洞庭湖老龙，要求留在湖里。洞庭湖老龙考虑再三，就叫三龙儿留下了。临别时，他特别安顿三龙子，说：“你生性好动，脾气暴躁，留在七十二连湖中，只能安分守己，司雨降水，保证这鱼米之乡风调雨顺、五谷丰登，切不可鲁莽行事。否则，将家法处置。”三龙子连连点头称是。就这样，洞庭龙王三公子便住进了七十二连湖。

日月如梭，转眼过了三年。有一天，三龙子闲着没事，周游七十二连湖，一时玩得起劲，忘了老龙王三年前给他说的话，竟然摆起威风来，瞬间湖水浊浪排空，天昏地暗，一不小心，撞通了海眼，大水咕咚咕咚地直往上翻，不大的工夫，七十二连湖水涨了三尺，湖滩上的大片庄稼被淹，黑保种的两亩水田也塌进了湖里面。三龙子一看势头不好，一边赶快用身体堵住了海眼，一边后悔自己闯了大祸。说也奇怪，湖水顿时降了下来。可是，自从三龙子堵住海眼后，七十二连湖慢慢干涸了，往日水波粼粼的碧湖眼看着变成了坑，湖里再也长不出荷花，采不到莲藕，打不上鱼虾了。黑保家的两亩水田变成了碱滩。三龙子思忖：这可不行，我得动弹动弹，叫海眼里的水往外冒一点。可是刚一翻身，七十二连湖马上波涛滚滚，恶浪翻涌，眨眼的工夫，方圆几十里又成了一片汪洋大海。三龙子一看，又赶快放定身子，死死堵住海眼。时间不长，七十二连湖又变成了干滩。这样反反复复，这块地方不是涝就是旱，以前的鱼米之乡变成了一片碱滩，远远望去，白花花一片，太阳一照，像是撒了一层银粉。日子长了，人们就把这个地方叫做银川。从那时候起，七十二连湖周围就流传下这样一首口歌：“龙翻身，恶浪涌。龙不动，地裂缝。”

就这样旱了涝，涝了旱，把当地的老百姓折腾苦了。不久，三龙子闯祸的事一传十，十传百，传到泾河老龙的耳朵里。之后，这个消息又传到洞庭龙宫。洞庭老龙大发雷霆，立即要召回三龙子用家法处置。谁知三龙子一挪身，海眼又咕咚咕咚地冒出大水来。一阵工夫，七十二连湖又成了一片汪洋大海，水也一直没有退下去。

有一天，黑保正手扶着犁把惆怅地望着被水淹了的田地发愣，从路上走来一个白胡子老汉，拍了拍牛脊梁说：“牛通人性，大水可镇。”黑保一转身，老汉就不见了。黑保越想越觉得奇怪，就赶快跑回村，把自己刚才见到的事告诉了乡亲们。不大的工夫，白胡子老汉的话就在庄子上传红了。可方圆几十里的地方，大小黄牛、黑牛、花牛少说也有几百头，哪一头是通人性、镇大水的牛呢？有人出主意，干脆把牛都拉来一起往湖里赶，说不定还真有一头镇住大水的牛呢！大伙觉得这个主意不赖，就分头招呼有牛的人家，赶快把牛集中起来，第二天，远远近近的老百姓都像赶集一样，拉着牛，来到七十二连湖畔，不到一上午，湖滩上黑压压地挤了一大群牛。一阵梆子响，几百头牛一齐被人们用鞭杆赶入湖中。有的牛下水打了个旋旋，就赶快往湖边靠，有的牛，下水沿湖边走了半截就上岸了；有的牛，站在水里直打呼噜不往前走；有的牛，往前走了几丈就掉过头来。你挤我，我顶你，没有一头敢往深水里走。岸上的人，有的急得直往湖里撂土坷垃，有的急得大声喊，有的用鞭杆把刚爬上岸的牛又往湖里赶，一时间，湖滩上、水面上乱成了一锅粥。有人说：“算了吧！我们是生就的苦命遭水淹，哪有镇大水的牛？牛鞭杆甩断也白搭，干脆各拉各的牛，各回各的家！”黑保一听，跳起来说：“这么说，白胡子老汉的话白说了？”当下，大伙又七嘴八舌地议论开了。有个好事的人接着话茬子笑着对黑保说：“可惜你光有个铁牛的绰号，要真是头牛，那肯定能镇住大水！”惹得大伙哄堂大笑，一个个拉着牛走散了。

说话的无心，听话的有意。黑保拉着牛回家，边走边想：“真的，我要是头牛，就一定能镇住大水！”从那天起，黑保走着想，站着想，吃饭不香，睡觉不甜，想着出神了，还"哞哞"地学几声牛叫。

一天夜里，黑保做了个梦，梦见一个白胡子老汉，和他那天见到的老汉是一个眉眼。老汉笑着问黑保："孩子，你有心变黄牛，退大水救大家吗？"黑保回答："要是能行的话，我愿意变头黄牛。"老汉又说："可要吃苦呀！"黑保回答："只要能退大水，叫乡亲们过上好日子，再大的苦我也吃得起！"老人慈祥地点点头，说："将你家黄犍牛的皮披在身上，绕着七十二连湖跑三圈，你就会遇上一个老汉。他用鞭子打你，你就要学着牛叫唤，打一下，叫一声，挨过七七四十九鞭后，你的心愿就达到了！可是，记住：千万不能回头看！"老汉把话说完就不见了。黑保猛地惊醒一看，天刚麻麻亮。

黑保起来，就按照老人的吩咐，披着牛皮沿着湖滩跑了起来。方圆几十里的七十二连湖，要跑三圈——够受啊！可黑保什么也不顾，只管披上牛皮往前跑。跑呀，跑呀，满身的汗水掺着牛皮上的血水直往下淌。跑过头一圈，他的身子轻了，汗不淌了；跑过第二圈，牛皮好像裹在身上了；跑过第三圈，牛皮就像贴在身上了。黑保从太阳升起跑到太阳落山，从月亮升起跑到东方发白，三圈子跑了一天一夜。第二天太阳刚冒红，从湖滩上走过一个老汉，黑保刚跑过去，老汉赶上一步，叭的一声朝着黑保身上甩了一鞭。黑保只觉得浑身发紧，跌倒在地。等他爬起来时，四肢变成了四条腿，黑保"哞——"地叫了一声，又赶紧往前跑，只听身后又是叭的一鞭，黑保觉得头发紧，又"哞"地叫了一声，头上就长出了一对角，黑保这下干脆站着不动，任凭鞭子一下又一下地抽过来，开始十几鞭，一点也不觉得痛，后来十几鞭，身上感到痛，可张口一叫唤，疼痛马上就消失了。于是，他一鞭一叫唤，一鞭一叫唤。黑保挨过七七四十九鞭，一转身，只看见一个白胡子老汉站在他身边。他想说话说不出，喊出的声音像牛叫唤。白胡子老汉摸着牛脊梁说："孩子，你吃苦了。走吧！退大水的日子该到了。"

这天下午，白胡子老汉牵着黑保变成的黄犍牛沿着湖滩犁田，犁头往湖边犁一步，湖水退一步，犁两步，湖水退两步。黄牛走得紧，湖水退得快，犁头逼得湖水直往海眼里灌。不大工夫，原来被水淹的地方都露出了水面。忽然从旁边走过来一个黑大个，冲着白胡子老汉喊："洼湖在哪边？洼湖在哪边？"声音大得像雷吼。老汉掉头一看，扬起鞭杆一甩，往前一指："洼湖就在前面！"话音刚落，就听得轰隆一声巨响，从湖中海眼的上空落下一座塔来，压得湖水又直往滩上涌。刚涌到黄牛脚下，只见黄牛一卧水又退了回去，湖水哗啦啦地直往塔座下面灌。塔落稳了，黄犍牛也卧定了。慢慢地，水退了，塔座露出了水面，塔尖子秃了半截。塔边上，卧着一头健壮的铁牛。有人说，这座塔就是洞庭湖三龙子受罚后变的，而那个白胡子老汉就是泾河老龙，为了叫洞庭湖三龙子记住教训，他特意甩了自己干侄一鞭杆。那头铁牛是黑保变的。为了纪念黑保，人们便把这座宝塔叫做黑保塔，日子一长，又顺口改叫"海宝塔"。

宝塔镇住了海眼，铁牛逼住了湖水。从此以后，连成片的七十二连湖中间慢慢地出现了大块大块的滩地，一片汪洋被分割成大大小小的湖泊。不知又过了多少年，塔尖补上了。海宝塔和铁牛中间也出现了大块土地，湖也分成了两角，一个叫塔湖，一个叫银湖。铁牛世世代代卧在银湖岸边，还在逼着湖水，防止它上涨、漫延，淹没土地。经过多年的努力，这里成为著名的鱼米之乡。

**搜集整理：贺吉德**

# 周家大庙的神树

相传，在清朝光绪三十四年，宁夏府宁夏县“李祥堡”祁家营地方有座庙，是康熙访宁夏时修建的。有一年七月十八日过庙会演皮影戏。领班人是陕西环县人，外号叫“徐洋炮”，本名徐成英。他的皮影戏进入宁夏以后，在宁夏各地声名飞扬，当地人都夸奖徐洋炮的灯影子戏，双手能提四个皮影人打仗，并且四个皮影人的手脚都能动弹。因此，张政桥渠东西两岸的人都来看灯影子戏。白天演的是“木偶”戏，看戏的人是人山人海热闹非常。“镇河堡”周家庄子的年轻人也来到祁家营子庙会看搁猴子（木偶）。戏散了以后，他们回到家里，对老人说：“‘祁家营子’的人能唱‘灯影子’，我们周家是镇河堡有名的周大户，就不能唱个灯影子戏，叫人家都来看一看吗？莫叫别人家耻笑。”老人晚上串门拉闲话，就对一些人说：“哎，今天下午年轻娃娃子说祁家营子的人能唱灯影子戏，我想和大家商量一下，我看咱们也办一场吧！”他们一听都说：“我们早有这个心思，那能花多少钱？老叔，你来领头，咱们就办一场吧。”第二天，老人们商量着盖厢房。房前又栽了两棵小青杨，当地人叫它“鬼拍手”树。

之后，他们请来徐洋炮唱了七天皮影子戏。过了多年后，他们还请了塔桥张德唱了七天皮影戏。

那两棵树到了民国二十年已经长到三丈多高。四边的围子已有十几丈宽。站在远处一看，非常好看，好像两把伞插在庙前。有一年忽然鹊庄鸟、白庄鸟在鬼拍手树上坐窝下蛋抱仔子，当地人一看都感到很奇怪，大家都说："这个鸟自古以来是在湖里垒窝的东西，怎么来到树上垒窝呢？"正在这个时候，树中间又流出黑油。正好庄子上的老王眼疾发作，疼得很，他无意间用手沾了一点黑油涂抹患处，说起来也很奇怪，第二天王老汉的眼睛竟然不疼了。可巧碰上七月二十四日周家庙会，附近的人都来了，王老汉把他抹了神树油眼睛不疼的事告诉了大家，这些人一听都认为这棵树是"神树"。有的人眼睛疼就把黑油抹到眼皮上，手疼抹到手背上，头疼抹到脑门上，肚子疼则把黑油喝到肚子里，第二天都感到不疼了。这一下一传十，十传百，轰动了整个镇河堡，有很多人纷纷来求神树油，有的人还扯上三尺红布挂在树上。周家庄子就这样兴旺了起来。中华人民共和国成立后，生产队拉上沙土撒在树的四周，一年垫上一二百车鹊庄鸟粪……

**讲　　述：赵生仁**

**搜集整理：王仰甫**

# 海子湖的金马驹

海子湖旁边住着一个姓郭的老汉，他在湖边开了一片荒地。种了些稻子，稻子长势很好，老汉心里非常高兴。

一天，郭老汉到稻田去看稻子。一到那里，老汉被气糊了。原来是自家的稻子不知被谁家的牲口吃了。老汉再看田埂上，有几个马蹄印。这一下，郭老汉心里盘算着自言自语道："怪了，这方圆稻田很多，马要吃稻子，得先吃边上的，再吃里面的。这怎么外面的不吃，专跑到里面吃来了？这不是老鸦窝里逮鱼——怪事一桩吗？嗯，这里面有鬼！十有九成是黄万金那小子干的坏事。他故意把马牵到这里，欺负我老汉，哼，我跟他没完。"

回到家里，郭老汉把这事给老伴讲了。老伴说："你呀，别瞎猜人家啦，人家跟你再过不去，能干这种事吗？"郭老汉说："不干这种事？你想想，我们这方上，谁家有马？除了他还有谁？我看呀，是他也是他，不是他也是他，不会有别人！"说着，老汉就找了个黄叉，立在门后，单等天黑就去田里，要是那小子再把马赶来，非用黄叉把它戳死不可！

天黑了，郭老汉扛着黄叉到海子湖去了。他在湖边临时搭了个窝棚，里面放了干柴，人就躺在柴上。夜深了，郭老汉左等不见黄万金的马来，右等也不见它来。一直等到三更天还不见来，郭老汉等得不耐烦了，他自言自语了几句便倒头就睡了。

郭老汉刚合眼，猛听见海子湖里“哗啦哗啦”地响起来。这一响，把郭老汉吓了一跳，哎哟，这可怪了，海子湖里哪来这么大的响声？不行，得出去看看，于是他拿了黄叉，急忙走出窝棚。

郭老汉从窝棚出来，没敢声张，悄悄溜在窝棚后面。他探头向海子湖里看去，这一看竟然把他给看傻了。原来从湖里上来一匹小马驹，那马驹一身金光，把周围的田地照得通亮通亮。马驹每踏一步，身上的金光就“忽忽”地闪两下，极像打雷闪电那样子。郭老汉可是惊呆了，大气不敢出，悄悄地蹲在窝棚后面。这时金马驹上岸了。一上岸，金马驹停下了脚步，回顾四下。郭老汉觉得奇怪，又把头探了出去。他仔细一瞧，吓了一跳。那金马驹就在窝棚跟前，两只眼睛就像两个大铜铃，金晃晃的。金马驹的两只眼睛看到哪里，哪里就出现两个金黄的大圆圈子。这一下，郭老汉才明白了，这是一个宝呀。于是，他不知从哪里来的一股天胆蓦地往起一站，嗖的一下子把黄叉扔了出去。金马驹在岸上瞅窝窝，猛一眨眼瞅见一个人在前面站了起来。金马驹受惊了，把头一甩，转身就跑。可是迟了，黄叉已经飞了过来叉到它的尾巴上。金马驹挨了一黄叉，闪着金光“啪踏啪踏”下湖去了。

郭老汉没有叉着金马驹，急忙找到黄叉连夜回到家里。

回到家里，郭老汉把刚才的事向老伴说了。老伴听了不信，说：“尽是你的故事，一阵说黄万金的马吃了你的稻子，一阵又说你看见了什么金马驹。嘿，把你说得怪值钱的，金银财宝能轮到你吗？我看呀，一定是你老眼昏花了。”

郭老汉一听老伴说他眼睛花了，立刻把眼睛一睁，说：“哎，半夜三更的，说那些话干啥？我眼再花，能把真的看成假的？”说着他往炕沿上一坐，“吧嗒吧嗒”抽起旱烟来。老伴不和他争了，把被子往身上一盖，说：“快睡觉吧，明天还要下湖呢。”郭老汉还没睡下就看见满屋透亮，金光光的。郭老汉急忙推了老伴一把说：“哎，快起，你看屋里咋了？”老婆子往起一翻，发现屋里有光，接着她随口说道：“怕是天亮了吧！”郭老汉回了她一句：“胡说，鸡还没有叫呢，你等等，我把灯点着看看。”郭老汉把灯点着了。灯一点着，屋里什么也没有了。这一下郭老汉有点奇怪，他正犹豫，老婆子又说：“你把灯再吹灭，看看是个啥？”郭老汉把灯又吹灭了。灯一灭，屋里又亮起来。突然老婆子喊了起来：“哎，这就怪了。今天是咋了？你看，你看门背后的黄叉！”郭老汉仔细一看，那黄叉明崭崭的，把满屋照亮了，这一下郭老汉喜出望外，他急忙下得炕来，走到门背后，拿起黄叉仔细一瞧，原来金马驹的几根马尾缠在黄叉上。郭老汉把黄叉拿到灯前，小心翼翼地把马尾一根根解下来，盘了一个圈，放在手里他掂了掂，看了看，这圈金马尾金灿灿、沉甸甸。郭老汉一发财，金马驹的事也就传了出去。打那以后到海子湖找金马驹的人络绎不断，由此而丧生毙命的亦不计其数。

讲　　述：黄云山

采录整理：李家军

# 金蜘蛛的传说

宁夏城里的西塔，传说很早以前塔顶总是金光闪闪的，可是后来塔顶不再闪光了。

传说宁夏城小南门有家油坊，油坊门前挂着一个用乱麻编成的大油圈，这是油坊的一种标记。一开始，这家油坊买卖也不怎么样，后来他的生意可不得了啊，由原来的一家小榨油坊变成宁夏城里最大的一家大榨油坊。

有一年，从南方来了个珠宝商，他拉着一峰骆驼在宁夏城里收购珠宝。这天，珠宝商来到小南门，一眼就看见了大榨油坊门前的大油圈。南方那个珠宝商眼睛识货呢，人家老远就看见大油圈上有个金色的蜘蛛网，太阳一照，金光灿灿。这蜘蛛网上有一根金丝一直拉到塔顶上。微风儿一吹，那金丝儿就像缀满了金珠儿，一闪一闪。珠宝商见此情景高兴极了，他走进油坊对主人说："主人家，将你门前的幌子——大油圈卖给我好吗？"

主人听罢笑了笑说："哎——这个油圈是我开油坊做买卖的幌子，它能值几个钱？"珠宝商说："哎，值不值钱，你随便说个价嘛！"主人说："这个嘛，又脏又黑，值不了几个钱，你要的话，就给十文钱吧。”珠宝商二话没说，就给了他十文钱。珠宝商把钱给了油坊主人后，又对他说：“这个大油圈我先不拿，你让它先挂着，我过两天再来取！”

主人说：“行行，你忙吧，啥时来取都行！”

“行，就这么定了！”说完珠宝商就走了。

第二天大榨油坊门前的那个油圈突然不见了，主人很着急，担心珠宝商来了没法交代，可是主人一连等了几个月，也不见珠宝商来，时间一长，他也不放在心上，只好重新做了个大油圈，挂在他家的大门口。

大榨油坊门前的那个大油圈是被珠宝商夜里悄悄拿走的。那天夜里，小南门的人都睡得死死的，珠宝商拉着骆驼独自来到大榨油坊。他一到这里就看到了西塔顶上有个金晃晃的东西。他守在大油圈底下等到半夜，西塔顶上那颗金晃晃的珠子顺着一根发亮的金丝直往下滚，一滚就滚到大榨油坊门前的油圈上，珠宝商定眼一看，乐坏了，油圈上不是别的，果真是只晶亮的金蜘蛛，把个大榨油坊照得金亮金亮的。珠宝商急忙让骆驼卧倒，他站在驼背上，骆驼一起身，珠宝商的手就搭上蜘蛛网了。接着，他把大油圈轻轻地从房檐下摘下来，然后，他拉着塔顶上的那根金丝一点一点往回收，直到把那根金丝都缠在油圈上，他才停住。之后，珠宝商把大油圈一装，骑上骆驼从小南门溜走了。

大榨油坊门前的大油圈被盗走后，西塔顶上再看不到金光闪闪了，大榨油坊的买卖也一天不如一天，最终倒闭了。

**讲　　述：黄云山**

**搜集整理：李家军**

# 樱桃仙女

在很古以前，贺兰山里有个樱桃岭，岭上的樱桃树密布山涧。树林当中有一棵樱桃树长在悬崖绝壁之上，传说这棵树长了九百九十九年。树下有个仙女洞，洞里有个樱桃仙女，经常在樱桃岭上跳舞、唱歌、采花、采药。

贺兰山下有个梨花滩，滩上野花遍地，草儿青青，野鸭成群，野羊成对。

从贺兰山里流出来十二道泉水，流到梨花滩上，绕了九十九道弯，流成了九十九个潭，站在山顶向滩上望去，泉水泛着银波，活像一朵盛开的梨花，梨花滩因而得名。

每年滩上在野花盛开的季节，樱桃仙女就驾着白云来到梨花滩，采花戏水，梳妆打扮，赏玩着滩上的风景。

梨花滩上住着个农夫叫马成，马成老汉身后留下两个儿子，长子马贵，生性歹毒（外号狼崽子）；幼子马永，年刚十八，为人忠厚，心地善良，刻苦耐劳，远近闻名。马贵的妻子杨氏，心肠毒辣（外号七寸蛇）。自从他爹走后，马贵夫妻吃喝浪荡，不务正业；马永一年到头顶着星星，背着太阳，苦死苦活地养活着狠心的哥嫂。就这样马永还是经常挨打挨骂，吃不上一顿饱饭。马永忠厚善良的心肠和苦难的遭遇被樱桃仙女看在眼里。樱桃仙女很同情马永。不久，她对马永产生了爱慕之心。

樱桃仙女看马永孤苦伶仃，就让一只小狗给他做伴。一天，马永在山里打完柴回家的路上见到了这只小狗，小狗跟着马永回到家里。从此，马永和小狗形影不离。几个月后，小狗长得又壮又大。

马成老汉留下了一些家产，马贵夫妻怕马永成家后要分家产，就想趁机把他赶出家门，独霸家产。

这天马永从地里劳动回来，狠心的哥嫂提出让马永分家另过。马永提出了分家产就被他狠心的哥嫂毒骂了一顿。最后，他们把这只狗作为了一份家产叫马永牵走。忠厚老实的马永忍气吞声，流着眼泪，领着他的狗离开了家门。走了几里之外，忽见滩上有一间刚盖好的茅屋，马永就在这间茅屋里暂时安下身来。第二年春天，冰消雪化，草儿发芽，滩上的野鸭漂满了池潭，一排排大雁从南方飞来，在滩上造窝繁殖后代。滩上的农夫开始了春耕。马永在滩上开了一块荒地，准备种上粮食度日。他没有牲口犁田，眼望着肥沃的土地无法耕耘，心里发愁却又没办法。中午他在地里睡着了，樱桃仙女驾着白云来到他的身边说："马永啊，马永，你没有牲口犁田，就套上你的狗去犁吧！"说完樱桃仙女驾着白云飞去。马永醒来又惊又喜，他想套好犁试一试。谁知他刚把狗套在犁上，狗向天空狂吼两声，拉着犁铧像飞跑一般，犁铧后面的泥土像泥花一样开放，还飘着香味，不一会儿一块地就犁完了。

田犁好了没有种子，马永又犯惆怅，无法可想，无可奈何地拿了一条小布抽抽到他哥哥家去借种子。他哥哥不在家，马永对他嫂嫂苦苦哀求了半天，他嫂嫂说："看在兄弟的面上，借给你一升谷种，秋收以后一升要还五斗。”马永说：“只要借给种子把地种上，五斗就五斗。”马永坐在门外等着，他嫂嫂量了一升谷种倒在烧热的锅里炒熟，偷偷给马永装在口袋里。事情也巧，在炒谷种的时候，一颗谷子漏在锅台上没炒，也被装在布口袋里了。马永把谷种拿回家去，连夜种在地里。自从谷种下地，他白天黑夜守在地里精心务育。几十天过去了，人家地里的谷苗都已长出来了，唯独马永的地里还是一片黄土，不见谷苗出来。他愁得寝食不安，只怪自己命苦。

一天中午，马永在地里干营生累了睡着了，樱桃仙女又来到马永的身边，对马永说：“马永啊，马永，你借你嫂嫂的那升谷种，被你嫂嫂用锅炒熟了，不能发芽了，当中有一颗漏在锅台上没炒，这颗种子已经出苗，就在东南角上，你好好操心，长成之后足够你吃几年。”马永醒来觉得十分奇怪，看看四周什么也没有。他坐在地里纳闷，想起姑娘刚才说的话，他就向东南方向走去，果然有一棵谷苗，他这才相信了姑娘的话。从这天起，马永白天黑夜守在地里，精心施肥、浇水、锄草、松土，天天手脚不闲。谷苗长得飞快，不久就枝繁叶茂，多半叶子将半块田遮住了，马永越看越高兴，天天躺在田地边歇凉。到了秋天，树上吊满了谷穗，黄得像金子，穗头就有胳膊粗，割下来打了足有五六石。他从中量了五斗还清了他嫂嫂的谷种。

马永有了粮食再也不愁吃的了，可狠心的马贵夫妇好吃懒做，不到一年光景把他爹留下的家业全吃光了。

第二年播种季节又到了，马永又套上他的狗去犁地，犁了一会儿地便在地边歇缓。从远道来了一个富商，骑着高头大马，赶着一群膘肥体壮的犍牛向他走来。富商走到马永跟前，见马永的犁铧上套着一只狗，商人感到奇怪，问道：“小伙子，你把狗套在犁铧上干啥？”马永说：“套狗犁田！”商人闻听，哈哈大笑：“我走云南下四川，还没见过狗犁田。”马永说：“今天叫你见一见。”商人说：“你的狗能犁完这块田，我输你一头大黄犍牛。”只见马永手扶犁杖大吼一声，狗拉着犁铧飞跑起来，不一会儿，一块地就犁完了。商人惊得目瞪口呆，就将一头犍牛输给马永。

这件事被他哥嫂知道了。第二天，夫妻俩跑到马永的家里，七寸蛇装出一副可怜样子，流着泪说：“马永啊，你是我的好兄弟，我还有二亩地没犁，看在你哥哥的面上，把你的狗借给我们犁地。”好心的马永被七寸蛇的几句假话给骗了，他答应借给他们。夫妻二人牵着狗来到地里假装犁地，单等着好事到来。正在这时，只见远处一个商人吆着一群骏马飞奔而来。到了地边，商人骑在马背上看见地里的犁铧上套着一只狗，感到十分奇怪，问道：“这位大哥、大嫂，你们把狗套在犁上干啥？”杨氏舌尖嘴快，开口答道：“套狗犁田。”商人说：“我老汉活了七十三，走山东下河南，两湖两广都走遍，还没见过狗犁田，你的狗能犁完这块田，我的骏马你挑好的牵。”

马贵和七寸蛇听了商人的话，高兴极了。只见杨氏牵狗，马贵扶犁，长鞭甩开啪啪几声响，又吼又喊，狗站在地里一动不动。马贵向狗猛抽几鞭，狗大吼几声，张开血盆大口，扑到他夫妻二人身上一顿猛咬，只咬得这两个坏蛋满身鲜血直流。这时商人哈哈大笑，赶着马群向前方飞奔而去。这夫妻俩眼看着到手的骏马又脱了缰，气得抽风，举起镢头打向了狗……之后，二人垂头丧气地回家去了。

马永伤心地躺在狗的身边哭了一天一夜，第二天，他在地里挖了一个坑把狗埋了。过了不久，狗的坟上长出一棵小树，马永每天来到这里，给小树浇水、施肥。第二年春天，小树长了一房多高。

马永在地里劳动乏了，经常在树下歇凉。一天他不留意，碰了一下小树，竟从树上掉下来好多银子。这件事又被他的哥嫂知道了。这一天，夫妻二人来到马永家里，流着泪对马永说："我的好兄弟，这几年我家光阴不好，锅都揭不开了，想在你的树上摇几个钱花。"马永看见自己的哥嫂确实可怜，就答应了。这夫妻二人拿了两条口袋准备装钱。他二人来到树下，抱着小树猛摇，摇了半天不见掉下来一个钱。只见鸦雀、老鹰的粪像下雨一样落了他二人满头满身。狠心的马贵和七寸蛇抡起斧头把树砍倒了。马永看见自己的宝树又被砍倒了，伤心地抱着树哭了三天三夜。

过了几天，马永在地里劳动乏了，在田里睡着了，樱桃仙女从山上驾着白云飞到马永的身边说："马永啊，马永，你的树被砍倒了，你不要难过，你把树枝子削下来，编几个筐子挂在你家的房檐下，筐里撒上谷子，你坐在门前不停地喊：'东来的雁，西来的雁，吃我一粒谷，下我一个蛋。'"说完，樱桃仙女就不见了。马永就照着仙女说的话，编了几个筐子，挂在房檐下，樱桃仙女派了成群的大雁从四面八方飞来，卧在筐里下蛋。从这天起马永天天忙着收蛋，一时，蛋竟然多得都没处放了。

这件事被他的哥嫂知道了，二人跑来向马永哭穷，说道："我家里穷得无米下锅，借你的筐子去收些个蛋，变几个钱。"马永又答应了。马贵夫妻把筐子拿去挂在他家的房檐下，筐里撒了一些谷子，嘴里高喊："东来的雁，西来的雁。吃我一粒谷，下我一个蛋。"成群的大雁向他家飞来，卧在筐里，马贵夫妻高兴得直笑。到了晚上他夫妻去收蛋，哪知道满筐都是雁拉的粪。他二人放了一把火把筐全给烧了。马永知道后，万分难过，坐在地上哭得死去活来。

一天后晌，太阳偏西了，一阵狂风吹过，乌云布满了天空，天气又闷又热，马永在大树下睡着了。樱桃仙女驾着白云飞到梨花滩上，她变成一只大鸟朝他连声喊道："马永，马永！"马永被喊醒了，抬头向树上一看，看见一只大鸟在说话，大鸟把双翅一展，足有两丈多长。马永吓得站起来就要逃跑，大鸟说："你不要怕，你是个忠厚老实的人，你的心真好，又爱劳动，我很喜欢你，你的哥哥和嫂嫂害你的事我都知道，你快回家去，做一个半寸大的布口袋，夜里三更时我在树上等你，我背你到遥远的天边去拾宝贝。"说完大鸟旋空飞去。马永急忙跑回家去，做了个半寸大的布口袋，到了三更时辰马永来到大树下。这时一股大风吹来，只见空中一片白云在头顶上转了几圈就落在地上。大鸟说："你趴在我的背上，两手紧紧抓住羽毛，两眼紧闭不能睁开。"马永照着大鸟的话做了。这时大鸟展开双翅，一声长鸣，飞向万丈高空。马永只听见风声呼啸，又听见河水发出的惊涛骇浪声，就像山崩地裂似的轰响。大鸟背着马永穿云破雾，在高空飞翔，飞过九十九道大河，跨过九十九座高山，穿过九十九处沙漠，又飞过十二道火山，来到遥远的天边，落在一座大山脚下。马永睁开眼睛一看，只见面前金光耀眼，银光闪闪，遍地都是金银珠宝，这时马永好像在做梦。大鸟说："你挑好的快拣，布口袋装满就赶快回家。"马永眼尖手快，拾起珠宝就往口袋里装，不一会儿口袋就装满了。马永趴在大鸟背上，大鸟展开双翅，飞回了梨花滩。

这件事被他的哥嫂知道了，他俩又打起坏主意。这天，这夫妻俩来到马永的家里流着泪说："马永兄弟，你看哥哥嫂嫂，如今日子越来越难过了，请你给大鸟说个情，把我们也带到出金子的地方，拾几个珠宝来变几个钱，好过日子。"说着俩人一阵大哭，哭得马永心又软了，他答应去给大鸟说情。

到了晚上，这对狠心的夫妻用布做了一条三尺多长的口袋，心想：若多拾一些宝贝拿回来就能变成富翁。三更时，马永领着他的哥嫂来到事先约定的树下，请大鸟背着他们夫妻去拾宝贝，大鸟答应了他的要求，照原样起飞了。不大工夫就飞到遥远的天边。刚落到地上，马贵和七寸蛇看到遍地金银珠宝，高兴得躺在地上直打滚儿。他俩拣着最好的珠宝往口袋里猛装。装了一会儿，大鸟问他俩："装好了没有？"二人说："还没有装好。"过了一会儿大鸟又问，他二人说："还没有。"大鸟等了好一会儿又问，他二人说："再等一会儿。"这时，天边已泛起红光，大鸟一看时间已到，展开双翅，腾空而去。

这时候，马贵和七寸蛇把三尺长的口袋已经装满了，准备回家，抬头一看，万丈火焰快要烧到身边，烤得他们浑身淌油。二人同时高喊："大鸟救命呀！"喊了半天再也见不到大鸟的踪影。二人背起口袋想跑，已经来不及了。眨眼工夫，这两个狠心的害人精被火烧成一堆黑灰。

大鸟飞回梨花滩后，变成一个美丽的姑娘，和马永成婚后把拾来的金银珠宝全部散给梨花滩上的穷苦人。从此，马永和樱桃仙女相亲相爱，在梨花滩上开荒种地，过着幸福美满的日子。

**搜集整理：王世兴**

# 龙老大和龙老二

龙是十二生肖之一，是中华民族重要的图腾。黄河边的银川地区对龙这一具有象征民族精神的传说动物有着崇高的敬仰。这里流传着许多有关龙的传说。

从前，有两位神仙叫龙老大和龙老二，他俩是兄弟，都是水中的神，居住在一个山洞里。山洞里有棵梨树，树上结满了梨，他们靠吃梨过生活。

一天，梨让他们快吃光了，只剩下两颗，一颗大的，一颗小的。他俩就争着吃大的，龙老大说："我大就吃大的，你小就吃小的。"龙老二说："我小就应该吃大的，哥哥应该让弟弟。"就这样他们争着，打着，从西打到东，从东打到西，龙头对着龙头，龙尾绕着龙尾，从洞里打到洞外，结果，把天打了个窟窿，大块大块的冰往下掉，打在农民的头上。之后，雨水流下来把庄稼淹了。老百姓的生活越来越困难。有个老大爷有一个儿子，另一家里有一个女儿，他俩青梅竹马，成婚后两口子决定把天上的窟窿补好。

他俩从白天走到黑夜，带的干粮吃完了就摘野果子吃，他们爬过了九十九座山，跨过九十九条河，来到一个神仙跟前，把所有的遭遇说了。神仙听后很感动，就把补天的方法告诉了他俩。他们补了五天五夜终于把天补好了。百姓们都很高兴。

可是，他俩下不来了，百姓都很焦急。他俩非常担心二龙再把天打破怎么办？为此，他们决定待在天上看守着龙老大和龙老二，累得他们汗往下淌，他们的汗珠洒在天上变成了星星。

讲　　述：马　勇

搜集整理：马玉侠

# 巫婆与仙女

关于“七仙女”的传说，各地流传着不同的故事。在银川地区，流传着这样一个故事。

从前有七个仙女，她们很想到人间玩玩。一天，七个仙女偷偷地飞到人间，她们在田野里欢快地跳着、唱着，不知不觉跑到一片树林里。天黑以后，她们竟迷失了方向。

有一个巫婆很想得到她们，就偷偷地跟随在她们后面来到森林里。

巫婆在森林深处烧起了一堆火。七个仙女正在森林里不知道往哪走，突然他们看见远处有亮光，便你拉着我，我拉着你高兴地跑过去。巫婆看见她们来了，假装高兴地让她们坐在火堆边烤火。仙女们又累又饿，不一会儿就睡着了。

半夜里，巫婆用绳子将她们捆在大树上。第二天天亮了，巫婆问仙女们饿不饿，有一个仙女很聪明，就说：“我们不饿，你给我们找点水喝吧。”巫婆说：“我去给你们找水，你们跑了怎么办？”那个仙女又说：“你用绳子把我们捆得这么紧我们怎么能跑了呢？”巫婆想了想就放心地去找水了。

等巫婆找水回来，仙女们一个也不见了，她又气又恨，狠狠地说："我一定要把她们找回来。"巫婆出了树林，沿着大路向东追去……

七仙女们想办法把绳子弄开后跑出了树林，她们沿着大路向前跑，跑着跑着，前面出现了一片湖泊，过不去了，湖边有一条蛇游来游去，仙女们跑过去说："蛇大哥，请你把我们背过去好吗？"蛇慢慢地说："我把你们背过去，你们拿什么来报答我呢？"那个聪明的仙女着急地说："你把我们背过去，第八个送给你吃。"于是，蛇一个一个把她们背了过去，刚背完第七个回来，巫婆就到了，巫婆让蛇背她过去，蛇答应了她的请求，立刻背着巫婆慢慢地向海那边游去。蛇一边游一边自言自语道："说好的，这是第八个，该我吃了。"于是，蛇游到海中间，一口把巫婆给吞进肚里。

讲　　述：王秀英

搜集整理：阮月芳

# 传说

# 泉山泪

在贺兰山东麓，有座连绵起伏的泉山，峰如利剑，刺向蓝天，山上青松叠翠，野花争艳，山洞清泉潺潺，亮如明镜，直奔山下，灌溉着肥沃的土地，滋润着美丽的草原。山下的劳动人民一直靠着这股泉水度日。

相传很久以前，在泉山的密林深处，居住着一个俊俏善良而又勤劳的姑娘，她上无父母，下无兄弟，独身一人，孤居深山，松林为她做伴，群山与她相依为命。她既不开荒种粮，又不纺纱织布，只是在一座群山环抱鲜花丛生的小山里，培育着各种世上稀有的名贵药草。每年冰消雪融，春暖花开的季节，她把山涧地里的沃土用一小铁铲翻了又翻，晒了又晒，好似绣花一样，精心地整理着这块地。她把这块地收拾得平平整整，水灌得湿湿润润，肥施得均均匀匀，方才撒籽栽种。当各种药材出苗之后，白天她顶着烈日，守在地里除草浇水育苗，晚上披着星星，精心地守望着心爱的药苗。深秋来临了，她把成熟的药草一棵棵地收回去，配制成治疗各种疾病的药丸、药粉或药片。冬天来了，她就用小皮箱把药品装好，扮成一个银须白发的老翁到山下去给贫苦的百姓治病。谁家有病人不请她自到。

她给人治病，一不要钱，二不吃饭，三不住宿，四不留名。凡经她医治的病人药到病除。之后，她便匆匆离去，奔赴他乡。她就是这样，来无影去无踪，年复一年，谁也不知道她的家住何方，也找不到她的人影。只是在黄河两岸辽阔的宁夏川到处流传着神医的故事。

有一年，从遥远的地方来了一个白发苍苍的医生。医生领着一个十八岁的儿子，名叫令节。他们来到贺兰山下的芦花村，住在村里给人看病。过了几天，他父子看到村里的男女老少个个善良可爱，又看见村里的土地肥沃，田园景色怡人，不愿离去，就在芦花村安了家。从此，他父子二人每天早出晚归，到各村各庄去给穷人看病。时间长了，他们的药也用完了，听当地老乡说贺兰山里出药材，令节让爹爹在家歇息，他独自上山采药。他爹爹听说儿子去山里采药，非常高兴，就让他早去早回。令节拜别爹爹，背着水葫芦，带着干粮，向山上走去。他到了山里一看，苍松翠柏，布满山巅，奇花野草，浓香扑鼻，各种名贵药草遍地都是。他拿起药刀采将起来，他采呀采呀，不到半晌采了两筐草药，黑夜赶回家去。过了几天他又上山采药，和头次一样，他又采好了两筐药送回家去。就这样，令节常常上山采药，他爹爹在家一面制药，一面给乡亲们看病。因为他爹爹的医术高明，药品精良，凡来求医的人，药到病除。时间不长，他爹爹就出名了。一传十，十传百，方圆百里以外的人都从远道而来求医问药。

令节身强力壮，心地善良，吃苦耐劳，是个才貌出众的少年。他有一副银铃般的金嗓，唱起歌来连百灵鸟儿也羞得不敢出声。他在山里采药，早被那个种药的姑娘看中。他吃苦耐劳的精神感动了姑娘，英俊的相貌迷住了姑娘，优美的歌声使姑娘如醉如痴。姑娘从来没有想到人间还会有这样的少年。令节天天上山采药，姑娘天天坐在高高的山峰上看他劳动，听他歌唱，天长日久，姑娘深深地爱上了令节。

第二年，正是秋高气爽，风和日暖的采药季节，令节背着药筐，唱着山歌，缓步来到山上。他像往常一样，又开始了紧张的采药。正在干得高兴的时候，姑娘头戴鲜花，身穿罗裙，足蹬凤头绣花鞋，双手捧着名贵药材，突然来到令节的身旁。令节抬头一看，一位天仙般的姑娘站在面前，不觉大吃一惊，他急忙收拾药筐准备逃走，却被姑娘一把将筐抓住不放。令节一看大势不好，扔下药筐就跑，哪知姑娘早已挡住去路。这时，令节吓得双手发抖，连话也说不出来了。姑娘说："令节呀，令节，你不要害怕，我是来帮你采药的。"令节听见姑娘说出了自己的名字，更感到奇怪了。

"你不要怕，我是真的来帮你采药的！"

"你……你怎么知道我叫令节？"

"你的名字人人皆知。"

"你的家住何处？怎么一个人跑到这深山密林里来？"

"我和你一样，也是给穷苦的人看病的。"

"你的家里还有什么人？为何来此？"

"我家就我独身一人。我自幼失去双亲，来到这深山里遇见一个药王老人，先跟老人学医，后又给他当了女儿。爹爹去世后，我举目无亲，只得住在这里以种药看病度日。"说着说着，禁不住眼泪像断线的珍珠从胸前滚下。

令节听了姑娘的身世和遭遇，心里格外难受，他很同情她，二人便坐在一块青石板上，各自诉说着自己的身世。在谈话的过程中，姑娘越看令节越觉得忠厚可爱，令节越看姑娘越感到她美丽大方。二人不知道谈了有多长的时间，竟忘了饥饿和疲劳，抬头看看天空，还在正午时辰。姑娘给令节准备了美酒佳肴，二人畅谈痛饮，一日共进三餐，时辰总在中午。姑娘对令节十分爱慕，依依不舍，不让他离去。不知又过了多少时辰，天色渐晚，姑娘把令节领到家中，令节一看姑娘的家里像天堂一般，院内楼亭相隔，翠竹满园；屋内明镜悬空，床上被褥龙凤相斗，满屋花枝招展。用晚餐时，桌上摆满了山珍海味，仙桃仙果，令节看到此情，好似做梦一般。次日他们仍旧来到山涧采药，到了晚上又回到姑娘的家里用晚餐。这种日子不知不觉过去了九天，在九天当中令节心里总是惦念着年迈的爹爹，他心里非常不安，想回去探望。

到了第十天清晨，令节对姑娘说："我上山采药已经十天，不知道我年迈的爹爹怎样，我想回家一趟探望爹爹，免得他老人家挂念，看罢爹爹我立刻上山不误。"姑娘听令节要回家去，心里十分不安，以良言相劝令节："再过两三天，我送你下山探望爹爹不晚。"令节说："我想爹爹心切，彻夜难眠，还是先让我回家一趟，看罢爹爹立即回山。"姑娘再三挽留，令节总是不肯，最后经令节再三要求，只好让他回去。临走时，姑娘从箱子里取出一个金色小葫芦，用红绸包裹，装进包内并吩咐令节："这个葫芦你随身携带。饿了轻摇三下，它会给你饭菜，渴了轻摇三下，它会给你茶水，遇上了坏人轻摇三下，它会保你安全。"姑娘的话，令节句句记在心里，姑娘又叮咛说："要牢记住，不能将葫芦打开。"令节点头称是。姑娘送令节启程，送过一坡又一坡，送过一冈又一冈，一路之上二人依依不舍，到了梅花坡前，二人抱头失声痛哭。哭罢之后，令节沿着崎岖山路扬长而去。姑娘站在高高的山冈上，一双泪眼牢牢地望着令节的背影，直到令节翻山越岭，渺无踪影，姑娘才含泪回家。令节走后，姑娘昼夜思念，寝不安席，食不甘味，一心盼望令节早日归来。

再说令节和姑娘分别之后，归心似箭，恨不得一步踏入家门，看望爹爹。他赶路心切，走了一天才觉得腹内饥饿。他把葫芦轻摇三下，果然一桌饭菜摆在面前。又走了一程，他感到口渴，就把葫芦轻摇三下，果然眼前出现糖茶一壶，令节喝了个美。正走之间，突然从山沟里蹿出一条恶狼，向他猛扑过来，令节急忙摇了三下葫芦，两个武士身带弓箭，将恶狼赶走。令节走了一天一夜，次日清晨来到了家乡芦花村。他疾步进村，四下观望，村里村外变了样儿，大路改道，原来的房屋全不见了，村上的人均不相识，只有芦花湖还有些原来的面貌。他走了几家，询问了他家的情况，谁也说不上来。他心想，是不是走错了地方，仔细观察，并非走错。他感到奇怪，正往前走着，碰见一个白发老翁，他向老翁打问爹爹的情况。老翁说："孩子，你问的那个看病的老人，我听我爷爷说，我爷爷也听爷爷的爷爷说过，那还是一千年前的事了，听说那时候有个叫令节的少年和他的爹爹就住在我们芦花村。他父子二人是我们穷人的救命恩人，他们专给穷人看病，搭救了无数的穷人啊。有一年令节上贺兰山采药一去再没有回来，后来他爹爹年迈……他们父子的好处在芦花村辈辈流传。"

令节听完老人的话，心里难受，泪如泉涌，心想这里已没有家，只有回山上去找姑娘问明究竟。他拜别老人，转身向上山的小路走去。他走了一个时辰，坐在一棵大榆树下歇缓，又想起了老人的话，感到奇怪难解。他拿出葫芦仔细观看，觉得好奇，便用手左扳右扳，突然把盖子扳开了，只见从葫芦里冒出一股青烟。眨眼之间，令节变成了一位白发苍苍的老人，银须飘撒前胸，喘着粗气，躺在地上不能动弹，不一会儿停止了呼吸。

姑娘在山上昼夜盼望着令节，每天她站在高山上，向东方瞭望令节，总不见回来。姑娘心想，令节忠厚老实，不会变心，如今不见回来，定是出了事啊。这一天，姑娘变成一只白鹤，飞下山去找令节，她在芦花村的高空盘旋，不见令节的影子，又从芦花村通往上山的路上寻找，忽然发现在一棵树下躺着一位离世的老人，身边放着自己的金色葫芦。她心里一惊，暗道“大势不好”立刻飞落地面，化作一个农妇，抱着令节的尸体哭得死去活来。哭罢之后，她吹了三口气，一辆马车停在路边，她把令节的尸体装在车上，运往贺兰山，埋在松林下的山坡上。

令节死后，姑娘昼夜啼哭不止，饭不思来茶不饮，整整哭了九九八十一天，双眼哭烂了，眼泪流干了，人也哭瘦了。她的眼泪流成了一眼泉水，昼夜不停地流啊流啊。人们就把这座山叫泉山，把泉水叫泉山泪。直到现在，泉山还在不停地流着，灌溉着山下肥沃的土地和茁壮的禾苗。

**搜集整理：王世兴**

# 黄河的传说

在很久很久以前，有一个打鱼的老头，他有一个女孩叫“黄荷”。

有一天，老头儿在河中打到一个小男孩，这男孩和黄荷一般儿大小。老头将小孩带回家后，给他起了个名字叫“黄河”。黄河渐渐长成了一个英俊威武的小伙子，老头儿便把美丽贤惠的女儿嫁给了黄河。他们结婚后对二老百依百顺，老两口生活得十分幸福。有一年，老头儿突然得了一种病，什么也吃不进去，急得一家人团团转，请医问药，却治不好老头儿的病。这件事乐坏了一个对黄荷不怀好意的财主。财主叫人装神弄鬼，说什么要治好老头儿的病，除非用“悬崖草”“河底沙”做药引子。小两口一听便各自去了。黄河去河底取沙，黄荷去悬崖摘草。

岂料黄河一去不返。家里人知道黄河去世的讯息后哭得死去活来。不久，黄荷的爹娘相继去世。财主一见时机到了，便千方百计地迫使黄荷和他结婚。黄荷为了报仇假装答应了他。她让财主向黄河取沙的那条河叫三声“爷爷”。

那天，黄荷全身穿白，泪水像断了线的珍珠一样。就在财主面对河叫了三声“爷爷”之后，她乘财主不注意时将他推入河中，然后纵身跳入河里，河水马上掀起一个巨大的水花，十分逼人。

从此以后，黄河的水再也没有清过，好像日夜向人们诉说着这家人的不幸遭遇。

讲　　述：兰志芳

搜集整理：兰志侠

# 黄河滩上的人家

很久以前，永固滩上十分荒凉，风一吹，沙子就好像从天上掉下来一样，人的眼睛什么也看不清楚。沙滩中间有一条河，叫“黄河”，河水总是滔滔不停地流着。在河的源头上住着一些贫困的人家，因为河水每年都要泛滥几次，这里的百姓生活十分艰难。于是，他们就每天对着黄河乞求老天保佑，希望永远不要发洪水。可是这条河不但向西流去，而且发洪水的次数也越来越多，百姓们实在无法继续在这里生活下去了，就一户户搬走了。他们搬走以后，老天爷感到很是冷清，就让河水向南流去。

这条河自从朝南流去后，皇帝派了一个大臣，让这个大臣从陕西迁移来了一些人家，老百姓来到这个地方一看，这里全都是一片沙滩，很多人来了以后又逃走了。但是也有一些年轻的汉子们留了下来，他们决心要改造这块荒凉的地方。皇帝派来的那个大臣，人们称他为“通老大人”，通老大人给这里起了个名字叫“通销堡”。从此以后，留下来的汉子们想办法利用黄河水把这个地方的沙子改造成了好土，他们又种了很多树挡住了大风，庄稼长得十分好。远处的老百姓听说以后，纷纷从别的地方来到这里。从此，河滩上的人家慢慢地越来越多。传说的“通销堡”就是现在的永固乡一带。

讲　　述：强　会

搜集整理：李　强

# 凤凰城的传说

很久很久以前，银川叫凤凰城。说起凤凰城来，一些老年人至今还指指点点——东门外高台寺是凤凰的头，头挨在黄河边；高台寺旁边有两眼井，那是凤凰的眼睛；城中心的鼓楼是凤凰的心脏；西塔和北塔是凤凰的两只爪子；西马营里花花草草，树木成阴，那是凤凰的尾巴。那时，凤凰的尾巴长得一直可以拉到贺兰山。

为啥叫凤凰城呢？说来话长。你们知道凤凰吗？相传，凤凰是幸福鸟，哪里有凤凰，哪里就有幸福。凤凰姊妹一共七个，住在长江南边的一架高山上，凤凰常常为人们造福，所以江南秀美壮丽，山是青山、水是绿水，鲜花遍地香，树木都成行，人长得清秀健壮；年年五谷丰登，大伙都欢欢乐乐、高高兴兴地过着富裕的日子。

那时，宁夏山川，地薄人穷。东有黄河，可河水浅得上不了岸；西有贺兰山，南有六盘山，可山高挡不住腊月的西北风，挡不住腾格里的滚滚黄沙。住在这里的各族人民并不灰心，在这块土地上辛勤地劳作着，但是，尽管人们把筋都快要苦断了，把心血都快要熬干了，还是改变不了穷样子。人们忧愁地唱着：

这么大的河来，
这么高的山，
宁夏川呀，
一眼望不尽的荒草滩。
这么大的河来，
这么高的山，
宁夏川呀，
百姓年年没吃穿！

幸福鸟的事传到了宁夏川以后，大家都天天盼，月月盼，把眼睛都盼红啦，盼望凤凰飞到宁夏来。这件事被大雁知道了，她被大家盼望凤凰的诚心诚意所感动，便自告奋勇，不怕辛苦，飞往江南，见了凤凰，咋长咋短，一五一十地把宁夏百姓的心意都告诉了凤凰。凤凰知道这些情况以后，坐在高山的松林里商量，最小的七妹说啥也要到宁夏去看看，姐妹们都知道她是"板上钉钉"的脾气，希望她早去早回。七妹说走就走，山林里的百鸟都来送行，吹箫的吹箫，弹琴的弹琴，唱歌的唱歌，跳舞的跳舞，热闹极了，江南的百姓也都赶到长江边为七妹送行，她们送的礼物可多啦，有的是送给七妹的，有的是送给宁夏的百姓的。

六个姐姐和百灵鸟把七妹送过长江以后，七妹高兴地告别了众亲友，由大雁领路向宁夏飞来。七妹驾着一朵红云不一会儿就飞到了六盘山区，七妹在六盘山顶上盘旋着。

六盘山、贺兰山的百鸟，平川、草原上的牛、羊、骆驼、马也都来了。大家都扯开嗓子越唱越攒劲，黄河的水听见歌声也跳着奔着唱起来啦。

凤凰来到宁夏后，没有歇缓就飞到这儿，飞到那儿。凤凰边飞边想：这么大的一片平川，怎么都咧开了嘴？她转脸看了看黄河，随即这儿画一条线，那儿画一条线，画过后都变成了一条一条的渠道，渠里淌着水，渠口都搭在黄河里。

第二天，天刚麻麻亮，她又飞到这儿，飞到那儿，忙得汗都顾不上擦。她把带来的礼物都洒在六盘山、贺兰山和银川平原上。顿时，银川处处都是花草树木和庄稼；牛、马、骆驼、羊成群结队地欢奔在草原上；六盘山脱掉了愁云（容），换上翠绿翠绿的衣衫；贺兰山一高兴，哗哗哗地褪掉满头的白发变成了青山。

宁夏的山山水水变了样，人人都感激凤凰，说是她给大家带来了幸福，带来了江南风光，人们后来干脆称宁夏为“塞上江南”。

有了渠水，土地吃饱喝足了，庄稼长得格外壮实，从此以后，宁夏山川年年丰收，百姓都高兴的跳起来，唱起来——

宁夏川，两头子尖，
东靠黄河西靠贺兰山，
南边站着六盘山，
年种年收水浇田
……

宁夏山川变得和江南一样了。凤凰心里盘算：“这里的人民都勤劳善良，这里和江南一样美好，我留在这里不回去了。”她把宁夏当成了自己的家乡，年年岁岁和大伙一块儿辛勤耕耘着，精心饲喂家畜。

当时，宁夏西边遥远的地方，有个异族部落。有一年，异族部落的头头带领了兵马，如狼似虎地杀进宁夏山川。他们见庄稼就烧，见人就杀。凤凰见此情形气极啦，立即变成一座城，把宁夏的老百姓都装在城里，将四面城门一关，敌人怎么也打不开，一连打了三个月，敌人没粮吃就撤兵逃跑了。此后，只要敌人一来，大家立刻进了城。敌人走了老百姓再出城，务农的务农，放牧的放牧。

凤凰托大雁捎信去江南，一来向姐姐们请安，二来告诉姐姐们，她不再回江南了。这样，捎信去江南就成了大雁年年的差事。年年在天高云淡，稻谷飘香的季节，大雁就向南方飞去，第二年春天，又把南方的乡亲和六个姐姐的怀念带给凤凰。

不知道又过去了多少年月，后来出了头人，后来的后来又出了皇帝，出了军阀、官僚，出了地主……就改变了宁夏山川的面貌，少数人盘剥、压榨大多数人。从此，山川荒凉了，水草枯竭了，牛、羊、骆驼饿得瘦干啦。六盘山顶上烟雾腾腾，苦闷得没有晴朗过；贺兰山上黑云盖顶，惆怅得没有舒展过。有一年，皇帝派来了一个麻子官，麻子官坏透顶啦。他一来到宁夏川就在凤凰城的东南筑起宫殿，今天拉夫，明天抢财，害得老百姓连口气也喘不过来。麻子官脸黑心毒，见财眼红，他打探到黑泉湖里有一匹金马驹，就想偷偷盗走金马驹。

一天夜里，麻子官坐在衙门里，左思谋，右盘算："我盗金马驹能瞒得过别人，可咋能瞒过凤凰呢？自宁夏川有了凤凰，人人都很聪明，能人越来越多，我干了那么多坏事，总有一天要倒霉，金马驹盗到手也保不住。"麻子官"哼"了一声，从牙缝里挤出一句"无毒不丈夫"。他趁天还没有亮，提上宝剑，偷偷地在凤凰的脖子上砍了一剑。凤凰虽然被麻子官砍断了脖颈，但是她的心没有死，还在怀念宁夏的各族老百姓。她血流出了一条渠道，渠水流过村庄，流过田野……

东方发亮的时候，许多人都惊异地看见有一道新开的渠道，从他们的家门前曲曲弯弯穿过。人们一传十，十传百地都跑到渠坝上观看、纳闷、发呆：“咋回事啊，难道是天上的银河降落到人间？！”人们看着哗哗的渠水，忽然发现渠水里有道血红血红的红线，年长的老人辨认出来了，他们喊道：“啊，渠水里还流淌着鲜血！”这时，一位老人跑过来，拨开人群，盯着渠水，捶胸顿足地呼天抢地。马上，大家都惊奇地围住了他，七嘴八舌地追问：“咋回事？咋回事？”老人半天才喃喃地说道：“夜间，凤凰给我托了一个梦，说她的脖子被砍断了……她想念大家，她用鲜血流成了一条渠，让大家灌溉田地……”

众人一听，泪滴心穿，有的抽泣，有的呜呜咽咽，有的手捧血水发抖，有的号啕大哭……就这样悲悲切切，痛哭了九天九夜，直到天都哭阴了，树都哭黄了，山都哭白了……人们喃喃地唱道：

瓜儿哪能离开秧，
孩儿哪能离开娘，
宁夏的老百姓呀，
咋能离开凤凰！
……

到第十天，凤凰又托梦给那个老人，说：“我的心并没有死，再过九十九年，还会复生，到那时候，要出好多好多能人，宁夏也好，江南也好，都会变成人间天堂。”凤凰还说：“等吧，等吧，等到六盘山山顶飘来红云，便是凤凰飞来之时。”于是，人们不再悲伤了，万物恢复了原样。大家为了怀念凤凰，把银川城叫“凤凰城”，把那条渠叫“红花渠”。

搜集整理：何　村

# 王太堡蜀黍一大头

从前，宁夏府南边有个村庄，村里有个贫苦农民叫王太。他家里除了久病不起的老母亲，再没有别的亲人。

王太的家境穷困，二亩薄地的收获除去交租纳税，剩下的难以糊口。王太的老母亲在青黄不接的春天里咽了气。王太哭得死去活来。在亲戚朋友苦苦劝说下，他打起精神。为了埋葬老母，他不得不将二亩地连同青苗一起卖给地主王全。

王太没了地，为了生活只好给地主王全扛活，空闲时间在自己的庄台子上开了几分地，没有种子，他向地主借了半升蜀黍。地主心肠毒辣，半升蜀黍到秋后本息要还五斗，这还不算，在半升蜀黍里，秕子又占多一半。因为没有别的办法，王太只好忍痛借来种上。从耖犁、耕锄到淌水、施肥，他把一双手磨烂了，把一颗心操碎了，苗才出齐。一天，一天，眼看着蜀黍长得秆粗叶肥。等到穗头扯齐了，每个都沉甸甸地随风摇摆着，王太见了心里自然格外欢喜。

地主做尽了坏事。王全看见王太的蜀黍长得这样壮实，早就红了眼。趁王太不注意，他把牲口打到王太的地里，绿油油的蜀黍被牲口啃的啃，踏的踏，七歪八倒。等王太知道，只剩下五棵苗了，他心痛得眼泪直往肚里流，牙咬得咯吱吱响。王太蹲在田埂上，心里想：穷人和地主多会儿都是死对头，别看只剩下五棵苗，我一定要叫它多打粮！从此，王太把这五棵苗当作自己的命蛋蛋、心头肉，起早摸黑，务育它，盯着它。蜀黍长呀，长呀，到秋收时节，红红的穗头长得像笸篮那么大，远远近近的庄稼人都跑来瞅一瞅，纷纷赞赏。地主王全知道了，眼更红了，心更黑了。他想：一定要把这几颗宝贝蛋弄到手。明拿不如暗偷，他就瞅准夜半三更，像狐狸一样悄悄地溜到王太的庄台子上去偷这五棵蜀黍。事不凑巧，王全的双手刚扒住一棵蜀黍秆子，就听见一声狗咬，因为做贼心虚，吓得地主拔腿就往回跑，匆忙中他的手被蜀黍秆子划破了，鲜血直流，染红了蜀黍秆子。至今人们一看见蜀黍秆子血红血红的，还骂地主哩。

王全偷盗蜀黍未成，白天带上狗腿子去向王太讨债。“黑驴子打滚”翻三番，一下子要把王太的蜀黍全部拿走。王太憋了一肚子气与王全争理，被狗腿子打得不能动弹。王全趁机一边套车，一边动手砍蜀黍。砍卷了九十九把镰刀，才把五棵蜀黍砍倒。五棵蜀黍装了满满一大车。王全用了三头黄犍牛拉，拉呀拉呀，咋也拉不动，拉了半天，三头牛挣得喘不过气来，栽到田里不动弹了。王全又拉来三匹枣红马，还是拉不动，气得他打折了九十九条鞭杆。骡马换了又换，才把车拉到大路上，他喜得肚皮朝天，仰头哈哈大笑。谁想，车下桥坡时，说时迟，那时快，一个不小心，车翻马仰，五棵蜀黍刚好压在了王全身上，他没来得及哼一声就断气了。

树倒猢狲散。狗腿子见王全死了，疑神疑鬼，以为蜀黍活了，都吓得四散而逃。这时，四邻扶着王太追来，见此情形，大家帮忙把蜀黍拉回来。这五棵蜀黍王太吃了半年，还没吃完，就把一部分分给大家做种子。从此，全村种的蜀黍都长得和王太种的蜀黍一样，穗穗头大，棵棵顶天。后人为纪念王太，就把村庄改名为王太堡。因为蜀黍头大，收成又好，人们都叫它“王太堡蜀黍——大头”。

**搜集整理：何　村**

# 胡知府恩宽

明朝万历年间，宁夏有个知府叫胡明忠。他为官清廉、爱民如子，老百姓都称他胡大人、胡青天。

一天，胡知府在灵州察访民情之后返程。过了王元桥来到二道墩这地方，他猛听到西边传来一阵大喊大叫声："快追呀！快追呀！"胡知府命令轿夫停住。他很快从轿子里出来，走到路边张望。这时候，西边跑过来两只羚羊，一大一小，看样子是母子俩都带了伤，眼看着被后面的人追上了。胡知府赶忙命令随从把这伙追赶羚羊的人唤过来。当时，官府有禁令，不许老百姓随意捕杀羚羊，违者受罚。可总是有禁不止，捕杀羚羊的人不断。如今捕羚羊的碰上了胡知府，非受罚不可。所以，他们听到胡知府差人呼喊，吓得腿都软了，来到胡知府面前，齐刷刷地跪下，头也不敢抬。

胡知府招着手，说："起来，都起来！"追羚羊的人松了一口气，站起来，等候发落。

胡知府问："你们追赶羚羊干什么？"

有个人说："吃肉呢。"

胡知府又问："你们估计这两只羚羊能有多少肉？"

追羚羊的人有的说五十斤，有的说六十斤。胡知府问：“你们一共多少人？”

有人说：“六十多人。”

“是呀，就按六十斤肉计算，你们每人也只能分到一斤肉。值得杀生害命吗？”

大家都不吭气了。

胡知府又说：“古人曰，‘杀羚羊如杀父，杀鹿如杀母’。”说着他回头吩咐随从把这些人的姓名全记下来，还命令他们明天再到这里听候吩咐。

第二天，追捕羚羊的人又来到二道墩，大家都捏着一把汗，猜不准胡知府怎样重罚。一会儿工夫，胡知府的轿子来了，他一下轿，就笑着说：“让你们久候了。”他慢步走到众人面前说：“本府赏给你们每人二十文铜钱去买肉吃，往后再不要捕杀羚羊。”

众人万万没想到胡知府不但没罚他们，还给他们赏钱，一时感到惭愧不已。众人忙谢恩：“胡大人恩宽，我们再不捕杀羚羊了！”

果然，以后再没有人捕杀羚羊了。

**搜集整理：高耀山**

# 王县令巧治财主

不知道哪朝哪代，有个王县令，这人性子古怪，机智多谋，能为老百姓做主。民间流传着不少他的故事。

一年冬天，大清早，有人在王县令的衙门前击鼓喊冤。他立即升堂，吩咐把击鼓的人带上堂来，喊冤的是个六十多岁的老奶奶。王县令问她有什么冤屈，老奶奶哭着说：

"我在高家财主那里做工。昨天，一不小心把他家的一尊泥塑像碰碎了，我怎么赔不是，说好话还是不行，非叫我赔一百两银子。我怎么赔得起呢？谁知道，晚上他领着人闯到我的家，把我儿子的双腿给打断了！请大老爷为我做主！"

"你有证人吗？"

"我家住在村子外头，当时没有旁人在场。"

王县令听罢，眉头一皱，惊堂木一拍，大喝一声："退堂！"二话没说就走了。

老奶奶见王县令气冲冲地走了，吓得不敢再说什么，只好哭着回家看护儿子。

这事儿传到了高财主耳朵里，他是分外高兴。几天之后，连着下了几场雪。一天，一乘暖轿停在了高财主的门前，打里边出来的正是王县令。高财主知道了又惊又喜，赶忙迎了出来，又吩咐家人置办酒席，王县令也不推辞。临走时，王县令吩咐差人捧来一个贵重的盒子，对高财主说：

“这是我为老母亲置办的一件稀世之宝。”说着打开盒子，让高财主和在场的人观看，众人一看，那水晶塑像玲珑透亮、晶莹无比，不知是哪个玻璃匠人里的高手弄的，真是无价之宝。王县令说：“我的衙门里正在修缮房屋，放在哪里都不妥，思来想去，只有暂存在你这里合适，待来年七月，我便来取。”又回头对所有在场的家人和衙役说：“你们知道就行了，嘴严一些，出去不要乱说。”

高财主两眼笑得眯成了一条线，自然满口答应：“大人放心，小人把大人的宝贝严严实实地放在专门存放金银细软的箱子里，一定万无一失。”

转眼间，冬去春来，一晃就到了七月。这天，王县令又带着那帮衙役来到高家。高财主早就备好了酒席，谁知县令这回是不吃不喝，开口就要宝贝。高财主笑嘻嘻地说：

“无妨，无妨，大人的宝贝从来没人动过，我亲自上锁加封的，一定是完好无损。”说着，让人抬来箱子，开箱取宝。当打开箱子，拿出盒子，打开盒子，剥去层层丝绸的那阵子，高财主的脸突然面无人色，一屁股坐在了地上——原来，那水晶塑像却不见了。王县令一拍桌子，大声喝道：“大胆奴才，我花了一千两银子买来的宝贝，交给了你，你竟丢了！转到哪去了，赶快如实招来！”

高财主战战兢兢地趴在地上一个劲儿地叩头：“小人实在不知情由，不知情由。丢了大人的宝物，罪该万死。只求老爷开恩，留小人性命，小人愿罚，愿罚。”

王县令说："也罢，看你我过去的交情上，免你一死，只要赔我一千两银子就算结案了。"

高财主赶忙叩头谢恩，拿出了一千两银子交给王县令，王县令从中拿出了三百两银子送给了击鼓喊冤的老奶奶，用余下的七百两银子盖了座学堂，专门收穷人的子弟上学念书。

过了好几年，有一回王县令喝醉酒了，才对一个心腹吐了真情：那水晶塑像是专门请匠人在隆冬季节用冰雕刻而成的，过了一春一夏，哪有不化的道理？！

讲　　述：马立祥

搜集整理：马振环

# 白马拉缰（二则）

## 一

相传，刘秀命宁夏管田官开汉延渠。汉延渠开了许多年总是开不成。刘秀就送来了白龙马帮助开渠。白龙马拖着一根缰绳。缰绳从哪里过，渠水就从哪里流。终于开成了汉延渠。

汉延渠开成以后，刘秀又命白龙马去开七星渠。白龙马拖着缰，在原野上跑呀跑呀，路跑完了，渠开成了，白龙马也累死了。人们为了纪念白龙马，将白马拉缰的地方起名叫“白马”。

## 二

古代开汉延渠的时候，当地的有钱人出来挡路，怕占他们的田，管田官急了，就牵来一匹白马，拖上一根缰绳，让白马随便走，马缰绳从哪里过，渠就从哪里开。有钱人一看，再无话可说，汉延渠就是这么开成的。

讲　　述：王志国　　姜玉霞

采录整理：李家军

# 宁夏牛车铃的传说

清乾隆年间,华北地区重男轻女,因为风俗习惯养女儿要陪嫁妆。为此，女婴多被溺死。乾隆的母亲心善，让乾隆下令不准溺婴。即使如此，仍然无效，朝廷便下令：每个乡镇都有官办的育婴堂，育婴堂专门设置挂牛铃的牛车一辆,每天鸡叫牛车会到当地收拾婴儿。谁家有女婴，听见车铃声，放堆柴火，将女婴放在火堆旁，写上出生年月日的字条。婴儿由朝廷抚养。自打朝廷下了这一命令，救活了千万个无辜的孩子。久之，牛车挂铃，从华北地区传到西北地区，宁夏才有了车铃。演变到后来，车铃的种类很多，“椰子铃”“古董铃”……最好的能传二十里路远，一件好铃，价值纹银百两，争相购买，谁有好铃，邻近几县人都闻声观光。

讲述：董席珍

整理：董文伦

# 贺兰山大金库的传说

从前，宁夏城里有三大奇观：一是西塔倒影，二是铜壶流漏，三是黑水围城。人们都说，这三大奇观是因为宁夏城有三件宝，后来此宝被南方来的珠宝商给盗去了，宁夏城里的三大奇观也就失了灵。

传说有一年，南方盗宝的那个珠宝商又来到宁夏城了。这一次他手持串铃，身穿长袍，牵着一峰骆驼。他从西街串到东街，从南街串到北街，串来串去，串到羊肉街口。羊肉街口有一个卖焜馍馍[①]的老汉，珠宝商对卖焜馍馍的老汉发生了兴趣，他牵着骆驼走到卖焜馍馍的跟前对他说："掌柜的，你这称馍的秤卖不卖？"卖焜馍馍的老汉说："卖了，我拿什么称馍馍？"珠宝商说："哎，这好办，你卖了再买一杆嘛！"卖焜馍馍的老汉看了看秤，说："哎，这个秤我家不知用了几辈子了，要卖的话，你给多少钱？"珠宝商说："十两黄金。"

"啊？十两黄金？"卖焜馍馍的老汉简直不敢相信，说："十两黄金，有这么个话吗？"

"有！"珠宝商肯定地说，"十两黄金我买定了！"

“好，咱卖了！”卖焜馍馍的老汉说着就急忙收拾家具。

珠宝商急忙拦阻道：“哎，别忙，别忙，你照卖你的焜馍馍，这杆秤，我九月十六来取，一手交钱，一手交货，怎么样？”

“行行行，九月十六就九月十六，我等你！”

“好，咱们一言为定！”说完，珠宝商牵着骆驼就走了。

这一天，珠宝商又窜到西门桥，那里有一个大菜园，菜园里长着一个大葫芦，珠宝商对这个大葫芦眼馋得不行。于是，他把骆驼往门口一拴，只身走到菜园里，见了主人，珠宝商作揖答话：“掌柜的，你的菜又得丰收啊！”

种菜老农作揖说:“还可以,还可以,客官,要菜吗？价钱便宜！”

珠宝商说：“不，我不要菜，我要你那架上的大葫芦！”

“葫芦？”种菜老农看了看葫芦，不在意地说：“嗨，那个嘛，能值几个钱，不过，今年可怪，这葫芦长得特别大！”

珠宝商说：“说定了，十两黄金我要了！”

“什么？十两黄金？”种菜老农不敢相信是真的，说：“不会是闹笑话吧？”

珠宝商说：“不，十两黄金我买定了！”

“好，我卖给你！”老农说着就去摘葫芦。

珠宝商说，“不，别忙，别忙。先叫它长着，我九月十六来取！”

老农说：“行行行，九月十六就九月十六，我等你！”说完了，珠宝商就离开了菜园。

到了九月十六这一天，珠宝商来到羊肉街口，见到卖焜馍馍的老汉便问：“掌柜的，我是来取秤的！”

“好，秤在秤在。”卖焜馍馍的老汉高兴地说：“走，到我家里取！”“怎么，你没有用？”

“嗨，你想想，你出那么大的价我敢用吗？我呀，把它锁在家里了！”

“哎，掌柜的，坏事了、坏事了！”

卖焜馍馍的老汉一听，吃了一惊便问：“怎么坏事了？”

“不说了，不说了，都怨我没把话说清楚。”珠宝商后悔地说：“走，到你家取秤，你和我一块儿去看一件东西！”

于是两人一块到卖焜馍馍的老汉家里取了秤，便到西门桥去。他俩来到大菜园。见到种菜老农，珠宝商问：“掌柜的，来取葫芦的！”

老农说：“好好好，在屋里放着呢！”

珠宝商吃惊地问：“啊，你把它摘下来了？”

“你想想。”种菜老农欢喜地说，“你出那么大的价，我敢放在外面吗？所以，我把它摘下来，在屋里锁着呢！”

珠宝商说：“坏了坏了，你们两人都犯一个病。算啦，咱不说了，你们都跟我走，到一个地方，保你们二人发一点财！”

那二人惊奇地问：“发财？”

珠宝商说：“对，这会有假？走，把你的秤拿上，把你的葫芦带上，咱们快走吧！”这样，卖焜馍馍的和种菜的跟上珠宝商往西就走。

他们一直走到贺兰山，来到一个悬崖前，悬崖下面有一个大石门，石门上有一个大石锁。珠宝商从种菜老农手里要过葫芦，往石头上一碰，只听咔嚓一声，葫芦两瓣了，怪事出来了，葫芦里有把金钥匙，金光闪闪，十分耀眼，把种菜老农和卖焜馍馍的老汉看呆了。珠宝商取出金钥匙走到石门跟前，把金钥匙往石锁里一插，只听轰的一声，大石门自动打开了，三个人不由分说，往里就走。

到了洞里一看，嗬呀，天大的奇迹，石洞里金光透明，如同白昼。洞里有一条河，河里漂着三只小船。河的那边，有一个金山，山上金子、银子、珍珠宝石，五光十色，河里三只小船，依次排成一行，船里满是金银财宝。珠宝商从卖焜馍馍的老汉手里取过秤杆，把那个秤杆往第一条小船一指，那小船晃了两下，接着便向这边靠来。船一到岸，珠宝商对两个人说：“快快取，站着干什么！”种菜老农和卖焜馍馍的老汉这才明白过来。于是，两人到船上见啥装啥，珠宝商在船上不装金子不装银子，专捡那红的、蓝的、黄的、绿的宝石装了一袋子。三个人正装得高兴，小船又晃了两下，珠宝商大声喊道：“快下去快下去，不能装了！”

于是三个人跳下船来，珠宝商领着他们往外就跑。他们刚跑出洞口，大石门轰的一声闭住了。

珠宝商把金钥匙和秤杆还给种菜老农和卖焜馍馍的老汉，对他们说：“行啦，你们每人都得了财，这也就可以了。不过，我要你们知道，你的秤不该收起来，你的葫芦不该摘下来。由于你们提前收了它们，这钥匙和秤只能用一次。要是你们按我说的交给我，这个秤和金钥匙能用三次。现在，我们每人都得了一点，各奔前程吧！”说完，三个人就此分手，各走各的路了。以后，宁夏城里不见了那个卖焜馍馍的老汉，西门桥上不见了那个种菜的老农，南方来的珠宝商也回南方了。从此，贺兰山大金库的秘密再也没有人知道。

注释：

①焜馍馍：宁夏风味烤馍。将发好的面放入上下合着的铁锅或铜锅内，用柴草煨烤而成。

讲　　述：李景明

采录整理：李家军

# “水鸭子”的由来

相传几千年前，宁夏就是富庶之地，家家户户农牧丰收，一片繁荣。成群的鸡鸭，大家小户都有。有一天，这家来了客人，主人商议，捉几只不下蛋的鸡宰了待客，这话被正在窗外晒暖暖的红公鸡听见了，红公鸡一声长鸣，将一大群母鸡领上飞到很高的柴垛上观看动静。主人出来捉鸡，只见鸡都在麦草垛上擞毛，便撵着捉鸭子，主人后面追，鸭子前面跑，鸭子边跑边喊边甩尾巴：“我的呱呱！我的呱呱！”最后鸭子被主人抓住了。大红公鸡看得明白，幸灾乐祸地一声长鸣：“哥哥噢！你才知道！”

流传到今天，宁夏人遇上当紧吃力的事，总爱说：“我的呱呱！”“我的呱呱！”故此，外地人就叫宁夏人是“水鸭子”。

讲　　述：马伯礼

采录整理：董文伦

# 吹牛（二则）

## 一

生活在银川地区的人，受到农耕文化影响，闲暇时的话题也离不开耕牛和黄河。不信你看：

从前有两个人，喜欢吹牛。一天这二人正好碰在一块儿了。

他们两个人就说是要吹牛呢，要吹得让人信，才能行。

好吧，那就吹吧。

一个人开始说："我见过了一个最大的东西，是个啥呢？是个鼓，鼓有多大呢？具体的大小，我没办法比，大得无比。今年正月初三打一槌能响到明年腊月二十八。"

那个人一听，说："对，你吹的牛我信。不过我也见过一个大东西。"

"那你见过个啥东西？"

"我见到一头牛特别大，牛究竟有多大呢？牛在黄河东睡觉，头伸在黄河西，一舌头就揽着吃掉了四百五十亩麦子。"

说鼓的这个人一听，说道："哎，你那是胡说呢，哪有那么大的牛？"

说牛的人一听呢，说：“你看，没有那么大的牛怎么能绷起你那么大的鼓来？”

二

银川人、金积人、中卫人、临夏人同住一小店，这店条件太差，只有一个火洞的热炕，谁都想睡这热炕。没办法，只能定条件，说家乡名胜，谁说得好谁睡热炕。

银川人说：“我们银川有个西塔，离天只有丈八。”

金积人说：“我们金积有个牛首山，举起手能摸着天。”

中卫人说：“我们中卫有个莫家楼，半截子入到天里头。”

临夏人说：“我们河州没个啥，这个热炕我睡下。”

**采录整理：本书编委会**

# 买竹竿

从前，宁夏县的陈县长是个湖南人，县长的勤务兵是银川人，听不懂县长的方言。有一天陈县长给勤务兵五百个铜钱，叫他到街上买个竹竿，县长意思想支蚊帐用。这位勤务兵理解成县长买猪肝下酒，他先买了三百个铜钱的猪肝放在篮子里，又用所剩的铜钱买了一个猪耳朵打好包揣在怀里。回到衙门，勤务兵向陈县长交差。陈县长一看气急败坏地说："叫你买竹竿，哪个叫你买猪肝，你的耳朵呢？"勤务兵赶紧从怀里取出猪耳朵说："报告老爷，耳朵在这里。"

讲　　述：董席珍

采录整理：董文伦

# 假体面

旧社会，银川羊肉街口全是卖牛羊肉的，生活在这里的老银川人总喜欢买羯羊肉吃。有个赌鬼，好吃懒做，没钱还爱装体面。他挤在人群里扯闲磨，总不甘示弱承认自己穷。他每天出门总要把门背后挂着的半截子羊尾巴拿到下巴胡子上擦擦，再把嘴转圈擦得油汪汪的，这样显得他吃了好的。一天，他正向别人夸他今天吃了手抓羊肉，他的孙子跑来喊道："爷爷，不好了，你擦胡子的羊尾巴叫猫叼走了。"他的邻居们才恍然大悟——吃肉是假。

有一天，他送朋友出门，见自己的孙子在大街上啃瓜皮。当着朋友的面他很难堪，就假意说："家里斗大的西瓜放着，你怎么在这儿溜瓜皮呢？"朋友走远了，四顾无人，他悄悄给孙子说："捡那厚瓜皮给你妈带上。"

**讲　　述：杨英武**

**采录整理：董文伦**

# 水淹龙王庙

相传在很久以前，黄河水像野马一样，上滚下翻，三十年河东，三十年河西，折腾得两岸农家不得安生。在河的西岸边坐落着一个村庄——通吉堡，这里住着百十户人家，以农带牧，他们辛勤劳动，安于耕耘。

有一年，河水猛涨，波涛滚滚。万马奔腾般的河水自东向西猛扑过来，河岸一块块地裂向河中，大片庄稼地被水吞没，就要吃到口的五谷喂了鱼虾。人们只能望着这无情的河水，吞咽着苦难的泪水，听天由命。

庄里有家老财姓“罗”名“堂吉”，这人不仅奸诈狡猾，盘剥群众，还善以算命诈骗钱财。

这年的河水老财也没幸免。淹没了庄稼地，冲走了牲口，盘剥的粮食也被河水洗劫一空。老财的心啊，比谁都痛，呼天抢地痛哭不已。罗堂吉见此情景，眼珠滴溜儿转个不停，心里顿时有一个重建家园的生财之道冒出来：“嘿，有了，我何不这般、这般……”想罢之后，河水老财拉着老婆密谋一番。

第二天，人们正痛苦不堪，庄里有谣言传开了。说什么有人在河边垦田，伤了龙爪，动了龙甲，惹怒了龙王爷，故有此难。正当人们议论纷纷，不知如何是好时，罗堂吉突然来到人群之中。

“啊，乡亲们，大家被这一切害得够苦啊！”

“唉！水火无情，有啥法呢。”上了年纪的人这样搭讪着。

罗堂吉乘机插言道：“以老夫之见，水火乃神灵之物，水者龙也，此乃龙王作怪，故有此劫。”

“啊，以你所说，我们真有得罪龙王爷之处。罗先生，你看可有补救之法吗？”人群中一老者向罗堂吉求救说。

“是呀，可有补救之法吗？”人们不约而同地围着罗堂吉询问。这罗堂吉一看乡亲们正中下怀，但故作为难地说：“补救之法是有，只恐耗费巨大，老夫力单财薄，不能独当一面，需乡亲们通力合作，才能办到。”

乡亲们一听有法，众口齐说：“只要讨龙王爷欢心，今后不再遭此劫数，通力合作，理所当然。”

罗堂吉一看乡亲们上了圈套，说道：“我们既得罪了龙王爷，只有向龙王爷请罪。以我之见，就在河边选一地方，大兴土木工程，给龙王爷造一宝殿，早晚祈求参拜龙王爷，讨得龙王爷心欢，确保永世无灾。”

忠厚善良的庄稼人为了免灾，哪里能想到这是罗堂吉的鬼花招。他们推选罗堂吉筹办相关事宜，资金按户大小分摊。

不到半年就建起了龙王宝殿，同时建起了一座三合大院。罗堂吉以庙会董事身份将全家搬进三合大院，名义是管理寺庙。乡亲们又分摊出土地百亩作为庙地，每年各户出劳力义耕，收入为庙会财产，并议定每年阴历二月初二为庙会日，乡邻四众前来拜叩三天。

说也奇怪，一连数年天时地利，河水下落，原来吞没的庄稼地归还了原主，这里呈现出一片太平年景。从此，乡亲们对龙王爷更是诚心祈拜，不敢怠慢。大庙周围百顷土地统归庙会所有，乡亲们不得自耕。

水害已免人害却来。奸诈狡猾诡计多端的罗堂吉，在阴谋得逞之后，利用庙会的财产高利盘剥乡邻四众，不几年的工夫，又是骡马成群，牛羊满滩，屯粮万担。逐步吞并了庙会财产，独霸一方。乡亲们敢怒而不敢言，忍受着罗堂吉的盘剥压榨。

庄里有个小伙子姓“邓”名“洪”，长得身板结实，力大骨硬！遇事善用脑筋。他不信龙王爷、海王爹，早就看穿了罗堂吉的鬼名堂，他根据“兵来将挡，水来土掩”的道理，串联了乡邻四舍的一些年轻小伙子，扛锹担筐，要筑起治河高堤大坝，以防再次遭受水害，少受罗堂吉的盘剥，解除庙会的束缚。

构筑高堤大坝的消息传到罗堂吉的耳中，他惊慌失措，唯恐不能再行骗取诈，有心阻挡，却无理据。最后只能以庙会之地不能动土为由阻其高堤大坝改线。小伙子邓洪虽则不服，但也乐意将龙王庙拒之堤坝之外，以期教训罗堂吉，便改道构筑堤坝。

一年、两年、三年、五年，终于筑起了千里高堤大坝，把龙王庙排除在堤坝之外。

在堤坝筑成之后的第二年，地里的庄稼呈现出一片丰收的景象。一天，猛然阴云密布，风雨交加，河水随着雨势汹涌潮涨，排山倒海地猛扑过来，一瞬间，龙王爷的宝殿成了真正的水晶宫，罗堂吉的骡马被虾兵蟹将当了坐骑，牛羊、五谷给龙王爷作了庆功美餐，罗堂吉抛妻丢子只身漂流在水中，“救命啊，数命！”之声响彻四方。正在堤坝上护堤防洪的乡亲们闻声赶来，救起一看，原来是罗堂吉变成了“落汤鸡”。从此，罗堂吉便沿乡乞讨，无家可归。

千里大堤发挥了“水来土掩”的作用，挡回了洪水，保住了庄稼地家园，龙王庙也被人们称之为“龙移庙”而忘却了。

讲　　述：董秀琴

搜集整理：马文选

# 洪广营和暖泉的传说

贺兰县城西北约三十里有个地方，名叫洪广，也叫洪广营。洪广营西边约一公里处有个地方名叫暖泉，说起洪广营和暖泉，那还有些来历呢！

传说当年穆桂英带领十万大军征西夏时，兵分五路，分别出了贺兰口、苏峪口、插旗口、汝箕沟口、大武口，先与敌兵马在平虏城下打了一仗，后敌兵战败退入平虏城。穆桂英因平虏城城池坚固，易守难攻，便绕道而行直取兴庆。当晚，兵马行至一个地方，她见此地东南西三面平坦，北面有一大片沙丘地，就下令在此安营扎寨。谁知上半夜突然狂风四起，直刮得飞沙走石，星月不显，战马咴咴嘶叫，帐篷哗哗作响，闹得三军将士一夜都不曾合眼。第二天，穆桂英就命令杨洪和杨文广在此地筑一大城。杨文广不解地说：“此地风沙如此之大，我军现已距兴庆不远，胜利在望，母亲为何下令在此筑城？”穆桂英说：“在此筑城有四个好处。一是此地草木丰盛可供战马饲草。二是此地周围禾谷势旺，可就地解决军粮。三是此地距兴庆五十余里，在此筑城安营进可以直捣兴庆，退可以据城防守。四是此地北面有一大片沙丘，可以作为一道屏障阻挡平虏城敌兵的夹攻。一旦平虏城敌兵夹攻，待他越过这一片沙丘已是人困马乏，身衰力竭，我军正好以逸待劳，以一当十。”杨文广一听母亲说得句句在理，就高高兴兴地与杨洪调集人马掘土筑城去了。

杨洪与杨文广带人筑城时，因此地土质干燥，沙砾甚多，铺上去的土经石夯一砸沙尘飞扬，土大都流下墙去，干了一天也没筑出一尺高来。想那杨洪虽是须发皓首，年近半百，但仍精神矍铄，步履矫健。他先后跟随令公杨继业、六郎杨延昭、少帅杨宗保南征北战，东伐西讨，对行军布阵、安营扎寨、深山探路、掘土筑城等样样在行，如今一天光景才筑了不到一尺高，实在是败兴。他深知其道，就告诉穆桂英：“若要有水，两天便能筑成此城。”穆桂英听罢骑马去寻找水源。她转了半天，发现在距此地二十里以外的地方东南西北都有水湖，而且湖都挺大。可是这么远的地方如何才能把水引到此地呢？一边想着一边信马由缰地往回走。走到离营地不远的地方，胯下桃花马突然后蹄直立、前蹄蹶起、马首高昂、仰天嘶鸣。接下来桃花马又用前面双蹄奋力在地上刨掘。穆桂英深知自己座下桃花马虽非神驹却灵性极大，在此地嘶鸣刨蹶必定有异常情况。于是她就甩镫下马，任桃花马尥蹶子。不大工夫，穆桂英发现自己脚下湿润，慢慢渗出水来。她正在惊奇之际，突然地下冒出一股水来。这股水顺着筑城方向直喷而去，那水花溅到脸上感到暖烘烘的，原来还是个暖水泉。三军将士跟随穆元帅征战多年，从没见过这等奇事，不由得欢呼起来。穆桂英明白这是神道相助，就对着泉水拜了三拜，然后跨上桃花马回营料理筑城事宜。待她回到大营，那股泉水已冲出一条渠径直流到营地。此时，人马争饮，三军欢声雷动。杨洪、杨文广立即带人筑城，一层土一层水，一日工夫就筑出一座又高又厚又坚固的城来。城筑好后，因是杨洪和杨文广带兵筑下的城，穆桂英便在城门上刻下了三个字“洪广营”。

为了答谢神灵，穆桂英让人把不远处的一块巨石搬到泉眼边，命军匠凿了一个大饮马槽，然后提起她那削铁如泥的绣绒宝刀在石槽上刻下了刚劲有力、端庄秀美的几个字——“暖泉穆桂英题”。

穆桂英在洪广镇歇兵一日，第二天令杨洪领五千人马固守大营，率其余将士直捣兴庆。严守三关口的西夏兵见宋军来势凶猛，忙分兵来拒，关外陈林等乘机带人马攻破三关口与穆桂英会合。敌军大败后退守兴庆，派出大臣出使宋营讲和。穆桂英提出讲和可以，但要写出降书顺表，并保证永不再犯大宋边境。来使答应写降书顺表，要求宋军后退三十里。穆桂英答应后就率军又回驻洪广营。三日后接到了敌军的降书顺表。在班师回朝之日，穆桂英又来到了暖泉，对着泉口拜了三拜。谁知刚一拜完泉水立即不喷不流了。从那以后就只有暖泉这个名字，泉水再也不见流出来了。

那个刻着“暖泉”字样的饮马槽又哪里去了呢？据传说民国时期孙殿英打宁夏时发现了这个饮马槽。想那孙殿英乃是个流氓军阀，杀人放火、鸦片赌博、掘坟盗墓、倒卖军火无所不作。见到这个饮马槽，而且又是穆桂英题字，他知道这是件上千年的稀罕物，比从清东陵盗出来的珠宝价值更大，要是卖掉了不知要换回多少军火，就派了一个连的队伍保护起来。他下命令说：“这东西比你们的命值钱，别说给老子弄丢了，就是掉了一个石渣子，老子也枪毙你们！”后来孙殿英被三马联军打败撤退逃跑时把那个刻有“暖泉”的大石饮马槽用车拉跑了，至今没有下落。

讲　　述：本书编委会

搜集整理：本书编委会

# 暖泉水

从前，在贺兰山下有一个村庄，村庄里有十来户人家，有个青年叫辛奇就住在这个村庄里。辛奇这小伙子很有些胆量。有一次，从山里来了两只狼把村里张户家的一头老驴拦在村外，前扑后咬地要吃了那头老驴，正好这事让辛奇发现，他顺手捡起两块带棱角的石头戳瞎了一只狼的眼睛，砸断了一只狼的前腿。两只狼一看情形不利，只好丢了老驴带着伤跑回贺兰山中。辛奇从狼口中救下了张户家的老驴。从此，村里人便送给他一个外号叫辛大胆。又过了些时候，村里各家各户都莫名其妙地丢鸡丢蛋，辛奇家也不例外。到底是谁偷鸡摸蛋做贼干的营生呢？要说是本村人干的可又家家户户丢鸡丢蛋，这到底是怎么回事？辛奇决定要探个究竟。就在他还没追查出原因的时候，有一天张户对他说："夜里他听见鸡在窝里惊慌地叫喊，他忙披衣掌灯出来察看。忽见一条大蛇呼啦一声向村外窜去，吓得他妈呀一声扔下灯跑进屋里，好几天不敢出门。辛奇问他蛇有多大，他说蛇有一根檩条大小。辛奇一听，好家伙，檩条大小的蛇少说也有碗口粗，一丈多长，这还了得！这条蛇不除全村老少不安，鸡犬不宁。就在他打定主意要搜寻这条蛇的下落，把它消灭了，替乡亲们除害的时候，当天夜里，他家剩下的唯一一只鸡也被蛇吃掉了。第二天一早，当他发现后就顺着蛇爬行的痕迹寻去，寻到山坡上时就没了蛇的踪迹，他断定蛇就在这一带活动。可是如何找到它呢？突然间他想到了一个主意。第二天，他从别人家里买回两只鸡放在自己家的鸡窝里，又在村里约了几个胆大的青年，个个准备好刀叉棍棒在家里埋伏守候，只等鸡窝里一有动静马上跑出门去打死这条可恶的大蛇。他把人约齐一切准备好守候在家里，单等这条蛇再来。过了几天，这条大蛇果然又来了。半夜了他们听见鸡的喊叫声就一起从屋里冲出来。那条蛇听见有动静，忙把鸡吞入腹中窜到院子当中，把个老碗大的脑袋挺起，吐着鲜红的舌头对他们几个瞪眼瞅着，一点也不退缩。那几个青年一看这阵势早已吓得尿了裤子，扔下手中的刀叉棍棒跑回屋里，紧关房门再没敢出来，辛奇一看伙伴们吓得丢了魂，忙举起棍狠命地向蛇头打去。那条大蛇一看他还敢真打，忙把尾巴一扫掉转头向院外爬去，转眼工夫就不见了踪影。辛奇因一来是夜间，二来伙伴们吓得不敢出门，自己也就没再追去。进了屋，他就埋怨众伙伴。伙伴们这个说：“谁见过这么大的蛇？弄不好是条神蛇，打了它就会满门遭灾的。”那个说：“你看那蛇头就像一个巴斗，身子足有一丈多长，明明是条蛇精，打了它那不是找死？”辛奇说：“神蛇也好，蛇精也好，我看它还是怕人的，要不然我打了一棍虽说是打空了，但它还是被我打跑了。如果它是神蛇就该保护老百姓。如果它是条蛇精那也是个妖精，不把它除了咱们全村就不得安宁。下次大伙不要怕它，直到把它打死为止。”

又过了些日子，辛奇想了个法子，一心要除掉这条大蛇。他从山坡上捡回九个椭圆形的石头，上面包了一层面糊糊，面糊糊一晾干恰似九个大鸭蛋。他把这九个石头蛋又放进鸡窝，又叫来那几个伙伴在自个儿家里守着。他不停地为他们鼓劲说："这回大家别怕，出去一见那畜生就一顿暴打，直到打死为止！"这伙人口里应着心里害怕，蛇都没见着呢就已经手脚发抖。辛奇一看他们那个样子生气地说："你们要害怕你们就别打，站在旁边看着我打就好了。如果蛇掉头跑了，我在前面追，你们跟在我后头看个热闹也行！"

过了几天那条大蛇果然又来了。有人说，那条蛇胆子也太大了些，前几天险些送了命，怎么才过了几天就又来了？难道没有一点记性？原来，在离这个村子不远的一个山坡上有一个很细的泉眼，这个泉眼冒出的水是热的，所以当地人都叫它暖泉。泉眼很小，流下的水都渗入地下，当地人都吃井水，因而人们知道暖泉但都不吃暖泉里的水。这条大蛇每次在村里吃完鸡呀蛋呀之后就要去喝暖泉泉眼里的水。按说蛇的食量很小，每饱餐一顿后多则三月少则半月后才再次捕食，但因喝了这泉水之后饿得很快，最多能支持三天就得捕食。所以说不是蛇的胆大，而是蛇饥饿难耐。话接前说，正在这一天中午时分，这条蛇又来到了辛奇家里，看看院里无人径直奔向鸡窝。一看里面有一窝蛋也就顾不上真假，一起囫囵个儿将九个石头蛋全部吞下腹中。吞下后蛇才感觉到不对劲，觉得肚里沉沉的难受。蛇赶紧从鸡窝里忍着疼痛爬出来向院外爬。辛奇一看蛇拖着鼓鼓的身子离去，觉得时机到了，忙带领伙伴从屋里冲出来。那蛇见了人，更加没命地往山坡上爬。辛奇他们顺着蛇爬的痕迹一路找去。因为是白天，所以不大工夫便寻见那条大蛇。只见那条蛇早已到了暖泉，大嘴对着泉眼大口大口地喝水。辛奇他们从没见过蛇喝水，便趴在离暖泉不远的地方偷看。只见那蛇喝足水后便盘上暖泉旁边的一棵树干，左盘右转使劲地盘转，将身子越收越紧。忽听得咯儿吧唧的声响，一阵工夫蛇身子渐渐松弛下来。辛奇心想，看来这畜生是吃了石头蛋后腹痛难受，赶忙前来喝水，然后再爬上树缩紧身子将石头蛋挤碎，好有灵性的畜生。不过它经过这一折腾力气也用尽了，此时上去抓它定能成功。想到这里他对众伙伴说："我现在上去抓蛇，你们见蛇把我缠住后就往我身上打，看准了，只打蛇身别打我腿上。交代完毕他一个箭步飞身上去，抓住蛇的七寸硬把蛇从树上拖下来。那蛇刚刚用尽全力把腹中的石头蛋挤碎，正想好好松一口气，突然间被人掐住七寸，一惊慌便把身子从树上脱出来，而后便将整个身子缠在辛奇身上，而且越缠越紧。或许是因蛇刚才把力气用尽，无论怎么缠辛奇还是能说出话来。他喊道："快上来打蛇呀！"那几个伙伴早已吓呆了，提着刀叉棍棒呆呆地站在那里不敢下手。蛇虽说力气已经用尽，可辛奇却感到身子越来越紧，呼吸也越来越困难，见伙伴还不下手他着了急，忙睡在地上往山坡下滚去。等他滚下山坡后，那条大蛇也慢慢地从他身上松开了。伙伴们回过神来，便举起刀叉棍棒……

这个故事，被人们传唱着：

暖泉水，暖融融，
喝上肚子不疼疼。
暖泉水，暖烘烘，
喝上肚子就空空。

**搜集整理：本书编委会**

# 人心无底蛇吞相

很久以前，城南有个浪荡公子，名叫臭石头，他家有万贯家产，他爹就生了他这个独生儿子。臭石头还不满二十岁，他爹就死了。他爹死后，家产就落到他的手里。

臭石头得了他爹的家产，整天寻欢作乐，这种日子过了不到五年，家产好像大风吹走一样，消失得干干净净。常言道："富人乍穷，寸步难行。"臭石头实在过不下去这种穷日子，但又没有别的办法。

有一天，臭石头在街上闲逛，看见一个耍蛇的，周围拥了很多看热闹的人。臭石头也挤到人群当中看。他边看边想，干这种营生，也还不错。过了一会儿，耍蛇的收了摊子。臭石头前去要求蛇师，收他当个徒弟。耍蛇的听了，十分高兴，他正想收个徒弟，助他一臂之力。他二人三言两语就把事情说成。臭石头双膝跪地，叩头拜师。从这天起，他二人身背蛇箱，走南闯北，以耍蛇挣钱为生。光阴似箭，不觉三年过去，臭石头学会了养蛇、驯蛇、耍蛇，他想着要离开师傅，独闯江湖。一天，他把自己的想法告诉师傅，师傅一听立刻答应了他的要求。从这天起，他二人分道扬镳，各奔东西了。

单说臭石头，他背着蛇箱奔走州县城镇，到各地耍蛇，日子混得倒还可以。有一天，他背着蛇箱，正在慌忙赶路，忽见路旁树下，躺着一条花蛇，蛇身长三尺有余。臭石头一见这条大蛇，心中暗想：今天，我又算走运了，碰上摇钱大树一棵，于是便迈开大步，上前去捉蛇。可是，大蛇却一动不动，臭石头在蛇的全身仔细检查一遍，才发现大蛇受了伤，正在昏迷。他急忙拿出药，给蛇贴上，脱下衣服，把蛇包好，放入箱内。到家之后，他天天精心喂养，细心治疗。不久，蛇即恢复了健康。他给大蛇起名为“花虎”。每天训练大蛇进行各种表演，蛇很驯服，逐渐学会了一些把戏。臭石头自从有了这条大蛇，生意更加兴隆。三年过后，臭石头富裕起来。

一天，大蛇对臭石头说：“你搭救了我，你的恩情我永世不忘。我现在想回深山去过活，以后你有啥事，我一定帮忙。”臭石头听了花虎的要求心里很不舒服。多次挽留，还是挽留不住，最后只好将花虎放走。花虎离开臭石头回到龙山，吃了仙草，身体猛长，过了不久，蛇身长到三丈有余。从此，它不仅吞食飞禽走兽，还把龙山附近的百姓吃得路断人稀。这事很快被呈报到皇宫，皇上听了很害怕，马上出了黄榜，要根除大蟒。黄榜写道：“谁能制止大蟒吃人，封他为七品县官。”臭石头看了看黄榜，万分高兴，连夜进山找到花虎，说明情况。花虎为了报答他的恩情，答应了他的要求，保证今后不伤一人。

臭石头听了花虎的话，星夜离开龙山，赶到县城，揭了黄榜。从此，龙山的大蟒确实不再伤人。此事禀报皇上，皇上立刻封臭石头为七品县官。臭石头当了七品县官，本性难改，仗势欺压百姓，全县百姓，恨之入骨。

光阴似箭，不觉三年过去了，大蟒又在龙山吃人，比三年前还要凶猛。这事，又报给皇上，皇上又贴出黄榜。黄榜写道：“谁能制止大蟒吃人，立刻封为当朝宰相！”黄榜贴出，围看黄榜的人，如山似海，议论纷纷，但谁也没办法。臭石头却暗中高兴，心想：这当朝宰相，我手到擒来了。

当夜他偷偷奔赴龙山，找见了花虎，说明情况。花虎听了，又答应了他的要求，并保证：饿死也不伤一人。臭石头听了花虎的话，双膝跪地，给花虎叩头，而后转身回到县城召集文武官员，通知全城百姓。第二天，在数万人的面前，他大显身手，扯下黄榜。从当日起，龙山的大蟒不吃人了。臭石头扯下黄榜的事，立刻禀报皇上。皇上派员奔赴龙山视察，果真情况属实。立即下旨封臭石头为宰相。臭石头当上宰相后搜刮敛财，鱼肉百姓，百姓叫苦连天，怨声载道。臭石头当了宰相还不满足，梦想夺取王位。就在这时，皇上突然患有疾病，经御医诊断，病情危急，命在旦夕，据说只有用活蟒的心做药引病才能好。此事皇上知道后，万分担忧。于是，发出黄榜：“谁能取来活蟒的心，愿将皇位让给他。”臭石头立即揭去黄榜，奔赴龙山去见花虎。花虎见了臭石头，深表感恩之情不尽。待臭石头说明情况，花虎很难过，但又念起恩情深重，即使一命难活，情愿将自己的红心奉献，流着泪说：“你救过我的性命，我永世难忘，你今天想当皇上，我情愿身死，也愿将心奉送于你。”这时，花虎用尽全身的劲作出了奉献。这时，臭石头左手紧紧抱住大蟒的心，右手紧握尖刀用力去割，割了几刀，大蟒疼痛难忍，猛地一吸气，竟然将臭石头吞入肚里。

这就是“人心无底蛇吞相”的故事。

**搜集整理：王世兴**

# 太阳的传说

据说，很久以前，太阳并不像现在这么温暖、美丽、明亮。

太阳爷爷有七个美丽可爱的女儿，太阳爷爷走到哪儿，女儿们随到哪儿，从不分离。

这一天，是太阳爷爷的生日，女儿们商量送些什么礼物给爸爸，最后，终于想到了一个好礼物。生日这天，她们一起站在太阳爷爷面前，每人手里捧着一个漂亮的盒子说："今天是爸爸的生日，这是我们的礼物，请爸爸收下。"太阳爷爷高兴地说："哟！什么好东西啊？"女儿们说："一会儿您就知道了！"太阳爷爷说："谢谢！你们随便吃点吧！今天我真高兴。"

宴席结束了，太阳爷爷打开女儿们送给他的礼物，顿时惊呆了，原来是七件美丽无比、光彩夺目的新衣裳，七种颜色是红、橙、黄、绿、青、蓝、紫，好看极了，把太阳爷爷的眼睛都照花了。太阳爷爷高兴极了，穿着这件看着那件好，穿着那件又看着这件好，简直不知道咋办好了。最后，他只得把七件衣服都穿上了。七件不同颜色的衣服实在太好看了，红艳艳的，金光闪闪的，女儿们看见了，更加欢喜了。

从此以后，太阳爷爷总穿着这些美丽的衣服，走到哪里，哪里就温暖、明亮，整个世界也变得更美丽了。

**讲　　述：强　伏**

**搜集整理：阎　光**

# 轶事

# 康熙访宁夏（二则）

一

传说康熙从灵州起身，过了黄河仁存渡口，到了河西往前行走。这一天是七月的天气，非常热，抬头一看天上连一点云彩都没有，把他晒得满头大汗，渴得连嘴都张不开。皇上走着走着他抬头一看，前边有个瓜窝棚子，便走上前说："乡亲，把西瓜卖给我一个吧。"种瓜的人抬头一看，见对面站着一个人，头戴大红缨帽，身穿马蹄袖绣龙的开衩袍子，下身穿灯笼口的大红裤，脚蹬薄底靴子，腰挂护身剑，左手拉着黑驴子，右手提着马鞭子，好像个上京赶考的生员。"你先坐下，我马上就给你摘。"种瓜的人说着把一个西瓜打开了："哈哈！好瓜呀，像康熙的江山满堂红啊。这半个子送给大哥吃去。"种瓜的人顺口说了这么一句话，康熙心想，这个人不平常。皇上把瓜吃完了一掏口袋，暗自叹道："哎哟……连一文钱都没有，这咋办呢？种瓜的，我今天从灵州起身走得太急，钱叫伙伴给我装着呢，他们随后就到，他们经过你的瓜田，必定要吃瓜的，你就说：'咋样穿戴的一个人，吃了瓜没给钱，叫你们来给钱。'他们一定会把钱给你的。"种瓜的人听后哈哈大笑："我说这位爷，你把我种瓜人小看啦。你看我这个瓜田里，这么多的西瓜，你能吃多少呢？我分文不要。”说着又抬头看天气，很热，又说：“我说客官，你看天气这么热，你走在路上一定会渴呢，再给你一个西瓜。”皇上说：“种瓜的大哥你真是个好心人，你贵姓，叫什么名字？”“噢，我呀，我就是王洪堡黄渠东有名的种瓜人，叫黄麻子，相公因为你是过路人不知道。我们跟前渠东渠西两岸的人不管大人娃娃哪个人不知道我黄麻子种的好瓜呀。”皇上说：“对着呢，我刚才吃的瓜真是又沙又甜，你说的都是实话。以后咱们再见。”皇上说完以后骑驴上路了。

第二天，皇上到了宁夏县衙就吩咐人把王洪堡的黄麻子找来。黄麻子也不知道究竟是咋回事，等到了县衙门口，才有人告诉他是康熙皇帝召他。黄麻子三步一磕头地进了衙门，头也不敢抬。皇上说：“黄大哥你抬起头来看看我是谁？”黄麻子抬头一看顿时吓坏了，连忙说：“哎呀，昨天吃瓜的就是您吗？”皇上说：“不错，就是我！”黄麻子连忙地磕头：“哎呀！万岁爷，我们小民是屎肚子百姓，一天多见草木，少见人烟，嘴里胡说乱说，罪该万死，罪该万死。”皇上说：“快快起来说话。”黄麻子磕了一个响头，呆坐在一旁。皇上说：“头抬起，你没说错，你说康熙的江山满堂红，这是个大道理。你把我称的是大哥，还说把这半个子瓜给大哥吃去，这哪有错呢？好，你在这里住一个月，我派人给你盖一处庄院。”“万岁，万岁！你还是先放我回去吧！我那一园子瓜还没人招呼呢！”康熙同意了，放王麻子回去。黄麻子把最好的瓜送给了康熙。秋后，王洪堡那地方真的就修起了一处庄院。



讲　　述：赵生仁

**搜集整理：王仰甫　赵文续**

二

康熙私访宁夏的时候，有一天，走累了，抬头看见一个七十多岁的老奶奶正提着木头小水桶，到井上去打水。皇上说："老奶奶，我到你家里歇缓歇缓再上路，好吗？"

"这位爷，到家里来吧。"皇上进到了屋里，坐在炕上就问："老奶奶你们这里叫什么地方？"

"这里叫王太堡，我叫王门刘氏，老汉早年去世了，我和儿子两人过活，儿子叫人家抓了公差啦，听说去宁夏城挖周围的护城河呢！"

"挖护城河干啥？"

"官家要把护城河挖深挖宽，一旦兵荒马乱，就挡住攻城的人呗。"

不一会儿，王奶奶把饭菜端来放在了桌上。皇上也不谦让，边吃边问："你的儿子今年多大岁数了？"

"今年三十一岁啦。"

"娶媳妇没有？"

"唉，我们穷人家谁能给个媳妇？！我今年七十二岁啦，托康熙皇上的洪福，稀稠能吃个饱肚子就是福呀，儿子的媳妇以后再说吧！"就这样，皇上和王奶奶边吃边说，肚子吃饱了，皇上说："王奶奶，你今天做的饭我吃着很香。这叫啥饭菜？"

"这叫'金星白玉板，红嘴绿鹦哥'。庄户人家吗，粗米淡饭，这位爷您不要嫌弃。"皇上急忙说："我不嫌弃，可怎么叫个'金星白玉板，红嘴绿鹦哥'呢？"

“按我们宁夏人平常说法叫‘黄米干饭，菠菜滚豆腐’。”

皇上说：“噢，好一个‘黄米干饭，菠菜滚豆腐’，好香的饭呀。今天我把您老人家麻烦啦，打扰啦。”

“看您说的，哪一个人一辈子不出门？谁还背上锅出门呢！”

“老奶奶说得对。”

“我的儿子昨天到宁夏城去当官差去了，他也是出门嘛！”

“好，王奶奶您在着，我走了。”说罢，皇上走了。

康熙皇上到了宁夏城以后，几天里吃得都不如意，就想起了老奶奶的“金星白玉板，红嘴绿鹦哥”来，他让厨子做这个饭，厨子说不会。皇上说：“就是你们宁夏常吃的‘黄米干饭，菠菜滚豆腐’。”厨子这才做出来。皇上一尝，还是不如意，就派人去请王太堡的王奶奶。

王奶奶来到县衙，听说是皇上传唤，吓得身子像筛糠一样直发抖，连话都说不成了。皇上说：“王奶奶您不要担惊受怕，我就是康熙皇帝。”王奶奶说：“哎呀，主子，小民那天有眼无珠，实在有罪。”皇上说：“不知道不为错，你老人家做的‘金星白玉板、红嘴绿鹦哥’，咋那么香呢？他们做的怎么不香啦？”王奶奶说：“人肚子饿了胃口才开呢，舌头才能尝出香味来，那天皇上走累了，吃起来就香。”皇上说：“您说得对。您儿子叫什么名字？

“叫王小栓。”皇上对县官说：“你传下旨去，护城河不要挖了。把既有的民夫快都撤回去，准备收秋庄稼。再叫王小栓到府里来，赏给他五十两银子，叫他娶个媳妇，好好孝敬他老母亲。”

从那以后，王太堡就修起了大庄院。

**讲　　述：赵生仁**

**搜集整理：王仰甫**

# 铁打的洪广营
# 纸糊的宁夏城

很久以前，康熙访贤问能来到宁夏。一天，他顺着唐徕渠坝走了一段路后，折西走向洪广营。

康熙头戴瓜壳帽，穿一身布衣布裤，骑一头大黑叫驴，他边走边看，有时还下了驴坐下缓一缓再走。天刚黑，他才摸到洪广营的城门上，可是城门紧紧关闭，只见守城的士兵站立城墙上纹丝不动，防守严实得很。康熙起初没当回事，他暗自思忖：这个小城一喊准开门，他站在城墙下喊了半天，士兵不给开门，让他明天日头升起了再来。

这时，康熙肚子饿了，驴也走乏了，进不去城无可奈何他一下想起个办法，从驴褡裢里拿出十两银子，说："开开门，银子送给你们。"城上的士兵是带招不理，康熙以为是嫌少，又往上加银子，都不顶事。他说尽了好话，把褡裢里的银子全都倒出来，士兵还是那么一句话："即使是康熙皇上来了，晚夕也不能开门，这是洪广营的军纪，违者要杀头的。"

康熙这时才大吃一惊。正巧这时洪广营的副总兵来到城楼上巡检，盘问了他一番，还是不给他开城门。

当时，洪广营城外的百姓都不敢留生人住，康熙只好骑上叫驴返程，来到宁夏城时已大半夜了。

起先他喊城门，士兵也不给开，他提出可以给银两通融通融，士兵才给他打开了门，他才进了城。

后来，康熙从宁夏城离开时召见宁夏府的官员，当下提笔写下这么几句话：

铁打的洪广营，
纸糊的宁夏城。

讲　　述：李香山

搜集整理：俊　生

# 赵良栋讨封

康熙皇帝来到宁夏后，赵良栋急忙给宁夏县令通传：“叫城里的百姓把粮食搬到房顶上。”第二天一大早，家家户户都往房顶上搬粮食，一会儿工夫，就把粮食搬到房顶上去了。

赵将军陪侍在康熙皇帝一旁，他说：“启禀皇上，请到南门城楼上观宁夏奇景！”君臣二人便登上了南门楼。

康熙皇帝在城楼上向北一望，感到奇怪，便问赵良栋：“满城老百姓在房顶上干什么？”

赵将军说：“启禀我主，老百姓在房顶上装粮食！”

康熙又问：“装粮食怎么会到房顶上去呢？”

赵将军说：“启禀我主，老百姓的粮食屋里放不下，就放到房顶上了！”

“噢，原来如此。”康熙皇帝说，“这么说宁夏县的粮食不少啊！”

“正是这样！”

“如此看来，宁夏县乃是米粮之川啊！”

康熙皇帝话音刚落，赵良栋往地上一跪，说：“谢主隆恩！”

自从康熙皇帝把宁夏封了个“米粮川”，宁夏县年种年收，成了天下著名的“塞上江南”。

讲　　述：纳洪付

搜集整理：李家军

# 康熙认干女

相传康熙年间，宁夏有个马家堡，住着一个员外，名叫马进元。他生有一女，取名金翠。这个姑娘从小熟读诗书，聪明过人，是老夫妻俩的掌上明珠。只是马小姐虽年已十八，还未择婿，老两口真舍不得女儿离家。

这一年，康熙皇帝巡游各地，体察民情，访宁夏来到马家堡，正值中秋，他决定停留在此，与民共度佳节。地方官员赶紧设宴为皇上洗尘、接驾，忙得不亦乐乎。马员外更是喜不自胜，为了夸耀自己的富贵，顺手写了一副对联贴在家门上，上面写着：

臣民设宴表寸心，
洗尘接驾自有人；
马家愿献无量物，
博得一笑圣主恩。

康熙皇帝吃过宴席后，便到村里访游。他走到马员外门前，看见了那副对联，点头微笑，心里暗道："虽是一片真情，只是口气太大了些。待我出道题难为他一下。”于是，他提笔写道：

钢硬怎比无量硬，
海深怎比无量深；
天大哪比无量大，
三得无量见衷情。

写毕也没署名。

过了一天，马员外出门一看，门上贴着四行字。有人悄悄告诉他说是康熙皇帝写的。员外听后，又惊又喜，双眉紧锁，一言不发，马小姐看着父亲这个样子，便问父亲：“爹爹，有何愁事，讲出来小女为您解忧。”员外叹息一声说：“孩儿，为父的心思告诉你也无用，你还是读书绣花去吧！”小姐说：“爹爹，我从小读书识字，今若不能为爹爹解忧，可谓不孝矣！”员外听了心头一热，就把事情的经过告诉女儿。马小姐一听，略加思索后，便说：“爹爹尽管放心，一切包在小女身上，待明日皇上与民同庆时，您就回禀圣上‘礼物’门外伺候，让孩儿觐见圣上，我自有主张。”马员外无奈，只好点头答应了。

到了第二天，圣上与民同庆，坐了一个时辰，康熙皇帝便问马员外对联的事，马员外赶紧回禀皇上说：“‘大礼”已在外恭候多时，求圣上开恩让他进来。”康熙皇帝点头应允，不多时，从外面走来一位秀才，到堂下，双手呈上一张纸。皇上接过来一阅，频频点头，交与翰林学士诵道：“承业谦让笑钢硬，画眉举案嘲海深。焚须煮粥天几大？谢得君王教化心。”

康熙皇帝见到如此有才华的秀才，当即龙颜大悦，遂命：“可再做一二首诗让我看看。”秀才马上起身，挥笔写下三首诗：

一

天子有道封四疆，
国运昌兴见吉祥。
下观民情用心苦，
明月照彻文武乡。

二

天子有道布四疆，
乾坤别是一番香。
穆穆皇风拂塞里，
滋润子民锦绣肠。

三

圣名瑞相万载扬，
臣民相率捧怀觞，
小生有幸才秉笔，
福托洪恩发情商。

这秀才把诗呈禀皇上，康熙皇帝看后，大喜道：“此诗体高韵雅，构思巧妙，作者真乃当朝才子也！”

马员外见皇上高兴，趁机回禀道：“圣上恕罪，此秀才乃小女金翠女扮男装，望圣上开恩。”皇上一听，更是惊叹不已，当即认马小姐为干女儿。马员外高呼万岁，谢恩不尽。

从此，宁夏这一带就一直流传这个故事，都说康熙皇帝是个圣明君主。

讲　　述：李海勤

搜集整理：高耀山

# 魏徵“坐”丞相

魏徵是唐初政治家，因敢于直言进谏，辅佐唐太宗共同创建“贞观之治”的大业，被后人称为“一代名相”。特别是其《梦斩泾河龙》的故事，让他在宁夏家喻户晓。人们对他十分爱戴，其传说故事在宁夏川区一带流传很多。下面是在银川流传较广的有关他少年时代的传说故事。

魏徵小时候很聪明，懂得也多，小伙伴们都喜欢和他玩。

有一回，他和小伙伴来到一个堆满烂砖的草地上。有的小伙伴说玩捉迷藏，有的说玩打仗，还有的说玩泥球。魏徵说：“这些都不好玩，我们来做丞相吧！”大家问他怎么个玩法，魏徵指着那堆烂砖说：“咱们用烂砖垒个大官的宝座，每个人在上面坐一回，说说做丞相的道理，要说的道理别人驳不倒，那他就是丞相，大家都听他的指挥，好不好？”小伙伴们一听，都拍掌称赞。

宝座垒好了，大牛一屁股就坐在上面说：“我个头大力气大，我做丞相。”魏徵笑着说：“有勇无谋不能做丞相，这个道理不行。”大伙儿一听，齐声叫道：“不行，不行，快下去！”这时，狗旦一屁股坐上去，喊道：“我屁股上有黏胶，一坐就粘住了，你们也推不掉我，我做丞相。”魏徵上前说：“做官要无赖，百姓要受害，不行！”大伙儿又把狗旦拉了下来。四娃边坐边说：“这是俺家的地，这是俺家的砖，垒的宝座当然该俺坐啦！”说完，闭上眼睛，靠在宝座上不动了。大伙一听，觉得说的有道理，就全不说话了。魏徵却上前说：“做丞相凭才干，不凭地和砖，仗势欺人，不能做官。”小伙伴们一听，大喊：“对啊！四娃，你不能做，快下来！”

最后，剩下魏徵了，只见他学着大人的样子，背着手，迈着方步，慢慢踱到宝座前，稳稳当当地坐在椅子上说：“我念书有才干，朝廷封我做丞相，我做丞相要为国、为民办好事。”小伙伴们一听，都觉得有理，谁也驳不倒。于是，魏徵便坐在宝座上，指挥大家玩耍。

魏徵长大之后果然当了宰相，治理国家很有办法。

**讲述整理：李海勤**

# 卖棒槌的巧逢康熙

康熙帝访宁夏时走到大观桥，碰到一个卖棒槌的。卖棒槌的推着一辆独轮车，上不得桥头，累得满头大汗，小车就是推不上去。康熙看见了，走上前去，帮助他把车推了上去。卖棒槌的汉子非常感激康熙，就从身上掏出两个窝头，给了康熙一个。康熙接过窝头，搭嘴一咬，牙差点儿被杠掉。康熙费了好大劲儿，才咬下来一小块。放嘴里一嚼，窝头扎得咽都咽不下去，康熙被噎得直伸脖子。康熙问卖棒槌的汉子："你怎么吃这种窝头呀？"汉子说："唉，有啥办法，咱人穷，吃不起白米细面。我吃的这窝头，比我妈吃的要好多了！"康熙又问："怎么，你吃的这窝头比你妈吃的还好，这话怎么讲呢？"汉子说："我妈把粮买回来，用粗筛过一遍，细的给我蒸窝头，粗的留下来她吃！"康熙听罢才知道老百姓过日子是多么不容易啊！接着康熙又问："你这棒槌一天能卖几个？"那汉子说："难呀！难呀！一天能卖两三个，混两顿饭，就算不错了，有时候，一天连一个也卖不掉呢。"康熙听了后皱了皱眉头，又说："这样吧，明天关帝庙有庙会，你到那里去卖窝头，到时我帮你的忙！"卖棒槌的汉子笑了笑说："行吧，明天我去试一试！"

第二天，宁夏府的大小官员老早就在关帝庙等候。康熙皇帝来了，众官员低头接驾。康熙来到偏殿休息。主持亲自为康熙帝献茶，康熙说：“到外面去看看，有一个卖棒槌的汉子来了没有？”主持立刻吩咐徒弟出外打探。徒弟走了不一会儿，回来禀报：“有一个卖棒槌的在外面吆喝！”主持将这话又禀告康熙，康熙说：“赶快叫他进来！”圣旨一传，那汉子推了一车棒槌走进庭院里来了。康熙走上前去，对卖棒槌的说：“啊，你没有失约，到底是来了！”卖棒槌的一看，吃了一惊，心暗道：“昨天的北京老头儿，今天怎么变了样。他正在琢磨，忽听有人说：“圣上在此，还不下跪。”他一听眼前的北京老汉是皇上，吓得赶忙跪下叩头。康熙说：“免礼！”接着，康熙又对其他官员说：“今天我给你们找了个卖棒槌的，你们每人买一个吧，价钱不限，想给多少就给多少！”皇上的一句话忙坏了众官员，大家争着买，有的给五两，有的给十两。给五两的见别人拿十两，自己再加五两。就这样，一车棒槌被这百官全买了，所得银子不下千两。卖棒槌的感激不尽，给康熙磕了三个头，推着一车银子回家了。

讲　　述：屈　云

采录整理：李家军

# 牟公县长

旧社会，永宁县原属宁朔县，宁朔县有个县长叫牟凤鸣，虽说他是一县之长，可他平易近人，很体谅民情。

一年，马鸿逵令他向老百姓收粮。可那年宁朔县黄河闹水、庄稼歉收，这个粮能不能收齐？他很怀疑。于是，他独自到民间巡察，他走了几家有钱的，看见他们吃的是黄米，穿的是粗布；他又走了几个穷家，看见他们吃的是苦苦菜，炕上铺的是凉席，这样一看，他心里凉了半截。老百姓要吃没吃、要穿没穿，这粮怎么能收齐呢？他彻夜不眠，茶饭无心，整天闷闷不乐。就在这时，上面的差事又逼上来了：限他两个月以内把粮运到省里。牟县长想：如果他昧着良心，硬向老百姓要粮，也能收一点，可这样做太坑害老百姓了。于是，他穿了一身新衣向黄河边走去，他望着滔滔的河水，想着宁朔县的百姓，他觉得他这个县长没有给老百姓当好，越想越伤心，越想这世道越不平，想着想着他扑通一声跳到河里。

牟凤鸣一死，马鸿逵知道这是牟凤鸣为老百姓抗粮，他立刻决定收回原来的征粮命令。牟凤鸣用一条命给老百姓换回来一年的口粮。为了纪念牟凤鸣，宁朔县的老百姓在望洪堡的桥头上给他立了一块碑，碑上写着“牟公县长”四个大字。

讲　　述：李存叶

采录整理：李家军

# 赵良栋纳贡

康熙访宁夏后，回到京都，就向赵良栋[①]要了三件东西：第一，要赵良栋每年给京都进贡地三的大米[②]，地三大米吃起来有味。第二，每年给京都进贡宁夏的香砟子[③]，河东的砟子烧起来很香。第三，每年给京都进贡广武[④]的萝卜，广武的萝卜又大又水。

赵将军接旨后想：地三的大米进到京都，宁夏人吃什么？河东[⑤]的香砟子送了去，有多少能够？广武的萝卜进了去，广武的萝卜就少了。于是，他就想了个办法：地三的大米掺上大麦仁，河东的砟子掺上烟炭，广武的萝卜就随去了两个广武人：一个是跛子，一个是大头疙瘩人[⑥]。

到了京都，献上贡品。康熙吃了宁夏的大米，大米黏牙；康熙烧了宁夏的砟子，砟子冒烟。康熙觉得奇怪，就问赵良栋说：“我在宁夏，地三的大米那么好吃，河东的砟子烧起来很香，如今进上来的大米黏牙，砟子冒烟，是何道理？”

赵良栋说：“启禀皇上，你在宁夏大米好吃，砟子很香，如今这东西来到京都，水土都不一样了，所以宁夏大米黏牙，砟子冒烟。”

康熙听了后说：“既然如此，那广武的萝卜呢？”

赵良栋说："启禀皇上，广武的萝卜不能吃，吃了广武的萝卜，不是跛腿，就是头上起疙瘩！"

康熙听了疑惑地问："果真如此？"

赵良栋说："广武人我已带来，请皇上过目！"

于是，赵良栋把两个广武人传到殿上，康熙一看，摇摇头说："算了，算了，宁夏的大米、砟子不进了，广武的萝卜带回去吧！"

从此，宁夏的大米、砟子传不到外地。

注释：

①赵良栋：永宁掌政桥人，康熙年间曾被封为勇烈将军。

②地三的大米：青铜峡叶盛一带生产的白皮稻。因产量极低已被淘汰。

③香砟子：宁夏灵武出产的一种煤，烧时有一种特殊的味道，故又称香砟子。

④广武：在宁夏青铜峡市。

⑤河东：宁夏灵武、吴忠一带，称"河东"；银川、永宁、贺兰，称"河西"。

⑥大头疙瘩人：头上生疮的人。

**讲　　述：王生才**

**采集整理：吴　文　　李家军**

# 徐知县断案

晚清年间，永宁县有一任知县，姓徐，名清，字玉峻。他是当地黎民百姓传颂的一位清官。

话说这徐知县上任不久的一天，时值寒冬腊月，县城街道上积着厚过五寸的雪。有个小商贩名叫“李小连”，他踩着积雪，挑着一副货郎担子，忽闪忽闪地在街上走着。他刚从乡下做生意回来。行至街中心一家院落门口，突然迎面飞来一辆马车。李小连见势不妙，慌忙闪身让路，谁知脚下一滑，人和担子同时摔倒在雪地里。虽说李小连本人没有让车压着，但是，车上坐着的一位阔人却头朝下栽到雪地上了。

原来那辆马车上坐着的正是这家阔院里的主人。他就是永宁县城里有名的恶财主瞿彦钦。

李小连受了这场惊吓，还没完全清醒过来，瞿彦钦起身揪住他的衣领，左右开弓扇了几个耳光子。顿时，鼻子、嘴巴都流出血来。瞿彦钦一边打，嘴里还恶狠狠地骂着：“你这个贼奸商，年末岁尾之际竟敢让老子栽跟头！你该当何罪？”李小连素知翟彦钦为人刁恶狠毒，只是苦苦哀求，不敢还嘴顶撞。只见他连连向瞿彦钦赔情道：“瞿大人，确实是我的不是，请你多多包涵……”忙用自己的衣袖为瞿彦钦揩去身上的雪泥。这时瞿彦钦却嘿嘿地冷笑一声说："揩吧，只要你能揩干净，我就饶了你。不然，少客气，老老实实赔我一件袍子！"李小连一听要他赔一件袍子，马上紧张起来，他左揩一下，右揩一下，自己的两只袖子揩脏了，瞿彦钦的长袍子也没揩干净。这下瞿彦钦更凶了："怎么样，你还有话说吗？我这件袍子可是花二十两银子从京城买来的。"

李小连说："我家底子你又不是不知道，跑一碗吃一碗的穷光阴，哪里有二十两银子赔你？"

"没银子就得去见官。"就这样，两人就在雪地里撕扯起来，不多时便引来了许多过路行人。这时，知县徐清下乡察访归来，也正好到此。他看见前边有人吵吵嚷嚷，便命停轿传问，瞿彦钦见是新任徐知县驾到，便抢步上前跪在雪地上禀告经过。李小连随后也跪在一旁，只管叩头哀求。徐知县捋着胡须照他俩略略打量一番，然后沉思片刻，突然呵斥李小连说："你这个挑卖的小商贩，怎敢阻挡瞿财主的马车？现已铸成惊马飞车摔伤人的事故，理应脱去衣裳为瞿财主揩净身上的雪泥。如不服判，绝不轻饶。下去！"李小连平素就极为懦弱，听了县令的宣判，只好脱下唯一能御寒的棉衣为瞿彦钦揩去身上雪泥。可是不到吃一顿饭的工夫，李小连冻得如同筛糠似的颤抖不停。围观的众人看到这种情景都非常同情李小连，愤愤不平地窃窃私语说："这个县令看来也是个狗官，帮着财主欺压贫穷小民，太不公道了。"

此时，徐清看看李小连发紫的脸色和哆嗦的身躯，转而向瞿彦钦："本县令这样判决你觉得如何？"瞿彦钦眼见达到了报复和作弄李小连的目的，便满脸堆笑地叩谢："大老爷明断，小民十分满意。"徐知县又说："既然如此，那李小连在雪地里快要冻死了，万一闹出人命案来，你是有罪过的。你看怎么办？”

瞿彦钦忙说：“这当然还得仰仗大人发落。”

“那好。”

徐知县对李小连说：“天气这么冷，你身上穿得这么单薄，方才又拿棉衣为瞿财主揩身上的雪泥，弄不好回家就要冻坏的，本官念你赎罪认错，趁我在此，请瞿财主为你作点施舍吧。”

李小连抖着身子，用疑惑的眼光望望徐县令，再看看瞿财主，好像怀疑自己的耳朵不听使唤，瞿彦钦更觉得不可思议，徐县令重申：“去吧，到瞿财主家里换一件御寒衣吧！”这时县衙的两个差役走过来领着李小连进了瞿彦钦的大门。过了一会儿，李小连穿了一件大半新袍子和一双毡窝窝，大摇大摆地走了出来，徐知县看了以后，点头说：“你身上穿暖了，可没了这副货郎担子，你的日子咋过呢？还是请瞿财主施舍一点吧！”李小连叩头谢恩，请求县老爷不要为他施舍了。徐县令只是不理，转向瞿财主说：“你的车压毁了他的货物和担子。你要知道，这副担子养活一家人，如若饿死了人，你同样有罪。你还是施舍二十两银子给李小连。李小连感谢徐老爷的恩德，再三拜谢而去。

徐知县看着李小连远去的背影，满意地笑问瞿彦钦：“你施舍一件袍子、一双毡窝窝、二十两银子，免去了一场人命官司，本县这样判决你觉得如何？”瞿彦钦内心对徐知县这样断案虽然极为不满，但又无法，只好眼瞪着衣服让人穿走，银子让人拿走，无话可说。围观的群众这才恍然大悟，拍手称赞徐县令的奇妙断案，说：“对这种为富不仁、作恶多端的恶财主就要这样惩罚，徐清不愧是一位清官。”

**整理：王　忠**

# 康熙兵沟救战俘

传说康熙亲征噶尔丹时，俘获了不少噶尔丹的士兵，在回归到黄沙古渡时把两千多名战俘留在了兵沟大营，让驻守兵沟大营的将军都兴阿好生善待，好好训练，然后编入清军队伍镇守边关要塞。过了几日，康熙渡过黄沙古渡到了兴庆府，让大阿哥和随侍近臣明珠带军还朝，自己留在兴庆府，一方面调养身体，一方面浏览宁夏风光，体察民情。

这一日，康熙外出归来，驻守宁夏的赵将军进来奏报说："启奏皇上，今日河口驻军密探来报，兵沟守将都兴阿残酷虐待战俘，致使不少战俘残疾，有的还丢掉了性命。"康熙听后还有点不相信："朕走时让他好生善待，好好训练，都兴阿他不敢把战俘怎么样。"赵将军说道："密探乃奴才心腹，所报不会有假。"康熙问道："都兴阿如何虐待俘虏？"赵将军答说："听密探报，都兴阿每日只给战俘供一顿饭，就这运气不好还吃不上。"康熙问道："怎么回事？"赵将军说："他把羊皮浑筒吹气放在地上，把战俘眼睛蒙上让从远处跑来踢，踢上的有饭，踢不上的别吃。"康熙说："这个都兴阿！"赵将军又说："这还是轻的。他在地下栽个小木桩，木桩露地三寸，让四个人蒙着眼睛打木桩，打不着别吃饭。结果木桩没打着，这四个人被互相打得皮肉青一块、紫一块，有的腿骨都被打断了。“胡闹！”康熙动怒了。赵将军说：“还有更惨的。”他把手背在身后，让俘虏猜他手里拿着啥。猜着的给一块肉，猜不着的割去一只耳朵。”康熙听后猛地站起来一拍桌子：“这个狗奴才也太胆大了，竟然做出这样毫无人味的事来！这些战俘原先也都是我大清的子民，只不过被噶尔丹胁迫才替他打仗，训练训练他们还是我大清的好将士，照样为我大清护土守边，这样虐待不是让人心寒吗？明天你跟我去看看，要真是这样把这狗奴才发配了！”

第二天五更时分，康熙和赵将军各带了一名随从，一身便装就向兵沟走去。渡过黄河，到了兵沟大营已是小晌午。赵将军要让人去通报，康熙拦住：“不用，看看再说。”过了一会儿，便看见都兴阿带着一队人马来到了兵沟大峡谷。

原来，这兵沟乃是明朝时的屯兵之地。明军依靠大峡谷挖掘出蜿蜒曲折的藏兵洞，洞中上下相通，左右连属，四通八达。洞外可操练，洞内可以休息。粮仓、水井、灶房、火药库、兵器库等一应俱全，便于隐藏，易守难攻。这里更是陷阱林立、暗器密布，使长城、大峡谷、藏兵洞、城堡共同构成统一的防御体系，成为敌人难以逾越的屏障。

都兴阿带人到了大峡谷壁沿上，让人在壁沿边吊着一只大筐，然后叫人带出了四个战俘。只见这四个战俘面目憔悴，蓬头垢面，俨然就像是囚犯一般。只听都兴阿说：“昨天本将军派你们去背羊粪，今天本将军要检查一下你们背回来的羊粪够不够数量。”原来，牛羊粪在大漠中是最好的燃料，就是朝廷大军烧火做饭也需要羊粪。都兴阿说完后让人把四筐羊粪抬到眼前又说：“你们每个人都要站在这靠近大峡谷悬崖这一头的大筐里，然后把你们背回的羊粪倒在这头的筐里，如果两头平衡，你们就完成任务可以吃饭；如果羊粪少于身体的重量，那么你们就把自己身上的肉割下来放在盛羊粪的筐里，什么时候两筐平衡，什么时候就停止。现在开始！”这时就见两名士兵押着其中一人把他硬装在靠悬崖的那个筐中。两头松手，站人的筐分量重自然落地，另一头自然挑起。都兴阿说：“给他一把快刀让他割肉往那边筐里扔！”只见那俘虏兵骂道：“都兴阿，你这个畜生，老子也曾是大清子民，老子也有骨气，老子绝不任你宰割，你杀了老子吧！”只见都兴阿不气不恼地说：“好，有骨气，是汉子！来人，把他推下峡谷！”

康熙看到此处，怒火再也忍不住了，不等那几个士兵动手就大喝一声：“住手！”康熙疾步上前，赵将军紧跟上来呼道：“皇上驾到！”都兴阿正在得意，猛听一声“皇上驾到”，回头一看果然是皇上，吓得赶紧跪下颤抖着声音说：“奴才见驾。”康熙又大喝一声：“来人。把都兴阿绑了！”一伙士兵愣着不动。赵将军大喝道：“都愣着干什么！”士兵们才回过神来，立即上前将都兴阿五花大绑。康熙又指着俘虏说：“把他放了！”士兵们马上过去把人放了。康熙指着都兴阿骂道：“都兴阿，你还像个将军吗？为将者要以国为重、以民为本，胸有韬略、爱兵如子，像你这样不得人心如何带兵？朕今天罢了你的将军职，充军阿拉善永不录用。”然后又让人把战俘营的人全部集中起来训示：“朕对不起各位了。你们都是朕的子民，朕相信你们。从今天起，朕把你们正式编为兵沟锐建营，一切待遇跟兵沟守军一样，朕希望你们加紧训练，为国杀敌立功。”话音一落，那两千多俘虏个个热泪盈眶，跪倒谢恩。

果然，在康熙二征噶尔丹时，兵沟锐建营士兵人人奋勇，个个争先，战功赫赫，最终取得了胜利。

**搜集整理：本书编委会**

# 康熙治泼皮

话说康熙夜宿沙窝桥，第二天一大早找见毛驴骑上便返回宁夏城。此时宁夏城官衙因皇上一夜未归，吓得手下人像掐了头的苍蝇乱作一团，分开八路到处寻找。

康熙顺来路进东门刚走到羊肉街口，就见一伙人围成一圈，中间有两人你推我搡，周围的人也跟着起哄。他拨开人群走到里面见一个老农和一个青年男子正在争夺一个钱袋。那个老农头发蓬乱，穿着破旧，一张饱经风霜的脸上刻满了皱纹，一双黑乎乎的手粗糙得像榆树皮。那个青年男子面皮白净，衣着整齐，脸上透出一股狡猾。两人争夺的那个钱袋也磨得黑乌乌油光闪亮。康熙一看情景开口说道："二位有话好好说，何必这般的你争我夺？"那老农模样的说道："这钱袋本来是我的，他非要说是他的。"那白面皮青年说道："这钱袋本是我的，他偏要说是他的，便与我争夺起来。"那老农忙说："这位爷，这钱袋它就是我的。今天我刚卖完一担柴把钱装进钱袋就往回走，谁知刚走了几步觉得有人掏我的钱袋，我一回头钱袋就已经到了他的手中。"那白面皮青年也抢着说："我和几个兄弟转街，刚掏出钱袋买肉这老汉就上来抓住我的钱袋硬说是他的，你看看他那模样像个有钱人吗？”康熙看了看两人，再一次看了看钱袋心里就明白了八分。他抓住钱袋说：“二位放手，就由我来断断这钱袋到底是谁的，咋样？”那老农一边松手一边说：“你可一定要秉公而断呀！”那白面皮青年却抓住钱袋死不松手：“你这老儿，走路不走路多管什么闲事！”康熙一听就来了气：“朗朗乾坤总得有人主持公道吧！”此时，旁边一位好心的老人悄悄对他说：“客官，你还是走吧，这是羊肉街口出了名的泼皮无赖，你惹不起！”康熙也小声说：“谢谢你的好意，今天我偏要惹惹他！”说着话用手在白面皮青年腕子上一捏，那白面皮青年“妈呀妈呀”地大叫起来，随着叫声钱袋落在地上。康熙拾起钱袋问那白面皮青年：“你说是你的钱袋，那你可记得你钱袋里装有多少钱？”那白面皮青年没好气地说：“大爷天天大把花钱，从不记得钱袋里有多少钱！”康熙说：“这么说你不知道这钱袋里有多少钱是吧？”说完又问老农：“你可记得你钱袋里有多少钱？”那老农说：“我钱袋里原来有一百二十文钱，加上刚刚卖柴得来的三十文钱，一共是一百五十文钱。”康熙打开钱袋倒出钱一数恰好是一百五十文钱，就大声对周围的人群说：“诸位请看这钱袋，又黑又油又脏，诸位再看看这卖柴老汉的手上的颜色和钱袋是不是一样？诸位再看看这个白面皮青年，这钱袋和他的身份是不是相配？这老汉说他的钱袋里共有一百五十文钱，这钱袋里正好装有一百五十文，由此可见这钱袋就是这老汉的。我现在把钱袋交给这老汉，大家就散了吧！”说完他把钱袋交给了卖柴老汉。那白面皮青年一看康熙把钱袋给了老汉就喊了一声：“弟兄们，上！”话音一落就见四个青年向康熙扑来。康熙一看四五个人向他扑来，心想：这不是找打吗？就甩开手中的鞭子“叭叭”几鞭子打得几个青年抱头鼠窜，那个白面皮青年被康熙用鞭子在腋窝里指了一下，立马直愣愣地站在那里动弹不得。正在这时宁夏城官衙的人找到了他。有一个刚开口说“万……”被康熙“嗯”了一声，立即改口说：“万爷，我家老爷请你回去。”康熙便对此人说道：“朗朗乾坤，康熙盛世，竟然在光天化日之下抢人钱财，实在有伤风化，把这几个人带回官衙好好教化教化！”说完拉驴向官衙走去。那几个泼皮青年也被官衙的人带走了。

**搜集整理：本书编委会**

# 小皇帝智取老权臣

清朝顺治皇帝薨后，由康熙继承了王位。康熙继位的时候，年仅八岁，还是个不太懂事的孩子。朝中一应大事都由他的长辈和朝中的老臣们研究处理，他每天除了请老师教他读书、习礼，课余的时候，就带领着一些小太监们，在御花园里打闹、摔跤，有时围坐在一块儿讲故事。反正他是一朝天子，谁也管不了他，何况骑射、摔跤这些事原就是满族人擅长喜爱的习俗，小太监们只要能哄得这位小皇帝玩得高兴，不能把他磕着碰着，大家就平安无事了。

他们在练武玩耍之余，最快活的事就是大家围在一起讲故事。小太监们都是来自民间的苦孩子，他们很熟悉民间的事情，讲起来津津有味。小皇帝听得有时连饭也不愿去吃，民间故事把他吸引住了。

有一回，一个名叫小得子的小太监给他讲了一个家乡“圈地”的故事。小得子说，他们那里很多人家的地被圈去了，弄得那里的农民无地可种，只好卖儿卖女，逃离家乡，外出谋生。小得子说到伤心处，还扑簌簌地掉下了眼泪。皇帝虽小，但很聪明，又爱动脑子，他听了小得子的故事，心里很纳闷：好好的地，圈起来干什么？为什么要圈？是谁在圈？老百姓不种地，跑出去又干什么？想来想去，找不到答案。随着年龄的增长，康熙渐渐了解了“圈地”的秘密。原来在顺治皇帝死后，朝中的军政大权，都落到一个名叫鳌拜的大臣手里。这个人对内把持朝政，对外统帅三军，为了巩固自己的地位，笼络部下将士，讨好贵族，便拼命推行这种“圈地”政策。所谓“圈地”，俗话叫做“跑马占地”。这些有权有势的贵族，他们随便骑马跑出去，看到谁家地好，绕着地走一圈，这块土地便是他的了。原在这里居住、耕种的人就得搬走。因为贵族们“圈地”受到鳌拜政令的保护。他们的地越圈越多，离乡背井、无家可归的人也就越来越多了。

康熙十六岁那年，已经长成大人了，他不再贪玩，开始自己管理朝政了。他对鳌拜的胡作非为，很不满意，决心要废除掉不合理的“圈地”制度。

决心是下了，可他想不出好办法来只能自己暗自思忖：“去同鳌拜商量一下吧，他会听吗？不会的！他一定会倚老卖老地说这是祖宗定下来的制度，谁敢改弦更张？”

“要不，抓他！”康熙转而一琢磨：“不行啊！鳌拜掌握着大清帝国的军政大权，朝内布满亲信，弄不好，会惹出大祸的。”经过周密的思考，他终于想出了抓鳌拜的好办法。事先，他召集了日常和他亲近的小太监们，宣布了他的计划，大家都拥护他，还有些小太监说：“这就叫聪明不过天子嘛！”他们宣誓效忠皇帝，并且严守秘密。于是，逮捕鳌拜的计划就这样定下了。

再说鳌拜虽然掌握着朝中大权，凡事都由他一人说了算，可“水大漫不过桥去”。他和康熙小皇上之间，毕竟还有个君臣的关系。因此，他每天都得进宫一趟，向小皇上请示、汇报一番。虽说这是个形式，但例行手续，还是要有的。

那天一早，鳌拜穿着朝服一摇三摆地进宫。因为他是皇上的父辈之交，又是每天必到，无人拦阻也不需要通报，就径直走向内宫。当他刚刚踏进御花园的门口，就远远听见一阵嬉笑吵闹的声音，他睁眼一看，康熙皇帝把辫子端正地盘在头上，脱去龙袍，穿着一套紧身衣裤正和一个小太监紧紧地拧在一起摔跤呢。鳌拜不由得放慢了步子，好奇地站到一群围观的小太监身后跟着看起热闹来。这时康熙皇帝脚下使劲一绊,那个对手便倒在地上。围观小太监叫起好来。旁观的鳌拜也不禁跟着鼓了掌。

康熙看了看鳌拜，仿佛是说：“你稍等一下吧。”他对周围的小太监们使了个眼色：“下边看你们的了。”一群小太监随即散开，迅速地把鳌拜围了起来。一声口哨，大家齐上，抱头的抱头，搂腰的搂腰，抬脚的抬脚，即刻把鳌拜按倒在地。开头这个老头子还倚仗平日的权势，大声吆喝：“怎么这样没有规矩，没上没下，太不像话了！”可是，谁也不买他的账，小太监们的手脚更加重了，他实在有点吃不消了。这才转向皇上求情：“万岁爷开恩，奴才年高体弱，又是有病之身，摔伤了就不能为万岁爷尽忠了！”

只听康熙大喊一声：“绑了！”小太监们早已将准备好了的绳子拿了出来，把鳌拜五花大绑起来。这时，鳌拜虽然心里已经明白了一半，可嘴里连声喊道：“老臣乃先皇托孤之臣，平日忠心耿耿，尽忠王事，何罪之有？”康熙这时微微一阵冷笑，说：“你的罪，自当向国人公布，现在先把鳌拜囚禁天牢，发交刑部审讯定罪！”

就这样,一个骄横跋扈不可一世的权臣轻而易举地被逮捕法办了。

不久，康熙下令：停止圈地。

**搜集整理：本书编委会**

# 古迹

# 西塔的传说

提起银川的西塔，可有一个神奇的传说。

很早以前，西塔不是“东西南北”的“西”，而是“喜庆”的“喜”，叫“喜塔”。

世上的事情，最怕细思谋，只要仔细想一下，就会扯出许多疑问：西塔不在城西，而在城南，紧挨西塔，就有个小南门，城北有个北塔，西塔也不在北塔的西面，而在北塔的南面。那为啥叫“喜塔”呢？这还要从七十二连湖说起——

那是在老辈子的老辈子，很早很早的时候，七十二连湖里有个青花龙，时常出来兴风作浪，糟蹋庄稼，残害乡民。

青花龙不光坑害乡下的庄稼人，也坑害城里的百姓。银川城古时候叫凤凰城，城里的百姓自打凤凰变为城，并给他们带来幸福以后，日子过得挺红火。青花龙好久不见人们向湖里给它敬献供品，又气又恼，咬得龙牙咯咯响，两颗红灯笼似的眼珠贼溜溜乱转，它要对凤凰城的百姓打坏主意了。一天夜里，阴云翻卷，狂风四起，青花龙钻入城的地底下，将各路甜水泉眼一个个堵死，扒开一个个泉眼都是又苦又涩的咸水泉。从此，百姓连一星点儿甜水也喝不上了。

就在小南门偏东几膀子的地方，有一棵活了千年的老榆树。树上有只老大的红喜蛛，说不上活了多少年，人们传说它已修炼成仙了。

青花龙作孽，连老榆树也遭了难，没过几天，枝枯叶落。喜蛛是灵物，它知道祸根在哪里，于是口衔金丝，从树上跳下来，先跳进一口井里，一个猛子扎进水中，左寻右找，找着咸水眼，吐出金丝将水眼网死；又扒开甜水眼，甜水咕嘟咕嘟地冲出井沿，向街道上喷。第二天，城里百姓都来看这奇景，胆大的人两手捧起水一尝，喊道："好甜水，好甜水呀！"众人一听，有双手捧水尝的，也有趴在地上喝的，还有在水里扎猛子的，衣裳湿透了也觉得舒心爽快！正在全城百姓狂欢嬉闹的时候，一个红色的大喜蛛从井里出来了，身上发出亮闪闪的红光。大家这才明白井里冒出甜水全是喜蛛的功劳，百姓齐刷刷地在当街跪下，感谢喜蛛，并将这口井称为"喜蛛井"。

这时，青花龙正在七十二连湖水底睡觉，忽然被凤凰城震天动地的欢呼声惊醒，匆忙翻水上岸，扭腰纵上云端，往下一看，原来是红喜蛛砸了它的锅，捣了它的蒜。青花龙气急败坏地说："哼！红喜蛛，你走着瞧，我饶不了你！"青花龙卷起一团乌云，向天边滚去，它去请风大王、雷婆婆一齐降服红喜蛛。

喝一盅茶的工夫，凤凰城上空阴云密布，狂风骤起，风裹着雨，劈头盖脸压了下来。接着，天边响起炸雷，由远而近，像是要把天炸开似的。一会儿，雨点变成了鸽子蛋大的冷子，滚石头般的砸了下来。

这时，红喜蛛知道是青花龙在作怪，就急急忙忙抽丝把街道网了几圈，又蹿上老榆树梢，吐出一道一道的红线线，组成有半个天大的金网，罩在树上。

转眼之间，青花龙和风大王、雷婆婆来了。风大王自告奋勇打头阵，它使的是黄雨卷沙迷天法，呼呼地向金网打来，断打了三五个回合，都被金网挡住了。风王不甘心，又冲了上来，没打两下，就被金网死死缠住。红喜蛛一个巴掌将风王扇进黄河里，变成一涡漩水，沉下水底。黄河里常有漩水翻卷，那就是风王在水里挣扎折腾哩！

青花龙一见风王落入河里，急得两眼冒火，忙让雷婆婆捶鼓助威，自己用急雨冷子猛打金网。由于青花龙来势凶猛，不一阵子，就把金网冲破了。红喜蛛一看，摇身一变，变成了一柄利剑。青花龙见一道白光向它刺来，躲闪不及，左肩被戳了个洞，向南跑了。这时，雷婆婆一声震天大吼，夹着闪电扑下来。说时迟，那时快，只见利剑迎闪电而上，只听咔嚓一声，雷婆婆的脑门挨了一剑，痛得她向上一蹿，把天碰破了一道缝子，乘机逃跑了。那把利剑也落在小南门的湖边，变成一座利剑一样的宝塔。从此，人们把这座塔叫“喜蛛塔”，又叫“喜塔”。说来也怪，不论晴天、阴天、风天、雨天，宝塔的影子总是倒映在湖水之中，像把利剑一样，日夜镇守着凤凰城。有时，空中也会倒悬着一个塔影，与塔尖针锋相对。每当倒影出现时，塔顶就五彩生辉，紫云缭绕。

也不知什么时候，“喜蛛井”叫成了“西福井”，“喜塔”叫成了“西塔”。凤凰城的男女老幼都把红喜蛛看成吉祥如意的象征，是喜庆欢乐的预兆，因而谁也不伤害红喜蛛。

搜集整理：何　村

# 海宝塔的传说

古时候，宁夏不是现在这样平平展展的一马平川，而是一片汪洋大海，海水和天一样又大又蓝。不知过了多少年，出了巨人，把海水引到大洋里去了，人们才开始在这里造屋平田，耕种收获。不知又过了多少年，东海里出了个海怪，把海底打了个大窟窿眼，窟窿眼刚好通到了宁夏川这片地上，海水吐吐吐地往地面上冒，一年三百六十天冒个不停。又咸又腥的海水淹田没屋，毁坏庄稼，害得人们离乡背井，叫苦连天。海水淹了又退，退了又淹，宁夏平原被海水渗得长了一层白白的碱盖子。有句歌谣说：

银川银川，
一片碱滩！

这海水不停地冒，慢慢地变成了七十二连湖。人们惆怅极了，大家都怕湖水越来越大，淹没所有的土地。他们祈祷平安，希望海水能退到大洋里去。

再说那海怪在七十二连湖横行霸道，花天酒地，每天还要指使它的爪牙——泥虎子到岸上拖食。这泥虎子仗着海怪的势力，猖狂极了，见大人就咬，见娃娃就吞，见了羊就叼，人人心惊肉跳，百里乡邻路断人稀。

有一天，一群小羊羔羔站在山坡上，流着眼泪向山下呼喊着："妈……妈……"喊声惊动了正在山洞里静养的巨人，巨人走出山洞，冲着羊群连"嗨"了几声，羊羔羔吓得都不敢哭了，也不叫了，一个个傻呆呆地站在那里。巨人问它们为什么哭叫，胆子大一点的小山羊羔羔就把泥虎子糟害生灵，拖走它们的妈妈的事诉说了一遍，巨人听完，又"嗨"了一声问道："泥虎子现在在哪里？"羊羔羔说："在七十二连湖。"巨人想了想，又低头看了看这群可怜的羊羔羔，终于"嗨！嗨"两声，下了决心，下山去了。

一路上，巨人迈开大步，腾风驾云，一闪眼就到了七十二连湖，巨人一双深深的大眼窝射出两道金光，直探到湖底，搜寻着泥虎子。那些泥虎子吓得在湖底胡乱跑，巨人眼疾手快，"嗨，看宝！"连声呼喊着，手中飞出一连串的石头，嗖，嗖，嗖，把那泥虎子打得死的死，亡的亡，只剩下一个小泥虎子了。小泥虎子急忙跪倒哀求："大人饶命，小的是奉海怪之命，才伤害生灵的，事出无奈。"巨人一听还有个海怪，就大喝一声："嗨，海怪在哪里？"

"在芦苇湖里呢！"小泥虎子战战兢兢地回答。

巨人放过小泥虎子，在芦苇丛中找到了海怪。只见那海怪丑得怕人：似龙非龙，似鱼非鱼，似龟非龟，满身的蓝毛……巨人二话不说，只听一声大喝："嗨，看宝！"手中就飞出一块石子，打得海怪脑袋好一阵疼痛。海怪抬头一看，但见那巨人十分威武：柱天柱地，高大无比，眼睛是大火球，鼻子像道山梁，咧开嘴就是一道河，喊一声震得云彩都要翻个跟头。海怪自知不是对手，就纵身跃入七十二连湖，直向海眼逃去。巨人哪肯放过它，只听得一连声的："嗨，看宝！"

随着喊声，海怪逃到哪里，石头就打到哪里，直打得它头破血流，无处躲藏，想往海眼里钻也来不及了。眼看着前面又是陆地，想转个身都不行了，海怪只好摇身一变，变成了一个老农，手里举起一条鞭子，赶着一头黄牛，正在湖边犁地哩。

巨人赶来，不见海怪，就急呼呼地上前问话："嗨，海怪呢？"没等巨人把话问完，那个老农扬起鞭子，啪的一声，将巨人紧紧缠住。巨人猛地醒悟了，知道自己一时粗心，遭了海怪的暗算，已被海怪的青蛇鞭子缠住了。此时，他不顾一切，使尽全身力气，连喊三声："嗨，嗨，嗨，看宝！"一串飞石出了手，把海怪变的老庄户砸成了肉泥。那青蛇见主人丧了命，急忙飞旋在空中，拼命向巨人抽了一鞭，正中巨人的腰，只听得一声炸雷响，毒蛇当即撞死，巨人被击成两截，上半截飞落姚伏堡，变成了一座塔；下半截也变成了塔，正好落在了海眼上，严严实实地堵住了海窟窿。海水立刻不再往上冒了。周围的百姓高兴地围住塔欢呼，感谢巨人为人间除害造福。为了纪念巨人，让后人永远缅怀他的恩典，人们想给塔起个名字。有人认为巨人变成的塔镇住了海眼，就叫镇海塔；也有人认为用巨人的名字命名较好。可巨人姓啥叫啥，谁也不知道。最后，终于决定用巨人响彻山川的战斗声音——"嗨，看宝！"作为塔的命名，于是这座塔就被称为"海宝塔"，因在银川市的北郊，人们又叫它"北塔"。

**搜集整理：本书编委会**

# 李俊塔的传说

传说有姐妹俩，从马鞍山下来，要到山祖庙去。姐姐走得快，妹妹走得慢。妹妹在后面总是喊姐姐:“等等我，等等我，我走不动！”姐姐说：“我等你，我等你，你快点跟上来！”

过了一会儿，姐姐听不见妹妹的呼喊声，她一回头，发现妹妹站着不走了，变成了一尊塔。姐姐见妹妹变成了塔，她自己也就变成了塔。如今这两尊塔一个在李俊，一个在瞿靖，李俊塔是妹妹，瞿靖塔是姐姐。

**搜集整理：本书编委会**

# 汉墓群的传说

在贺兰山下有一大片古墓，人们都说那是汉墓群。汉墓群到底埋的是什么人？当地有三种传说：第一个传说是汉朝时守边将士战死后埋葬在这里；第二个传说是埋的是汉时当地的百姓；第三个传说是汉时贺兰山中有一窑匠，专门烧制泥盆瓦罐，为了绝这门手艺，他让子孙在他走后把泥盆瓦罐全部随葬。

话说有一天，不知从哪里来了一个人，这人自称是个古董商，专门收买泥盆瓦罐、破碗烂碟，还有各类古玩玉器。这人来到离汉墓群不远的一个村庄住下后就开始挨家挨户地打听收购。那时候这地方穷乡僻壤，吃穿能够温饱就不错了，哪还有什么古玩玉器，至于泥盆瓦罐都是现置现买，破碗烂碟也是打烂了一个换一个，哪来的古时陶器？当然，他不指望在民间收购，而是听了汉墓群的传说之后相信了第三种传说。他还认为不管埋的是什么人，只要能挖出陶器就是好古董。他走遍全村也没看上一件顺眼的，就把目标定在了汉墓群。

他决定在当地找人去挖，挖出来后他再出钱买到手中。

那么这个村庄里找谁合适呢？经打听，他认为找边老七最合适。

说起这个边老七，在村里可真是个有名的人物。此人自幼好赌，赌赢了算自己的，赌输了赖着不给拿命硬扛，动不动就玩刀子，是块切不断、炖不烂的滚刀肉。除了自己参与赌博还放赌债，谁要不按期还钱，动不动就剁人家手指头，好多人因不堪忍受剁指之痛只好卖儿卖女卖老婆以抵赌债。古董商找到边老七后先不说挖坟盗墓取陶罐的事，只说想交边老七这个朋友，两人一接触都说相见恨晚。古董商天天请边老七喝酒吃肉，直说边老七神通广大，聚财有方，是个人物。只把个边老七吹捧得晕晕乎乎时他才说出了自己的想法，请边老七帮他物色个人去汉墓群里挖宝。这边老七虽说在赌场上是一霸，可挖坟掘墓的事任他说破嘴也不干。最后，边老七说帮他物色个人去干。古董商见边老七答应了非常高兴，从怀里掏出三十两银子恭恭敬敬地送给边老七，让他尽快物色人去干。物色谁呢？边老七思来想去，忽然说了声："就是他，夏羔子！把他逼急了这种事也只有他能干！"

夏羔子又是谁呢？夏羔子是本村一个出了名的懒汉。夏羔子的家当初在村里还比较富有，夏羔子的爹妈四十岁上生下了他，独根独苗，取名夏富，小名叫老羔，久而久之人们把他的真名忘了，都叫他夏羔子。夏羔子是独苗一株，因而爹娘特别疼爱，那真是抱在怀里怕吓着，含在嘴里怕化着，身上薄了怕冻着，盖的厚了怕压着，好吃的由他吃，好穿的由他穿，有钱了由他花，把个夏羔子惯成个吃喝玩乐、游手好闲、放纵赌博的人。后来爹妈相继去世，夏羔子几天光景就把个大好家业全赌光了，只剩下自己光杆一条，只好住在自己家田头上一个看瓜的小棚子里。无法生活，他只好靠给别人跑腿送信、戴孝帽子打幡、拿哭丧棍当孝子混碗饭吃。或者他整天在山坡上守着，看谁家的羊走单了或趁放羊的不注意从羊身上抓羊毛羊绒，攒多了卖点钱。这几天，夏羔子刚给人当孝子哭丧挣了两吊钱，卖羊绒羊毛得了二两银子，帮人打坟又挣了几个铜板。手头一有几个钱他就坐不住了，就想找人赌几把。边老七这边得知夏羔子又有了钱，就打发几个兄弟把他约来。事先就给几个人说好，只能赢不能输，定好暗号，让他输光后再逼他借债。这几个人心领神会，刚开始让夏羔子赢了几把，夏羔子一高兴赌劲便上来了，连说摇摇摇，再摇谁知接下来一揭一个黑屁股，一揭一个黑屁股，几碗子下来把赢来的钱输了不算，还把干活挣来的本钱全输掉了。想往回扳本没了银子就欠账，欠多了不还那几个人又不依，只好向边老七借赌债。这一夜把个夏羔子输红了眼，连输带借，要到天亮一算账就借了边老七五十多两银子。这五十多两银子对夏羔子来说可不是个小数目了，他一年帮人挖坟打工跑腿偷抓羊绒羊毛也挣不来这么多银子。夏羔子马上傻了眼，刚来时那种兴头早已不在了，就像一个泄了气的皮球。边老七一看时机一到就问："夏羔子，这五十两银子你啥时还我？"

夏羔子说："我从哪里弄这五十两银子去？这可不是个小数目，你得多宽限我几天。"

"那不行，我放赌债的规矩你是知道的。三天不还剁一小指，五天不还剁去中指，十天不还定砍去你一只手！"边老七恶狠狠地说。

夏羔子一听吓慌了，忙说："那就宽限三天，就三天，三天以后一定还你。"就这样边老七放了夏羔子。

三天的时间很快到了。夏羔子四处游荡了三天根本无处借钱，正准备别处躲债却被边老七的弟兄们抓了回来。边老七说："夏羔子，三天期限到了，该给我还钱了！"夏羔子战战兢兢地说："边七爷呀边七爷，你再宽限我几天吧！”边老七说：“多宽限几天那岂不坏了我的规矩。弟兄们，去切下他一个小拇指。”那几个兄弟一听边老七发了话如狼似虎地扑上去，另一个取出一把菜刀咔嚓一声就把夏羔子的小拇指给剁了下来，夏羔子疼得爹呀妈呀杀猪般的号叫。这时候边老七又发话了：“夏羔子再宽限你五天，如不还债就剁下你的中指。”夏羔子苦苦哀求说：“边七爷呀，能不能再多宽限几日？”边老七说：“行呀，限你十日，如交不清赌债就剁去你一只手！”夏羔子忙说：“边七爷，十天时间我哪能凑够五十多两银子，再多宽限几天吧！”

“那好！”边老七又说：“给你半个月时间，到时还不上你就拿命来抵债！”

夏羔子扑通跪下说：“边七爷，我给你提鞋舔痔疮都行，可千万不能要我的命呀！”

边老七看看火候已到就说：“夏羔子，我给你指一条既能救命，又能还清债的路就看你走不走。”

夏羔子忙说：“我走，我走！”

“你到汉墓群里去挖墓，别的不要，只要能挖出几个泥盆瓦罐来，不但欠债全免而且我还会再给你二十两银子。”

“妈呀，挖坟掘墓那是断子绝孙的事，我说啥都不敢呀！”夏羔子哭着说。

“你已经断子绝孙了还有啥不敢？你想好了，干你还能留条命，不干你小子就没命。你看着办吧！”边老七像是下了最后通牒一般。夏羔子心里暗自说道：“对呀，我无妻无儿无女，已经断子绝孙了，反正是一死，为什么不去试一试呢？”说：“挖坟也行，可我胆小怎么办？”边老七心里一高兴就说：“你傻呀！你不用躲着走？昨天黄录家杀了一头驴，那驴皮正钉在外面的墙上往干晾着，四只蹄子还吊在上面呢，你悄悄去割下两个黑驴蹄子别在腰里不就行了吗？真是！”

“那就这样，你放我走吧！”

“去去去，最好明天晚上就动手。”说着边老七让人给夏羔子把手包扎了一下放夏羔子走了。

再说夏羔子除了自认倒霉别无他话。第二天，趁黄录家不注意夏羔子慌忙割下两只驴蹄子就走。挨到晚上吃饱喝足后夏羔子又灌了几口烧酒就往汉墓群走去。刚要走到汉墓群时，忽见两个黑影向他扑来，吓得他尿了一裤子爹呀妈呀地喊个不停，扭头就往回跑。回来见了边老七后就说不干了。边老七说：“你有驴蹄子怕个啥？”

“我看这驴蹄子不管用。”夏羔子害怕地说。“那里有两棵柏树，你别用树影子来自己吓自己！我看你割下的驴蹄子。”边老七要过驴蹄子看了看笑了：“你咋把前蹄子给割下来了？驴的前蹄子不会弹不会踢，所以细。驴的后蹄子能弹能踢所以粗。你明天再把黄录家的那两只驴的后蹄子割下来，我保你没事。”夏羔子回去睡下，第二天又趁黄录家不注意割下了剩下的那两个驴蹄子。当夜他别好驴蹄子，扛着锹，一边自己给自己壮着胆一边往汉墓群走去。老远，他又看见两个黑影。这回他不害怕了，因为他腰里别的是驴的后蹄子，后蹄子能弹能踢，不害怕。他边想着边走，不一会儿他来到了一座坟前。刚挖下第一锹他害怕了，又一想，让边老七要了命也是死，还不如硬着头皮挖下去，万一真挖出个宝贝来不但还了赌债，还能换回好多钱来，这样自己吃的、喝的、花的全有了。想到这里他鼓足劲挖下去。挖呀挖呀很快就挖下去了，他开始摸东西，摸着摸着他摸到了一个像罐子一样的东西。就在这时，他看见两条黑影向他扑来，他有点害怕，扔下锹爹呀妈呀地喊着往回跑。从此以后，夏羔子就疯了，整天胡乱喊叫，后来不知谁给编了一段儿歌，村里的娃娃整天跟着他的屁股喊：

夏羔子，二半子，
好吃好喝的懒汉子。
赌博场上打转子，
输了房子输院子。
叫人抓住小辫子，
汉墓群里挖罐子。
挖出墓里的宝贝子，
吓得拉下屎蛋子。
裤裆甩成两扇子，
嘴里老喊没罐子。

从此以后，再也没人敢去汉墓群挖泥盆瓦罐了。

**搜集整理：本书编委会**

# 风景

# 西塔倒影

西塔，又叫“承天寺塔”，是宁夏境内最高的一座古塔。天晴日朗的时候，几十里外都可以看到它的身影。因此，古时候人们还把它叫“长塔”。

西塔，共有十一层。每层的檐角上都挂着风铃。每当轻风吹过，风铃儿就“叮当、叮当”地响起来，有“梵刹钟声”之称。

相传，在建塔的时候，皇太后为了让塔牢固、坚实，叫人在塔顶安放了一颗避雷宝珠，并在塔基下密藏了舍利。从此，宝塔在日月的映照下，熠熠闪光。更为惊奇的是，太阳的光和宝珠的光映在一起的时候，反射下来的光竟使塔影迎着太阳：宝塔在后，太阳在前，影儿在中，这一奇景不仅轰动了百里之内的山乡城镇，还吸引了千里之外的游客。

许多年过去了，承天寺院内的草丛中不知从哪里钻出来一只千年的大黑蜘蛛。每当塔的光芒映射到它身上的时候，它就浑身发软，睁不开眼睛。它心里很恼火，思谋着要把宝珠揭掉。后来，它听说，谁能得到宝珠，不仅不怕雷劈，还能延年益寿，长生不老，就又想着咋样才能把宝珠弄到手。它想来想去没法子，塔那么高，塔门也常关得紧紧的，怎么上去呀！

有一天晚上，机会突然来了：看塔的师傅一时疏忽，忘记锁住塔门了。黑蜘蛛趁着夜色爬出草丛，鬼鬼祟祟地溜到塔下，轻轻推开塔门，沿着木梯往上爬，一直爬到最高一层，塔的最高一层四面都有窗户。黑蜘蛛从窗户探头向塔顶望去，只见顶尖上有只水晶托盘，盘里盛着那颗闪闪发光的大宝珠。塔的顶尖距离窗户有五六尺远，黑蜘蛛吐了根长丝，借着风势搭到了塔尖上，然后，它翻出窗户，攀着蛛丝，就到了塔顶。宝珠就在眼前，黑蜘蛛高兴得涎水都流出来啦，它一下子就把宝珠揽到怀里，左看右瞧。末了，它一口将宝珠吞进肚里，西塔顿时失去了光辉。以后，无论日光再怎么照射，塔影也到不了前面了。那作孽的黑蜘蛛自从吞吃了宝珠，胆子也就更大了，它白天在塔顶睡觉，晚上出来祸害花草树木，搅得人们不得安宁，连鸟儿都不敢在这里歇脚，因为只要被它看见，一准被吸去吃了。自此，往日金碧辉煌的承天寺一天比一天冷清、破落。

后来，从黄河那边来了一个南方的游客，人们把他叫“南子”，他在银川城里转悠了一天，听说了西塔倒影的前前后后，觉得非常奇怪。第二天一早，他来到承天寺想弄个明白。走进寺院，只见荒草丛生，枝残叶落，萧条凄凉，半天不见一个人影。他转了大半个院子，才看见一位面容慈祥、年约八旬的老者。老者急急忙忙朝他走来，嘴里还喊着：“客官留步，客官留步！切不可再往里走了。”南子作了个揖，赔着笑说：“老师父，我是外乡人，你就让我进塔去看看吧！”老人忙说：“不是我阻拦你观赏，进塔是很危险的呀。”禁不住南子的再三追问，老人才把蜘蛛作怪的事一五一十地告诉了他。南子听后，十分气愤，说：“难道就没人来收拾这个孽种吗？”老人深深地叹了口气，愁眉苦脸地说：“倒是有几个胆大的武艺人上塔去捉拿过它，可那贼精得很，白天躲在塔尖上，那塔尖人是上不去的呀！那贼还乘人不防备，撒下尿来，尿滴在谁身上，谁就浑身起瘙疤疤。到了晚上，又神出鬼没，没等你到跟前，它就吐出一大团蛛丝，缠你一身，糊得你连眼睛都睁不开。到后来，就再也没人敢去捉它了。唉，孽障呀！多少年兴旺的香火，奇花异草，都让它给破败了。”老人气得直哆嗦，再也说不下去了。

听了老人的话，南子心想：自打我来到这个城，这里的百姓待我就像亲人一样，这西塔雄伟壮观，世间少有，让那孽障遭害成这样，也实在可惜。我若捉不住此怪，徒练了二十年武艺；如果真能把此害除了，也算为当地的百姓做了一件好事。他主意打定了，就对老人说：“明天赶早，你就把塔门打开，我要上去捉怪。”老人一听，连连摆手说“不行”。南子一再表示决心，老人这才点了点头，表示同意。

第二天，天刚麻麻亮，南子戴了面罩，拿了宝剑，又提了一盏灯，轻手轻脚地摸进了西塔。塔里阴森森、黑洞洞的，如果不是那盏灯照亮，就啥也看不见了。南子顺着木梯，盘旋而上，眼前逐渐豁亮起来，不一会儿，他就到了塔的最高一层。可是蜘蛛在哪里呀？他忽然想起老者曾经说过，“蜘蛛躲在塔尖上”。可是再往上没路了呀。头顶上是一层厚厚的木板，钻不过去；窗户外，连个抓手的东西都没有，人根本爬不上去。南子没有急躁，他那双明亮的眼睛在木板顶上细细搜寻。忽然，他发现木板顶边上有一块板子稍稍错进去了一点。他蹬着窗檐，攀着砖缝，一只手用力挪动木板，竟然被他挪开了二三分宽的一道缝隙。一股股难闻的腥气迎面扑来，一阵阵的呼噜声震得人头疼。他屏住气，从缝隙努力向外看去，只见在桃形的碧色琉璃塔顶上，离顶尖只有三尺远的地方，布着一把伞一样大的蜘蛛网，网上卧着一只斗一样大的黑蜘蛛，蛛蛛肚子圆鼓鼓，浑身亮闪闪，八条腿毛烘烘的，看着就叫人恶心。南子走南闯北，见过不少异禽奇兽，但像这样的怪物，他还是头一次见到。南子仔细再看时，发现从黑蜘蛛的嘴里不断往外流黏液，还带着刺鼻的酒气。它是从哪里喝的酒呢？南子心里很奇怪。他盘算着，想把剑对准蜘蛛刺过去，又恐怕离得太远，扎不上，而且会打草惊蛇。只好另想办法了。他把木板托回原处，轻轻跳了下来，推开了东面的窗户。一阵轻风吹了过来，吹散了塔中的腥臭气，使他顿觉精神爽快。他又推开西窗，只见街上车挨车、人挤人，十分热闹。可唯有紧挨寺院的那家酒楼，冷冷清清，半天不见个酒客进出。那酒楼阁上有根竹竿，竿上挂着一块白布，上面写着一个大大的“酒”字。那酒帘因风吹日晒，已变得又破又烂。南子转回身，正要下楼，突然想起，黑蜘蛛是怎么上到塔尖的呢？他又把头探出窗外，扭身向塔顶仔细看去。忽然，他发现有根蛛丝从塔尖一直向下拉去，再远就看不清楚了。他又望了望酒楼，心里明白了几分。他关上窗户，退下塔来。

当天中午，南子来到那个酒楼跟前，先绕着酒楼转了一圈，又对着酒帘愣了一会儿神，然后走进了酒店。店主满脸堆笑地迎了上来，请他坐下，又殷勤地问他要喝啥酒，吃啥菜，南子笑着说：“他不喝酒，也不吃菜，只要买下店主的酒楼。”店主的生意本来就萧条，一听南子这样说，还以为在嘲笑挖苦他，就干脆地说：“不卖！”

南子说：“我可以多给些钱。”

店主认为他还在拿他开心，就十分生气地说：“此店乃祖上所留，咋能转卖！”

南子依然笑嘻嘻地说：“给你纹银百两，一月后，这酒店依旧归你，怎么样？”一百两银子租用一个月，店主的心活了，问道：“此话当真？”

“当然，君子一言，驷马难追。三天后，你搬家，我付钱。不过有言在先，酒帘、酒缸你不能动。”店主满口答应，南子起身走出了门。他手头没有那么多的钱，还得想办法呀。

南子走后，店主心想，这人不傻也痴，花一百两银子买个破酒楼，而且只用一个月。唉，管他呢，算我运气好。他又一转念，要是晚上我睡着了，外面的酒帘被人偷走，或是被风吹跑了咋办？想到这里，他坐卧不安，干脆出去把酒帘带杆子都拉了下来，搁到屋里。

三天后，南子在众人的帮助下，凑足了银子，高高兴兴地来到酒店前，谁知抬头一看，大吃一惊：酒帘不见了！他急忙进店询问，店主没有搭话，却转身走进里屋，拿出一个布卷，笑嘻嘻地展开，递了上来。南子一看，气得半天吐不出气。一看南子的脸色，店主也翻了脸：“你这小子，你不是在耍戏人吗？”没有办法，南子只好把事情的前前后后告诉了他。

原来，黑蜘蛛把一根蛛丝从塔顶一直拉到酒店的酒帘杆子上。每天深夜，它就顺着这根蛛丝滑到店里，爬到盛满酒的缸沿上喝酒。喝足后，又顺着这根蛛丝爬回塔顶。所以，尽管塔门老是锁着，黑蜘蛛上下也总是通行无阻。南子本想乘黑蜘蛛下来喝酒的时候，扯掉酒帘，断了它的回路，在酒店里收拾了它，哪料到让这个贪财的店主把事坏了。店主听了南子的一番话，惊得目瞪口呆，半天才说“怪不得我每晚把酒缸装满，第二天早晨就只剩了半缸，我也不敢声张。酒里常有一股子腥气，客人都不愿来喝，所以我的生意也冷冷清清，一直赔本。昨天我把帘子扯了回来，今天的酒就再没少。”

再说那蜘蛛常年喝酒，已经成瘾，每晚都要窜下来找酒喝。南子就又想了个办法，在附近的一口井里倒了许多酒，他每晚都守候在附近的草丛里。浓烈的酒气终于把黑蜘蛛吸引来了。它刚爬进井，南子就飞跑过去，把事先准备好的大石块接二连三地推了下去，又用尖尖的铁矛狠狠地扎了几下。黑蜘蛛连伤带淹，终于死了。南子用网把它捞上来，剖开肚皮，取出了宝珠。一般的宝物都怕脏东西，这颗宝珠也被黑蜘蛛肚里的脏物污染得失去了光泽。所以，尽管后来宝珠又被放回塔顶，昔日的光辉却再也没有了，西塔倒影也再没有出现过。

讲　　述：张纯厚

搜集整理：姜　琳

# 马鞍山

每年四月初八，人们都到马鞍山去逛庙会。可是这座山是什么时候留下来的呢？为什么又叫马鞍山呢？提起这些事，有这么一段故事。

相传，女英雄穆桂英出生在一个占山为王的绿林好汉的家里。刚生下来时，父母看她有几分英气，就取名桂英。桂英从小跟父母练就了一身的好武艺，又读懂了不少兵书。十八岁那年，她与大将杨六郎的儿子杨宗保喜结连理。

晚上，人们都散了，洞房里红烛还在亮着。桂英等了好长时间，也不见杨宗保过来揭盖头，她就自己揭开了。只见那杨公子愁眉苦脸的，桂英上前问道："你怎么了？有什么不顺心的事吗？能不能告诉我，也好为你分担一些忧愁。"杨宗保告诉桂英实情："这几天，辽兵又来侵犯大宋江山，百姓又不得安宁，皇上想让我去出征，你说叫我怎么不愁呀！"桂英说："我愿意随你前去。"

"那不行，你一个刚过门的新媳妇，怎么能出征呢？"杨宗保说，"听说这次山高路远，你一个弱女子怎么能行？再说，父母恐怕也不会愿意。"

“只要为了百姓安宁，我愿意去。”桂英坚决地说。

第二天，天亮之后，杨宗保点了精兵五万，带着桂英出征了。

他们来到宁夏，只见到处是荒山野岭，尸身遍地，百姓哭天地。他们便安营扎寨，准备迎敌。一天，有辽兵前来挑战，桂英一听说，顿时有了精神，立即披挂跨马杀出营盘，见到对面那个手握大斧的家伙，话也不搭便冲了上去。辽将看出来的是一个女子，有点扫兴，可他万没想到穆桂英有这么一身好武艺。仅仅几个回合，那个辽将就败阵而逃，桂英只好收兵回营。

杨宗保说道：“头一仗便旗开得胜，回去一定为你报功。”

正说着，忽听外面兵丁报道：“有更多的辽兵偷袭来了。”这一仗，敌人兵多将广，杨宗保身负重伤，辽兵步步逼近，他们只好撤兵，军中一切大事都由穆桂英掌管。本来穆桂英想显显自己的本领，可是没想到自己的丈夫身受重伤，兵将的粮草又接济不上，只好退兵到黄河以东。

穆桂英的人马撤到横城一带时，由于断粮缺水，已是人困马乏了，她只好下令就地休息。将士们把马背上的马鞍全都卸了下来，堆在了一个山坡上。正在这个时候，敌人的追兵又渡河了，穆桂英指挥兵马撤退，下令：“所有将士立即上马，马鞍子不要了。”等辽兵到了这里的时候，追到的只是满山坡的马鞍子。

为了纪念穆桂英，人们便把这座山称作马鞍山。这山上还有一个碗口粗的眼，据说是当时插大旗的地方，后人称它为旗杆眼。后来，人们在山上修建了一座寺院，取名叫甘露寺。

讲　　述：强桂荣

搜集整理：强彦波

# 黄沙古渡的来历

住在黄河边的人们，经常给从城市里来的人，讲起黄沙古渡。但，究竟从什么时候有的“黄沙古渡”这个名字，大家说的都不一样。有的说，在很早很早以前就有了这个渡口；有的说，是在三辈人之前就有的……

其实，“黄沙古渡”这个名字的来历跟康熙访宁夏有关。

传说康熙访宁夏的时候，走得特别劳累，加上一路的风尘，使他无法按先前定下的日期赶到宁夏。

这一天，康熙和随从赶到了黄河边上，眼看着日头就要落山了，河面上没有一只渡船，急得他和随从在河边转来转去。就在他们急得没办法的时候，一阵听不懂的船歌从河面上飘过来，紧接着，一只小木船就出现在他们的眼前。随从把船喊到岸边，对撑船的老汉说：“老人家，我们要赶天黑进宁夏府，您老人家快把我们渡过河去，我们一定多给船钱。”

撑船的老汉笑了笑，就让康熙和随从上了船。谁知船小人多，一下子渡不完，老汉就说：“各位相公，你们谁能给这个地方起个名字，我就先把谁渡过河，然后再渡剩下的，咋样？”

康熙和随从一听这话，都火冒三丈，可一时又不敢说明身份，只好寻思着该怎么给这地方起名字。

康熙看着眼前的茫茫风沙急匆匆地说："就叫'黄沙古渡'吧！"

从此，这段黄河上的渡口就有了一个名字，叫"黄沙古渡"，而这个故事呢，也就被这里的人一代代相传了下来。

讲　　述：马光美

搜集整理：马　钰

# 黄沙古渡月牙湖

从黄沙古渡过河不远处有一湖名叫月牙湖，鄂尔多斯当地的居民人背驴驮靠月牙湖的湖水维持生命。从黄沙古渡渡河的来往商客、游人，乃至军队都要在此补充饮水，致使月牙湖声名远播。那么，月牙湖是怎么来的呢？当地有这样一个美丽的传说。

西汉元帝时期，国力衰弱，匈奴人不断地越境侵扰，滥杀边民，抢掠财物，弄得国家不得安宁，朝廷对此十分头疼，万般无奈只好采用与匈奴和亲的办法来维持一时的太平。这一年，匈奴又要求娶一名西汉公主，汉元帝舍不得让自己的女儿去大漠，就在后宫中选了一名宫女封为公主，替代自己的女儿远嫁匈奴。选出来的这个宫女的名字叫王昭君。

王昭君是汉元帝时后宫选美被选送入宫的。相传，王昭君貌若桃花，肤如凝脂，体如玲珑玉雕，行如杨柳随风，举止文雅，超凡脱俗，确有闭月羞花、沉鱼落雁之美。她入宫后，因没给画师毛延寿送礼，毛延寿故意把她画丑了。汉元帝看画选妃，因而王昭君落选。这次和亲她被封为公主时汉元帝一见王昭君之美顿时瞠目结舌大失常态。汉元帝反悔，要另选他人和亲，留下昭君。匈奴人被王昭君的美貌征服，见元帝反悔他们口气生硬地非昭君不予和亲。汉元帝惹不起匈奴人，只好忍痛割爱，把所有的恨都集中在画师毛延寿的身上，待和亲队伍一出发就把毛延寿杀了。

和亲队伍出发后，过了灞桥西出长安，经咸阳固海，过塞上朔方，到黄沙古渡渡河，当晚就在渡口东五里处一个高坡上搭起帐篷安顿下来。二更天时，王昭君从帐篷里走出来。这时，一牙儿弯月从云层中露出，月光照在一个个沙丘上，沙丘上闪着惨淡亮光，一丛丛沙蒿和冰草毫无生气地依附着沙丘，周围一片寂静，偶尔能见到远处闪现的一星星火。王昭君向东望去，心想：那里是长安，有我的国君，是我的国家。她又往南望去，心想：那里是南郡，是我的家乡，那里有我的父母兄弟。要是遇见明君，我何以远离父母、兄弟姐妹？要是国家强盛，我何以远离国都到大漠深处和亲？想到此，不由得心头一片凄凉。回头一看，贴身侍女燕儿在旁，就叫燕儿回帐去取琵琶。

燕儿取来琵琶，昭君就地坐在高坡上，轻轻调了调弦就把五指一拨。就这么一拨，就听半空中传来金玉落盘之声，四处回绕，余音不绝。荒凉孤寂的大漠转眼间就有了生机。帐篷里迎亲的、送亲的人都纷纷走了出来围坐在高坡上。昭君边弹边唱道：

怀抱琵琶望明月，月儿明，大漠黄沙漫西风。
漫西风，只望西行狼烟平。

这一段曲子唱完，只见附在沙丘上的沙蒿和冰草都立了起来。正在吃草料的马匹也停止了咀嚼竖起了耳朵。周围的人更是屏声息气。琴声响起，昭君继续唱道：

怀抱琵琶望明月，月伴云，西去塞外无故人。
无故人，东望长安倍思亲。

只见马奋头、草低垂，周围已有啜泣之声。琴声响起，昭君又唱道：

怀抱琵琶望明月，风卷尘，月儿弯弯缺半轮。
缺半轮，泪湿衣衫透罗裙。

唱到此，只听见马蹄碎踏对空嘶鸣，沙蒿冰草摇曳随风，周围人群一片哭声。王昭君一滴滴的泪水洒落在黄沙之中。就在此时，忽听空中一声震雷，半轮弯月分外明亮耀眼。坡下的沙地上就像有无数泉眼往出喷水，顷刻漫延数里。待到泉水不涌时一个水泊已在昭君眼前。站在高坡上看这水泊，水泊的形状和天空中的半轮明月一样无二。但见泊中之水清澈透明，映着天空中的半轮弯月熠熠生辉。正当人们惊奇不已时忽有人喊了一声：“好一个月牙湖！”

第二天清晨，王昭君坐在了“月牙湖”畔以湖水当镜洗漱装扮，和亲队伍起身向大漠深处走去，留下了个月牙湖在黄沙古渡。直到今天，月牙湖的名字还是那么响亮。

**搜集整理：本书编委会**

# 皇粮冈的由来

通贵乡东面黄河边有许多小山丘，人们叫它黄冈。其实它原来的名字叫皇粮岗，老辈人都知道皇粮岗有一段精彩的传说呢。

远在大宋年间，这一带是宋军与金兵交战的地方。有一年春天，金兵又打来了。这一次，金兵人马多、势力大，驻扎在黄河东岸。宋兵虽有驻军防守，但兵马不多，粮草不足。赶快调兵运粮运草吧，离后方太远，一时调运不上来。在这十万火急的情况下，宋朝带兵的大将想了个办法，调动全军人马连夜偷偷突击挖土堆山，经过一夜苦干，五更时分就堆起了几十座小山。然后，又搞来几千张苇席，将每座小山苫住，用泥糊好。天亮了，金兵隔着黄河朝对岸一看，一片粮仓。哎呀，一夜间运来了这么多粮食！金兵以为宋朝从后方调来了大军要跟他们决一死战。金兵害怕吃亏，不敢轻举妄动，等到晚上，就悄悄地撤退了。

讲　　述：马光美

搜集整理：高耀山

# 风物

# 贺兰石砚的传说

在贺兰山小滚钟口附近，有座雄伟的山峰，山上石质细腻，光洁润泽，天然长成褐绿两色。有的褐绿层叠；有的褐绿交杂；有的五色相嵌。精巧的雕刻艺人，利用它不同的色彩样式，雕琢成各式各样的人物、鸟兽、花卉、笔筒、图章等，颇受人们赞赏。尤其是用贺兰石雕成的砚台，不但雅致美观，而且研出的墨汁均匀细腻，经久不干，盛夏研墨，隔夜不生怪味，深受书法家、画家的喜爱。因此，人们把这座山峰叫“砚石山”，称这种石头为“贺兰宝石”。说也凑巧，在砚石山附近还有一座奇山，三峰矗立，形似笔架，故得名“笔架山”。提起砚石山和笔架山，还有一段古老的传说哩。

据说，在很早以前，有一位能写善画的白发仙翁，听说贺兰山中景色宜人，就带领他的大弟子明月，千里迢迢，前来赏景。进得山来，只见百花争艳，群鸟争鸣，万紫千红，气象万千，游一山胜一山，逛一景胜一景，四面八方皆在画中。白发仙翁触景生情，画意倍增，他要把这壮丽的景色载入画中，忙令弟子铺开宣纸，摆好笔砚。不料事出意外，师徒俩随身携带的砚台和笔架不见了，弟子东找西寻，根本没有下落，仙翁也感到十分败兴。二人正在焦急，一位砍柴的老汉正好路过这里，问明情况后，老汉回家就将他家珍藏多年的一个砚台拿出来请给仙翁使用。白发仙翁十分高兴，笔饱墨酣，提笔作画，画了一卷又一卷，写了一张又一张。砍柴的老汉站在一旁，看得入神，不由得连连称赞：“画得好，画得好，画活了，画活了。”

仙翁傲然答道：“哪里的话啊，不行，不行。若用上我的那块砚台，画上的色调就更好看啦！”

砍柴老汉看了他一眼，有些不高兴地说：“到哪山说哪山，巧妇还难为无米之炊哩。”

话没落点，白发仙翁怒气冲冲，把笔一抛，扭头就走。他的弟子慌忙卷起画卷，又给砍柴老汉作了一揖，紧随师父而去。只见一团青云腾空，师徒二人都不见了。据说从此以后，白发仙翁放砚台的地方就越来越高，成了一座山峰，专出砚石，人们就叫它“砚石山”；白发仙翁抛笔的地方，就成了现在的“笔架山”。

**搜集整理：陈秉贤**

# 瓜子鱼的传说

永宁县陕西庙门前有一口井。井不太深，井水清澈透明，一眼就能望见井底。井口也不太大，井沿不高，一尺左右。井沿下面有个眼，井水就从眼里往外流，一直流到东面的黑泉湖里，别看这口井就那么一丁点儿，可井里的水一年四季流也流不完。事情也很怪，就那么一点儿井，井里却经常有那么几条小鱼，鱼儿很小，就像瓜子儿那么大。当地人都说这是瓜子鱼。一提到瓜子鱼就要讲一个故事。

话说从前，有一个珠宝商来到了陕西庙。一天，他到陕西庙门前的井里去打水，一低头，看见井底有个大西瓜，他感到奇怪，便把袖子卷起来，伸手去捞，可是他手伸下去以后，西瓜却不见了。珠宝商觉得更怪了，于是他不打水了，站在井边对着井琢磨着。突然，他发现这井里面的水是往东面的黑泉湖里流。这一下他可高兴了，顺着井溪直往黑泉湖去。到了黑泉湖，他抬头一望，哈，这可是有看头哩！原来这黑泉湖周围是芦苇，中间有个大荡。大荡里的水清得就像蓝天，腰往下一弯，嗨，一个碧绿的大西瓜在湖里漂着。珠宝商这一下才明白了。原来陕西庙里的大西瓜就在这儿，那井里的西瓜不过是它的影子罢了。怎么办呢？一定设法把它盗走！

一天，珠宝商找到了陕西庙那口井的主人。他花了一笔钱把这口井连同井周围的田一齐买了下来。他又在附近雇了两个长工，让两个长工在这块地里种瓜。他告诉两个长工，种的甜瓜、蔬菜他们自己可以卖，但是西瓜一个也不能动。两个长工听了后觉得非常合算，于是他们也就精心种植，果然种了一大片瓜。

瓜熟了，两个长工把甜瓜全都卖了。只剩下西瓜仍在地里让它长着，最后西瓜也熟了，可是珠宝商不让他们摘。一直等到西瓜都熟透了，他还是不让摘。一天，珠宝商又到西瓜地里来了。他站在井口上，看了一会儿，然后把两个长工叫来，给他们付了工钱，打发他们走了。

西瓜地里只剩下珠宝商一个人了，他在西瓜地里，这儿瞅瞅，那儿望望，寻找他要找的那个大西瓜。他找来找去，终于找到一个和井里的那个大西瓜一模一样的西瓜。他就把那个西瓜摘走了。

珠宝商一走，田里的那个西瓜没了。井里的西瓜也不见了影儿。人们都跑到西瓜地里摘西瓜吃，吃不完的，就扔到井里，可是扔到井里的西瓜又不见了。只剩下西瓜子。西瓜子又变成了鱼。打这以后，人们再也看不到陕西庙井里的大西瓜了，这儿只留下那口井和井里像西瓜子那样大的鱼儿。因为这些鱼儿是西瓜子变的，人们都叫它“瓜子鱼”。

**讲　　述：黄云山**

**搜集整理：李家军**

# 乌金的传说

贺兰山盛产煤。贺兰山的煤乌光闪亮，无烟无味，当地人叫它干炭。到了清朝咸丰年间，贺兰山的干炭又有了一个响亮的名字叫“乌金”。

相传清咸丰年间，朝廷派工部给事中陈端彦到宁夏巡察水利。给事中是个官名，正六品，是朝廷都察院派往各部的官员，行御史权，如监察各部最高长官的贪腐，可直接给都察院报告，也可直接奏达皇上。官虽不大，权力不小，官员一般都不轻易得罪他们。宁夏知府、道台得知陈端彦来宁夏，更是小心侍候不敢怠慢。

陈端彦来宁夏后，在知府、道台们的陪同下巡视了惠农渠、汉延渠、唐徕渠、大秦渠等，看到宁夏无旱无涝、庄稼茂盛、水利设施完好、灌溉便利，便对知府道台大加夸赞。一日晚，知府请陈端彦吃火锅，火锅火力很旺，侍从不停地往锅里加汤。陈端彦见状就问用的是什么燃料。知府说是干炭。陈端彦说：“在京城，用的燃料烧起来烟很大，味道也不好闻。你这干炭怎么一点烟都没有？”知府说：“这是宁夏贺兰山中的煤，色泽光亮、无烟无味，火力旺，是宁夏一宝。”随后陈端彦让取来一块看了看，果然是色泽明亮、闪闪发亮，就说了句："好一块乌金！"

陈端彦巡察完回京复命时，宁夏知府除送银两外特意装了一小木箱干炭送给他。回到京城，他看着这箱乌金忽然有了主意。他心想，此次宁夏一行自己捞了点好处，但给皇上没搜寻回个啥宝贝，自己一个六品给事中当到啥时候？如果把这箱乌金献给皇上，再请奏皇上将这乌金定为朝廷贡品，那功劳就大了，皇上一高兴，封自己个知府道台、放个外任，今后白花花的银子还不是大把大把地进，可比现在的穷六品的京官强多了。第二天早朝，皇上宣他上殿，问起宁夏巡察的事他一一如实回奏，着实也把宁夏府道官员夸赞了一番。最后，他把那箱干炭交给了皇上。皇上看后问："这是什么？"他回奏是贺兰山产的乌金。此乌金可烧火、做饭、取暖，火力旺，是炭中精品，希望皇上把此乌金定为贡品。皇上看了看说："此炭不错，确可称为'乌金'。爱卿暂且退下，待朕随后再定夺此事。"

那时，各省在京都有密探。不几天宁夏知府就得知了这一消息，心中十分着急。要知道，那时宁夏落后，采煤全靠人背。矿洞又小，背煤的人都是背着背斗爬进爬出，要真将此物定为贡品，且不说煤能不能供上，就是往来车马吃住、过山渡水的费用也耗不起。知府连夜写了个奏折用八百里加急送往京城。皇上接到宁夏知府的奏折一看，前面是恭请圣安，后面奏道："宁夏产煤不假，煤是光泽明亮也不假，只是这煤者'霉'也，炭者'叹'也。奴才之所以不把此煤当作贡品实在是怕对皇上太不敬，万一有人理解为国运倒霉，皇上叹气，奴才就是有多少脑袋也不够砍。拿'煤'上供太不吉利，望皇上三思。"皇上看完奏折立有所悟。第二天早朝，陈端彦巴望着皇上把乌金定为贡品，再封赏一下自己。却听皇上说道："陈端彦，你所奏将乌金定为贡品一事，朕再三考虑，为了大清江山社稷永世相传，贡品一事就免了吧。”然后问吏部主管官员：“宁夏不是有个县令空缺吗？就安排陈端彦去。”陈端彦一听立马心凉了。不但没升反而由六品降为七品，宁夏路途遥远、条件艰苦如何受得了？只怪自己贪图富贵多嘴多舌，到头来搬起石头砸了自己的脚。

陈端彦到了宁夏，宁夏府台让他去惠农当县令。在他赴惠农县时知府对他说：“惠农县紧靠贺兰山，采乌金的地方正好归你管。我算了一下，乌金从宁夏送往京城，一路车马人行、翻山渡水，一斤乌金的费用就得五两银子。皇宫用量一年按两万斤算，那就是一百万两银子。宁夏地广人稀税收极少，这一百万两银子谁出？好自为之吧！”陈端彦脸一下红到了脖子上，又羞又臊地去上任。

宁夏贺兰山的煤“乌金”的美称从此留了下来。

**搜集整理：本书编委会**

# 鸽子鱼的故事

黄沙古渡位于贺兰县境内，距通昌堡不远。历史上的黄沙古渡曾是一个商贾云集、军队往返、各族交往、热闹非凡的古渡口。随着黄河东移，河面增宽才渐渐失去了它昔日的风采，但还是给后人留下了许多美好的传说。

康熙年间，西部草原首领噶尔丹勾结国外势力叛乱，抢掠边民、残杀无辜、霸占草原，致使边患日益严重，大清根基受到了威胁。康熙皇帝在平定三藩、收复台湾后就往西北发兵御驾亲征噶尔丹。

西征须得东渡黄河。这一日，大军浩浩荡荡开到了黄河岸边，人马分别从仁存、横城两个渡口渡河，康熙的龙舟在众多木船的护卫下从黄沙古渡渡河。这一天，天高云淡，风和日丽，康熙站在龙舟上举目远眺，但见西面贺兰山挺拔而立，犹如一匹骏马奋蹄腾飞；东面大漠上沙丘叠叠、金光灿灿好似金龙摆尾。黄河岸边杨柳低垂、芦苇摇曳。黄河水面上一望无际，微风吹拂时层层细浪恰似万点龙甲，康熙不由得赞叹道：“好一个万古黄河！好一个塞上江南！好一派大漠风光啊！”就在这时，随侍近臣明珠忽地惊叫一声道：“皇上快看，飞鱼，飞鱼！”康熙顺着明珠指的方向一看，果然有鱼不时地从水中跃起丈许，然后又一头扎入水中。“这是不是人们传说中的鲤鱼跳龙门？”明珠回道：“皇上，鲤鱼应该是个大体宽、鳞甲泛红，而这鱼不像。”康熙待飞鱼再跃起时细细一看：“嗯，这鱼体瘦扁平，银甲白肚，身轻如燕，不是鲤鱼，不是鲤鱼！”明珠叫来艄公一问，才知道这鱼就叫飞鱼。君臣说着话不觉船已靠岸，康熙登岸后传令就地安营扎寨。

随侍近臣明珠最能揣摩皇上心思。皇上贵为天子，天下美味无不享尽，只是这飞鱼今日才见，说什么也得要让皇上尝尝飞鱼的滋味，于是就私下安排人搞到了几条。当晚，康熙正在大帐中细看西征路线图，明珠亲自端上一盘鱼，顿时大帐中就弥漫着一股特别的香味。康熙问明珠：“这是什么鱼？怎么这么香？”明珠笑嘻嘻地说：“皇上，这就是您白天龙舟上看到的黄河飞鱼。”

“黄河飞鱼？那朕就要尝尝！”

康熙吃了一口，细嚼慢品后说：“嗯，好，不错！这鱼细如蜜汁，鲜如琼浆，滑如油熘，嫩如腐髓，清香爽口，不油不腻，还有鸽肉的味道，真是世间尤物！”说罢，一口接一口地吞咽，早已没有了平时的秀气范儿。不一会儿，三条飞鱼就下了肚，康熙不停地咂吧着嘴说：“好东西，好东西啊！”

明珠立即明白了康熙的意思，他故意说：“皇上，你看……”

康熙说：“这事你看着办，不过名字得改一改，就叫鸽子鱼吧！”

明珠领了康熙口谕，将黄河飞鱼改叫鸽子鱼，并通知宁夏府道官员，将鸽子鱼定为宫廷贡品。

由于不停地打捞上供，黄河鸽子鱼几乎绝迹。现在，只有在青铜峡的库区才能见到。

**搜集整理：本书编委会**

# 猴子为啥屁股红

传说，猴子的祖先并不是红屁股，可是后来怎么都成了红屁股了呢？这得从头说起。很早很早以前，有一座大山脚下，坐落着一个村庄，村子里住着一户母女两人。有一天晚上，母亲对女儿说："米吃完了，明天早饭就没有米下锅了。"女儿说："妈妈放心吧，我明天早早起来去舂米，不会耽误做早饭。"第二天早上，鸡还没叫，女儿就起了床，提着米篮子出去了。母亲睡到天亮才起床，她起来后，洗脸、扫地，然后去烧水，水烧开了，还不见女儿回来，她就到村口米槽边找女儿。老母亲来到米槽边一看，米篮子放在米槽边的碾盘上，谷子盛在槽里，还没舂成米，就是不见女儿。老母亲连忙问村上的人们，大家都说没看见，她急得哭起来。这时候村上许多人都出来帮她找，人们把山前山后、山左山右都找遍了，也没见个人影。奇怪，山上虽然也有狼虫虎豹，但是从来没有听说过伤人，可是这位老妈妈的女儿会到哪儿去呢？大家都想不出个头绪。老母亲从此每天哭啊哭，眼睛都快哭瞎了，也没有得到女儿的信儿。

两年多过去了，有一天老母亲坐在院里梳头，突然天上落下来一只喜鹊，嘴里噙着一条花头绳，老母亲擦擦眼睛仔细一看："呀！

那不是我女儿的花头绳吗？”她高兴得跪下就磕头，对喜鹊说：“好喜鹊，你知道我女儿在哪里，就带我去找她吧。”说话间，喜鹊叼着花头绳飞走了，老母亲连忙跟在后面追。喜鹊飞一阵落下来停停，等她追上了，它又飞起走了。就这样，喜鹊在前面飞，老母亲在后边追，走过一座山，又翻过几道岭，走了一天一夜，把老母亲累得上气不接下气。这时来到一个山洞口，喜鹊落下来，把嘴里叼的花头绳放下就飞走了。老母亲正不知怎么办好，忽然看见女儿从山洞里走出来。母女俩见了面抱头痛哭。然后，女儿先问妈妈是怎么找到这个地方的，母亲告诉她：“是喜鹊为她带的路。”母亲又问女儿：“你是怎么到这个地方的？”女儿告诉妈妈：“那天早上我去到米槽边，刚把谷子倒进米槽里舂了几下，从山上下来一只老猴精，对我说：‘我家有两个猴娃娃没有娘，你给猴娃娃当娘吧。’说罢背起我就跑，我挣不过它，它一直把我背到这个山洞里，我和老猴精已经成了夫妻。”老母亲听了这话，又生气又痛心，问女儿：“现在老猴精到哪里去了？”女儿说：“它每天一早就背着猴娃娃出去寻食，它们仨吃饱了，晚上再给我带回来许多吃的，待我倒也挺好。”老母亲说：“再好也不行，它是个妖怪，它每天出去，你为什么不跑回家呢？”女儿听了这话哭着对母亲说：“我跑过好几次，都被它抓回来了，抓回来后，对我又掐又咬，每次都把我折腾个半死。所以，我再也不敢跑了。”老妈妈听了女儿的诉说，非常伤心，正在这时，女儿对妈妈说：“不好了，那老猴精快回来了。它要是见了你，说不定要害了你。我先把你藏起来吧。”于是，女儿掀开一块石头，让母亲进去，然后又把石头挡好。

不一会儿，老猴精背着两只小猴回来了，又带回很多吃的东西，它进了山洞，放下猴娃儿和吃的东西，用鼻子呼哧一闻，说道：“猴娃儿娘，山洞里怎么有股生人气，是谁进洞来了？”猴娃儿娘说：“没人来山洞，你闻错了，还是我身上的味嘛。”老猴精呼哧呼哧一闻又说：“不对，是有人进洞了，你快说出来，你要是不说，我就把你掐死。”猴儿娘听了老猴精的话，非常害怕，她想：它要是把我掐死，妈妈早晚也要被它找出来害死，还不如先告诉它，看它怎么办。于是，对老猴精说：“我说出来你可不要伤害她。是我妈妈来了。”老猴精一听是她妈来了，非常高兴地说：“原来是妈妈来了，快请出来吧，我今天带回山鸡、野兔，快点烧烧给妈吃。”于是女儿把妈妈从石洞里拉了出来，老猴精赶快给老妈妈拿果子吃，又把打来的小动物放进火里烧了一下给老妈妈吃。过了一会儿，老猴精对老妈妈说：“妈妈这会来了，就别再回家了，这样，您女儿也不再想家了，我会养活你们的。”老妈妈心想：眼下还没有想好偷跑的办法，先答应了也好。于是，老妈妈对老猴精说：“好吧，反正我家里也没别的人了，住在这里，你把我养活到终老算了。”老猴精听罢高兴极了。

第二天，老猴精照常背上小猴娃娃出去了，母女俩坐在山洞里想办法。女儿说：“老猴精的眼睛非常好，它虽然每天出去走得很远很远，但是，它隔一会儿就站在树梢上远远地看看我。要是它的眼睛看不见就好办了。”老妈妈听了女儿的话，有了主意，说道：“我有办法了。”

等到天黑，老猴精回到了山洞，带回许多吃的让母女俩吃。老母亲对老猴精说：“猴女婿，你的眼圈咋那么红呢？”老猴精说：“可不是吗，不但红，还常常烂，可难受了。”老母亲说：“你想治吧？”老猴精说：“我早就想治好它，就是没有办法。”

老母亲说：“我有个办法，不过得受点委屈，不知道你用不用？”

老猴精说：“您快说出来，只要能治好红眼病，什么委屈我都不怕。”

老母亲说：“你明天出去多打些吃的东西。然后，把桃树胶、杏树胶、梅子树胶这三样抓上半碗，在一起搅一搅，粘在两只眼皮上，你上午躺在山东坡，下午躺在山西坡，让太阳好好晒晒，过上三天就好了。”

老猴精答应了。第二天很早起来就出去了，天黑回来，三样树胶都采到了。老母亲把三样树胶搅好，亲手糊在老猴精的两只眼睛上，边糊边说：“桃胶、杏胶、梅子胶，粘粘就好了。”然后，让老猴精背上猴娃娃，带上吃的摸着路，去到山东坡，躺下让太阳晒。到了下午，又背上小猴娃娃来到山西坡躺下，一直晒到太阳落山，才背上小猴娃娃摸着路回到山洞里。

老猴精回到山洞里就叫喊：“猴娃儿娘。”喊了几声不见回答，它就在山洞里摸，摸来摸去，两个人都不见了。它想一定是偷跑了，于是背上猴娃娃就去追。可是一出山洞看不见方向，急得它放下猴娃娃就朝脸上抓。谁知道那树胶粘在脸庞的毛上，一抓，脸上揪心地疼。它赶快摸到河边去洗，可是用水洗一点也不管用。它急得又咬又叫，过了一会儿没有办法，还朝脸上抓，一直到天快明了，把脸抓得稀巴烂，眼睛总算开了一点缝。这时它背上猴娃娃就去追。

老猴精很快追到了村边，可是它白天不敢进村，到了晚上，在人们熟睡时，它背上猴娃儿来到村边的舂米槽边，把猴娃儿放下来，它坐在碾盘上，连声叫喊：“不想爹，不想娘，就想猴娃儿它娘。”就这样，它一直叫喊一夜，村上的人们吓得都不敢出来。到天明了，它背上猴娃儿走了。到了晚上人们入睡后，它又来喊叫。一连好多天，天天晚上叫，搅得村里的人们都睡不着觉。一天，大家想了个办法，一早起来，大家拿来许多干木柴把碾盘和米槽全盖上，点火烧起来，整整烧了一天，把碾盘和舂米槽都烧红了。到了人们入睡后，老猴精又背着小猴娃来了。它把小猴娃放在碾盘上，小猴娃往碾盘上一坐，烧得叽里呱啦叫着跳下去。老猴精说：“还没找上你娘，碾盘就坐烦了，你们不坐，我坐。”说着，一屁股坐在碾盘上，烧得它直叫喊，背起小猴娃就跑。第二天，老猴精的屁股和小猴娃的屁股，都是少皮少毛，鲜红鲜红的，以后再也不敢进村了。

从此以后，人们发现山上的许多猴子都是红屁股。

搜集整理：本书编委会

# 姑嫂鸟

塞上江南的宁夏流传着这样的一个故事：相传很久很久以前，在这山清水秀、绿云缭绕的凤凰城里，住着姑嫂俩，她们是远近闻名的绣花能手。她俩绣的花能招来蝴蝶，引来蜜蜂；她俩绣的鱼儿，小猫见了也分不清真假。姑嫂俩绣什么像什么，绣尽天下花鸟虫鱼，飞禽走兽，唯独不能绣杨梅花，因为杨梅三更开花，五更凋谢，她俩都从没见过杨梅花。但是她俩并不甘心，心想“天下无难事，只要有心人”，决心要把杨梅花开的情景绣出来。

就这样她们告别家人和村民连夜到山上绣杨梅花，家里人和村民都为她俩捏了一把汗。

姑嫂俩来到杨梅花旁，借着月光，动手绣了起来，一直绣到五更，眼看就要绣好了。这时，姑子想起大哥要外出干活，便对嫂嫂说：“嫂，天快亮了，大哥出远门，你先回去做早饭吧，剩下的我把它绣完。”嫂嫂觉得有理，嘱咐姑子几句，便独自下山去了。姑子继续聚精会神地绣着，终于把一幅杨梅开花图绣出来了，可就在这时，一只黄斑猛虎蹿了出来，姑子吓得撒腿就跑……

过了一会儿，嫂嫂把饭煮好了，天也亮了，回到山上的梅林里，却不见姑子，便四下寻找，只见山坳里有一摊血，鲜血旁边有一幅绣好的杨梅开花图。嫂嫂知道姑子被猛虎伤害了，悲痛欲绝，哭哑了声音，哭干了眼泪，昏了过去，化作一只小鸟在山村中边飞边叫“姑姑——姑姑……”

几天以后，杨梅林又出现了一只小鸟，边飞边叫着“嫂嫂——嫂嫂……”两只小鸟飞到一起，从此形影不离，一只叫着“姑姑”一只叫着“嫂嫂”，后来，人们称这种鸟叫“姑嫂鸟”。

讲　　述：雷风英

搜集整理：黄　凯

# 布谷鸟的故事

到了春天，播种季节，布谷鸟叫“播谷播谷”，农民兄弟们就忙着进入春耕的季节了。在银川地区流传的布谷鸟的叫声却是“谷苦、谷苦”，这是为什么呢?

相传，很久以前，有个名叫“小布”的小男孩。在小布年幼时候母亲去世了，他没有兄弟和姐妹，只有一个后妈。后妈有个儿子名叫“小呆”，小呆和小布同岁。小布的后妈对他很不好，她总想让自己的亲生儿子日后继承全部家业。于是，她就想了一条毒计，想置小布于死地。

有一天，她把两个孩子叫到了一起，叫他们到东山去种谷子，并对他们说：“你们谁种的谷子先出了苗，谁就回家来，谁种的谷子没出苗，谁就别想回家来。”她让这两个小孩每人背了一袋谷种就出发了。两人走在半路上，小呆的肚子饿了，他伸手在自己的袋里掏出了一把谷种，吃了一口觉得很不好吃。他想，也许小布背的谷种好吃些，就让小布给他掏了一把。小呆吃了一口，觉得又香又甜。小呆与小布随即对换了袋子。

到了东山，小布种的谷子出了苗，小呆种的谷子全都没有出来，这是因为小布背的谷种是后妈炒过的。由于小呆不敢回家，他变成了一只布谷鸟，整天叫着，把他的苦衷告诉世上的人们：谷——苦，谷——苦……

讲　　述：王文山

搜集整理：王新军

# 猫头鹰的来历

古时候，在贺兰山下的一个村子里住着兄妹俩，爹妈过世后，兄妹相依为命，靠卖柴度日。有一天，兄妹俩上山砍柴，妹妹在山的这边砍，哥哥在山的那边砍。快到晌午时，妹妹挑起柴担喊哥哥回家，可是喊了很长时间，从山这边喊到山那边，却听不到哥哥的回音，看不见哥哥的影子，只找到哥哥用的斧子。

那时候，山里的野兽非常多，经常有人被吃。她想，哥哥一定是让野兽给害了。她越想越恨那坏东西，便整天哭啊，喊啊！最终给哭成了泪人。后来，她气死在山上，变成了一只猫头鹰。因为她哭坏了眼睛，怕见光，所以总是夜里才出来，连声喊着："找哥哥，找哥哥。"因为哥哥是被野兽害了，所以它肚子饿了不吃庄稼，去吃害虫。人们听见它的叫声，都很同情。

讲　　述：吴　茂

搜集整理：戚玉侠

# 猫爬树的故事

很久以前，贺兰山下的村子里有一个老头，老头家里有一只小黄狗和一只小花猫，还有一颗珠子。这珠子不是一般的珠子，它是一颗宝珠。把它放在面缸里，面就满；放在米缸里，米就尖；放在酒罐子里，酒就溢：所以老头不愁吃，不愁喝。但是，老头最担心宝珠被人偷走，于是就让狗和猫替他看守宝珠。有一天，老头去探望一个朋友，就对狗和猫说："你们好好地看着家，特别要看好我的宝珠。"说完老头就走了。小黄狗对小花猫说："咱们一定要看好宝珠，否则主人回来会发火的。"小花猫却说："不要紧，不要紧。"说完就躺到炕上睡觉去了。小黄狗便守护在宝珠跟前。过了一会儿，小黄狗困极了，便不知不觉地睡着了。等醒来一看，宝珠不见了。它急忙喊醒小花猫，告诉了情况。它们就一起去寻找宝珠。它们向东走呀走呀，突然前面有一条大河挡住了去路。那是黄河。怎么过河呢？小黄狗对小花猫说："我来背你过河。"小花猫便跳到小黄狗的背上，就这样游过了黄河。来到一户人家，小花猫对小黄狗说："你在外面守着，我进去看看。"小黄狗就守在门口，小花猫便走进屋子里，一眼看见一个大箱子，它想：这里一定有东西，可我怎么钻进去呢？突然它看见一个老鼠洞。小花猫就守在洞口。不一会儿，一只老鼠探头探脑地从洞里钻出来，小花猫猛地扑了上去，捉住了老鼠。老鼠对小花猫说："请饶了我吧，我还有一群可怜的孩子呢！"小花猫说："只要你帮我一个忙，我就把你放了。"

老鼠急忙问："帮你什么忙？"

小花猫说："你进这箱子里，看看里面有没有一个珠子。"

老鼠说："这容易。"说完老鼠便用嘴一下一下把箱子咬了一个洞钻了进去。老鼠一看，里面果然有一颗珠子，它就叼着珠子出来了。它把珠子交给小花猫，小花猫立刻放了老鼠。

小黄狗和小花猫拿着珠子往回走。来到黄河前，小花猫说："这珠子太大，我拿不住，怎么办呢？"

小黄狗说："放在嘴里。"

小花猫高兴地说："这主意真好，这主意真好！"说完便跳上狗背，把宝珠放在嘴里。快游到岸上的时候，有一群孩子在河边耍水，看见狗背着猫，大声叫喊着："真有意思，一只小黄狗背一只小花猫，大家快来看哟！"小花猫听见人这么一喊，心里挺高兴，忍不住扑哧一笑，珠子掉进河里了。这下可坏了事。小花猫知道坏了事，跳上岸来就跑。小黄狗扭头一看紧追不舍。跑呀追呀，小花猫忽然爬上一棵树。从那以后，猫一见狗追撵便往树上爬去。

**讲　　述：王宝山**

**搜集整理：王艳阳**

# 喜鹊的忌讳

相传喜鹊和乌鸦都是鸟王手下的皂吏班头。可是，它们的本质不同，喜鹊温和，而乌鸦很奸诈；喜鹊给人们报喜，乌鸦却给人们报丧。所以，人们都喜爱喜鹊，见了乌鸦就骂。因此，乌鸦很嫉妒喜鹊，到鸟王那里说喜鹊的坏话。鸟王大怒道："喜鹊，你要再参与人间的事，我三伏天不让你喝水，三九天不让你进窝！"

有一天，一个樵夫打柴回来，由于山路崎岖，到山下已是汗流浃背，口渴得难受，想找水喝，恰好看见山下有一汪水，他准备喝几口。山巅上的一群乌鸦大声叫着："快点喝哇，快点喝哇！"正在这时，一只喜鹊扑棱一声用翅膀把水搅浊了。那个樵夫只好忍着渴赶路。这时，山上的乌鸦见樵夫没有喝上水，就恶狠狠地对喜鹊说："你不怕大王训你？"说着便去告诉了鸟王。鸟王很生气，下令三伏天不让喜鹊喝水，三九天不让喜鹊进窝。

从那时候直到现在，喜鹊真的三伏天不喝水，三九天不进窝。

人们因为喜鹊的温和而喜欢喜鹊，因为乌鸦的奸诈而讨厌乌鸦，直到现在，人们在川区树林中常见到喜鹊，并把它奉为银川市的市鸟而加以爱护,而乌鸦,也只有人们到贺兰山里才能够见到它的身影,只听到那令人厌烦的“哇哇”声。

讲　　述：张世忠

搜集整理：唐保新

# 燕子的传说

燕子是一种候鸟，是银川地区庄稼人的好朋友，人人都喜欢它。有关它的传说很多，在宁夏川区就流传着这样一个有关燕子的传说。

很久以前，一个村子的茅屋里住着一对心地善良的夫妻，他们已经年老了，膝下无子。夫妻俩相依为命，就靠开垦的一块荒地度日。

一天，夫妻俩下地干活，看见一只小燕子的右腿跌断了，喘着粗气，动弹不了。夫妻俩见这只小燕子很可怜，急忙把它带回家医治。

夫妻俩用小木板、线绳把小燕子的断腿固定好，小心翼翼地放在一个小匣子里，精心地喂养起来。

过了一个多月，小燕子的腿伤养好了。此时，正值深秋，别的燕子都已回南方了。

一天，夫妻俩看着小燕子很孤单，就对小燕子说："可怜的小燕子，想家了吧！想兄弟姐妹了吧？这样吧，我们现在就放你回南方吧！"小燕子听了夫妻俩的话，心里非常感激，但也很难过，它一时不想离开救命恩人。小燕子又一想：待在这里，冬天怎么过呢？

一天，小燕子醒得特别早，一会儿在老婆婆身上跳，一会儿在老公公身上跳。最后，跳到炕上用嘴叼起一根红线绕在右腿上，对老公公、老婆婆说：“你们的救命之恩，我一定要报答。”说着飞出门外，向南方飞走了。

第二年春天，小燕子从南方飞回来了。

一天中午，夫妻俩从地里干活归来，远远望见一只燕子落在他们家门楣上，上前一看，正是他们曾经医治好的那只小燕子！

小燕子飞进屋从嘴里吐出一粒瓜子。

夫妻俩高高兴兴地把这粒瓜子种在地里。不几天，瓜子破土而出，长出枝叶，又过了几天瓜蔓开花了。

两个月以后，结出一颗又大又圆的南瓜。夫妻俩高兴得嘴都合不拢了。因为这是颗宝瓜，想要什么就有什么。

从此，夫妻俩欢欢喜喜地过着幸福的日子。

**讲　　述：杨　连**

**搜集整理：万永成**

# 爆竹的传说

银川东临黄河，西依贺兰山，是历史悠久的塞上春城，是国家历史文化名城，有“塞上江南、鱼米之乡”的美誉。银川受黄河文化影响较深，在其他地区流传的许多的民间故事，在银川地区都有流传，《爆竹的传说》就是其中比较有代表性的一个故事。

很久以前，在一片森林旁边有一个村子，村子里住着不少的人，森林里，有很多野兽，有狼、有虎、有狮子，其中有一只很大很大的豹子。这只凶恶的豹子每到过年的时候就来到村子里，不论大人小孩都逃不掉，年年都是这样。一个好好的村子，只有几家人了。

村里有人说，我们把肉和所有的食物放到村口，它来了看见了肉，吃饱了，也许它就不进村来伤害人了。就这样，村里的人过了个年。有一年，农民的庄稼收成不好，肉和东西也不多，豹子一见，很不高兴。它进了村，来到一家三口人的院子里，张大了嘴吼叫了一声。这一声把这一家人吓得紧紧地抱在一起。凶恶的豹子大声地叫着，天上连一个星星也没有，只有院里的火还在燃烧着，凶恶的豹子放开大步走到了门边，突然听见火堆里的竹子叭的一声巨响，豹子吓得撒腿就跑。就这样，叭一声巨响，拯救了他们三个人，也救了全村的人。从此人们过年的时候，总把一些竹子放到火堆里烧，叫爆竹。人们年年这样，豹子再也不敢进村来吃人了。

**讲　　述：杨茂山**

**搜集整理：杨新刚**

# 腊八节的来历

在银川，受黄河文化影响，许许多多的节日、习俗在这儿都有体现，比如春节、中秋节、乞巧节、腊八节等等。

每年的腊月初八，生活在川区的人们都喜欢在这一天煮一顿“腊八饭”。传说，有个人因小时候家里非常穷，经常吃不饱、穿不暖。有一天，他给一家有钱的人家放牲口，突然看见了一只像猫一样大的老鼠，他赶紧就追，追来追去那只老鼠钻进一个洞里，他决心要把那只老鼠挖出来。结果，老鼠没挖出来，却挖出来了一窝粮。这窝粮里有小麦、有黄豆、有高粱，他高兴地把它们拿回家让母亲煮了一锅粥，然后调了些油盐酱醋，美美地吃了一顿。

后来此人做了大王，天天吃的是山珍海味，但总觉得没有过去的那锅粥好吃。这天正好是腊月初八，他突然又想起了从老鼠窝里挖回的那顿杂粮饭，于是他下令让御厨给他做顿杂粮饭。饭做好后，他吃起来觉得很香。为了让天下人都尝尝杂粮饭的味道，他又下了道圣旨，规定每年的这一天吃杂粮饭。

从此，“腊八节”传说就这样流传了下来，并沿黄河传入宁夏川区。

讲　　述：马新德
搜集整理：马学忠

# 喝场的起源

银川地区由于有黄河水的浇灌，自古以来就是盛产大米小麦。小时候，听人家打麦子喝场就像哭鼻子。据老辈人讲：喝场是打从朱元璋灭了元朝建立了明朝以后兴起来的。那阵子天下太平万民乐业。

有一天，早朝，众文武两班朝参一毕，站立两旁。朱元璋说："众位爱卿，免去礼节，现在万民乐业，天下百姓过着太平的日子，我们在朝中庆祝一番吧。"他下了一道圣旨命常随官大摆酒宴，又命御史官把宫娥彩女也传来，同时设置了"蛟龙尚""大推手""小推手""红灯玉"等游艺活动，热闹非凡。朱元璋正在看得入迷，猛然间抬头一看，见天气晴朗，万里无云，从南面飞来一群大雁，边飞边叫，向北边飞来。他猛地想起了什么："哎呀！说不定哪一天北面的人又要和我争天下呢。"朱元璋欲言又止，他又一想："我刚才给大臣们说现在是太平世界，我要再说防备之情，那不就把我的皇上体面失了吗？"因此，他又反过来说："众位爱卿，元朝被我们灭了，现在连个哭的、叫的、喊的人也没有了。唉！我的心里呀，有点过意不去，众位爱卿啊，给我想个什么办法呢？"

大谋士刘伯温说："启禀万岁，既然皇上体念他们，可以下一道圣旨，让天下百姓在夏天打麦子的时候，拉上牛套上磙，用人赶磙，一边压场一边哭，你看如何？"

皇上说："刘爱卿你这一本奏得好！"

此后，朱元璋这道圣旨传到各州府县。在传圣旨的过程中间又加了一层：谁要是打麦子一天不喝场，就罚一斤麦子，十天不喝场就要罚他十斤麦子。百姓一听，吓了一跳：一天不喝场就罚一斤麦子，十天就要罚一升，这还了得！大家都生怕被罚麦子，只要打麦子就赶紧喝起场来，这一风物习俗也顺着黄河传到了宁夏川区。直到现在打麦子都是要喝场的。

**讲　　述：赵生仁**

**搜集整理：王仰甫**

# 石狮子的传说

银川虽然是宁夏回族自治区的首府，但也有许多汉族人在此居住，因而有不少的庙宇。这些庙的门口一般都有两只石头狮子守在那儿，看着那么庄严肃穆。这两只石狮有一个传说。

古时候，有个靠讨饭为生的人，他每天都把讨来的饭分给庙门前的石狮子一半。

一天又一天，一年又一年，每次都是这样，从没间断过。

有一天，太阳快落山了，讨饭人端着刚从远处讨来的半碗饭，急匆匆地向石狮子跟前走。忽然轰隆一声，只见从石狮子嘴里喷出一股青烟，随着青烟的升落，哗啦啦的响声传遍石狮子全身。讨饭人定睛一看，石狮子嘴里滚动着金光闪闪的金子。石狮子说：“讨饭人辛苦了，你真是个好心人啊！我怎么感谢你呢？这样吧，现在你就从我的嘴里拿些金子去生活吧。记住，太阳快出来的时候，你赶快走，不然你就拿不走金子。”

讨饭人拿了些金子，天不亮就走了，

这一消息，被一恶霸地主知道了，他就带着打手们很快把讨饭人抓起来。严刑逼供，讨饭人讲出了石狮子吐金子的真情。

从此，恶霸地主天天派人端许多碗饭倒在石狮子旁边。

这样，不知倒了多少碗饭，几乎快把石狮子埋在里面了。

有一天，天刚黑，恶霸地主就迫不及待地命令打手们套好马车去取金子。

不一会儿，他们来到石狮子跟前。刚走到石狮子脚下，突然轰隆一声，从石狮子嘴里冒出一股青烟，还没等青烟散去，恶霸地主就指手画脚地命令打手们赶快去掏金子。

掏啊，掏啊，掏了一车又一车，一直掏到太阳快要出来的时候。地主的儿子说："爹爹不要掏了，太阳快出来了。"

贪财的地主恨不得把石狮子抬回家。

忽然，太阳升起来了，只听轰隆隆一声响，石狮子一合嘴，恶霸地主不见了。下人们拉回去的金子全都变成了水。

从此，后人就在每个庙门前都立上石狮子，作为扬善惩恶的象征。

**讲　　述：包玉英**

**搜集整理：万永成**

# 红葫芦

宁夏川区有一家老两口，养了两个儿子。老大娶了媳妇。没等老二娶媳妇，老两口就死了。

老两口去世后，老大的媳妇提出的分家要求。老二没办法只好同意了。结果家里的房子呀、牛呀、车呀都被老大分去了。老二气得啥也不要，只要了他爹留下来的挂在墙上的那把弦子。老二手里拿着弦子就离开了家。他走到哪里就弹到哪里，唱到哪里。

有一天，他弹着弦子走来走去，来到黄河沿上了。他坐在河沿上，边弹边唱。水晶宫里的龙王听着了："什么人弹得这么好？"就打发夜叉去找。夜叉顺着弦子声上来一看，是个小伙子，就让小伙子跟他到水晶宫去。老二问夜叉："水路我怎么走呢？"

"我驮上你，你千万别睁眼睛，我几时叫你睁，你再睁，我不叫你睁，你别睁。"说着夜叉就把老二背上。老二闭着眼睛，心里吓得不行，耳边只听见水哗哗的声音。

过了一阵子，夜叉让老二把眼睛睁开，他睁开眼睛一看，到水晶宫了。龙王见了老二，说道："水晶宫旱了三年，不下雨。"

老二说："龙王，你要大风大雨，还是要牛毛细雨？"

“要大风大雨是怎么说，要牛毛细雨怎么讲？”

老二说：“我的弦子一弹，扇子一扇，大风大雨就下来了。牛毛细雨，我光弹弦子就行了。”

龙王赶忙说：“水晶宫已经旱了三年，就刮大风下大雨吧！”老二的弦子一弹，扇子一扇啊，大风大雨就下来了，白天下到晚上呀，龙王后来说不要了，雨才停下来。

老二在水晶宫住了几天，水鬼夜叉告诉他：“龙王送给你一盘金子，你不要，送给你一盘银子，你也不要，你要墙上的第三个红葫芦。”过了几天，龙王叫来老二，让虾兵端来一盘金子，老二不要。龙王又让虾兵端来一盘银子，他也不要。龙王问他要啥？“我要你墙上挂的第三个红葫芦。”龙王想：这个葫芦是我的三公主啊！可龙王掐指一算，三公主与他有姻缘，就把红葫芦给了老二，叫夜叉把他送上岸。

老二上岸后，走呀走呀，他的肚子饿了，自言自语道：“端给我金子，端给我银子，我都没要，只要了这个葫芦，我肚子饿了吃啥呢？”他就气气地把葫芦撂到地下，睡觉去了。待老二睡醒了，一桌好吃的酒席摆在他的面前，老二也不问就吃，吃饱了他背上葫芦、弦子又出发了。走呀走呀，一下走到滩里，乏了，他就睡了。一觉醒来，只见眼前一座漂亮的房子。老二就住进这座房子了，每天他都出去转悠，等他回来，好吃好喝的预备好了。后来，有一天，他想看看，这些好吃好喝的究竟是咋来的。他爬到窗子上等着看，只见葫芦从墙上下来了，变成一个美丽的姑娘。他忙把门一闩拦住姑娘。姑娘对他说：“你别这么急着抱我，我是三公主，是你的妻子。”此后，老二舍不得漂亮的媳妇，到该犁田的时候也不去犁田了。三公主说：“你舍不得我，就买两张纸来，我给你画上两张像，你把我的像插在田头上，一边插一张。犁田的时候，过来能看见我，过去也能看见我。”老二听罢赶紧去买了两张纸，三公主画好了像，老二就在田的这头插上画像，那头也插上画像。他犁了一阵子田，忽然起了一阵大黑风，把三公主的一张画像刮没了。老二急得到处找，怎么也找不着，原来那张像刮到皇宫里头去了，三公主的像让皇上给看着了。老二的媳妇漂亮得很啊，皇上打发文武大臣四处找画上的人。老二也找，皇上派的人也找，正好他们碰上了。“我的东西怎么到了你的手里了？这是我媳妇的像。”皇上派出的人一听心想：正好，皇上要的就是你的媳妇，就把老二带到皇宫里了。皇上说：“我要你的媳妇前来觐见！你若不同意给就送多少多少鸡鸭来皇宫。”他愁得不行，回去告诉了三公主。三公主让他买些黄纸来。买来纸，三公主用剪子一铰，又一剜，剜成鸡鸭了，一撂，落到地上，起来的鸡鸭都活了，老二就赶了去。皇上见了还是说：“我要是不要你的媳妇，你给我送多少多少黑颜色的骡子来。”老二回家又告诉了三公主，三公主又让他买黑纸去。他买了几张黑纸来，三公主用剪子铰成骡子，一撂，尽是骡子，都活了，老二把骡子都赶上去皇宫。皇上还说不行。老二回来给三公主一说，三公主就告诉男人：“好吧，我进宫去装病，你进山打老鼠，打上老鼠，你缝一个老鼠皮的褂子，装个看病的先生。我进宫装病，让皇上给我修座楼，三年以后，你就穿上老鼠皮缝的褂子，在那个楼前楼后转着吆喝，我们俩便能团圆。”三公主随后进了皇宫，老二按三公主嘱咐进山去了。

三公主进了宫，对皇上说：“启奏万岁，我得了一种怪病，这病要想好，你给我修一座楼，我白天要听牛犊的声音，晚上要听蛤蟆的声音，这样过上三年，病才能好。”皇上答应了，照三公主说的修了一座楼，她就住进去了。

三年以后，老二来了，他穿着老鼠皮的褂子，手里拿着卖药的摇铃铛铛子，围着那个楼，楼前楼后摇着铛铛转。三公主听见了，就请皇上差人去叫卖药的先生，差人告诉卖药的先生进宫去给娘娘看病。

老二进了皇宫，三公主见了，马上就笑了。皇上看见心里嘀咕："娘娘选进宫已三年了，一天也没有对我笑过，今儿怎么见了先生就笑了？"

皇上问娘娘："你笑什么？"

"我笑先生穿的这件褂子。"皇上听了，也想让娘娘高兴，赶忙要和卖药的先生换衣裳穿。老二告诉皇上，要换就连龙衣龙帽一起换，皇上答应了。老二和皇上便把衣裳换了。老二穿上龙衣龙帽说："这是哪里来的人，在娘娘住的楼前楼后转来转去的，拉下去！"在皇宫门外头把皇上斩了。老二做了皇上，和三公主美美满满地过起日子来。

**讲　　述：马色礼**

**搜集整理：王仰甫　　由慧茹**

# 乌龟救青蛙

银川地区沟渠纵横，有许多渠水或雨水淤积的水汊子，在水汊子里生活着乌龟、青蛙等小动物。狐狸时常来水汊边喝水觅食。在川区老百姓中就流传着一个有关狐狸、乌龟、青蛙的故事。

从前，有一只狐狸，一天，它出来找东西吃，看见一只青蛙在河边捉虫，就想拿青蛙填填肚子。

狐狸鬼鬼祟祟的举动让乌龟看见了，它急中生智，一嘴咬住了狐狸的尾巴，狐狸疼得尖叫了一声，青蛙听到了，赶快跳到了水里。狐狸很生气，一把抓住乌龟，想要吃掉它。乌龟连忙缩进硬壳里，狐狸见什么也咬不着，就去咬硬壳，牙都咬酸了，就是咬不动，它狠狠地说：“哼，我要把你扔到天上，掉下来——摔死你！”

乌龟听了心里一惊，装出满不在乎的声音说：“好哇，谢谢你，我正想到天上逛一逛呢。”狐狸又说：“哼，我才不叫你称心呢，我要把你扔到水里——淹死你！”

乌龟心里很高兴，却装出害怕的样子说：“狐狸大哥，千万不要把我扔到水里，求求你了。”狐狸一听很高兴，举起乌龟扑通一声扔进水里。乌龟在水中伸出头和脚，自由自在地游到青蛙身旁。

狐狸一看自己上当了，跳到水里去捉乌龟和青蛙，没想到把自己给淹死了。

搜集整理：李晓东

# 蜂蚁报恩

河西郝家与河东黄家因一场婚姻风波，引起了一段蜂蚁报恩的故事。

郝家家境贫寒，黄家常常接济他们，郝家无以为报，便将小女翠莲许给黄家公子，从此，郝黄两家亲如一家。在黄家的资助下，郝家由一个摊贩，发展成了一个杂货店经营者，还雇了两个伙计。杂货店生意兴隆，财运亨通。

黄家黄秀才的爹害热病死了，寡母体弱多病，无力持家，家境逐渐萧条，亲朋们日渐疏远，不似以前红火热闹了。

郝家利欲熏心，渐生嫌贫爱富之念，看着黄家人死财散，便单方面撕毁婚约，暗地里又将翠莲许给有钱有势的徐帮办之子。

黄秀才闻信，与母亲计议，要去郝家把翠莲接过河来，以防事变。黄母对郝家的背信弃义非常恼恨，催促秀才前去。

这天，风和日暖，秀才乘木船过河去岳父家。船到河心，忽见水上漂来一团淤草，草上落满蚂蚁，争抢着向干草处爬，挤成了疙瘩。见此情景，秀才赶忙取来艄公的瓦盆，将草团捞到盆里，控了水晒在船头。船靠对岸，黄秀才正要离船上路，忽然又发现河水中漂来一只小木箱，露出水面的箱顶上蠕动着一窝蜜蜂，翅膀湿了水，一只只忽闪忽闪飞不起来。黄秀才转身下水把那木箱捞起，晒在岸上。艄公见了说："黄秀才心善，先救蚁，后救蜂。但秀才可知，这蜜蜂叮人呀！"秀才笑道："大哥只知其一，不知其二，蜜蜂辛勤劳动酿蜜吐蜡，乃是益虫，人不惹它，则不会被叮。"说话间，见那群蜂儿一只只飞了起来，秀才松了口气，和艄公说着话儿走向长街。

秀才买了几样甘果糖茶，来到岳丈家中，郝掌柜勉强接待，让到上房，寒暄两句，分宾主坐了。过了老大工夫，郝掌柜问道："贤侄今天到我家来，为了何事？"

秀才坦然答道："家母身体不爽，无人料理家务，打算把翠莲接去完婚，特来与岳父商量。"

郝掌柜白了秀才一眼，说："不是已告知你了，翠莲不愿嫁你，只当另配，今日因何又来接亲？"

秀才忍气而不失礼貌地说："岳父何出此言？翠莲与小侄情投意合，怎说不愿？岳父意欲赖婚，万万不能从命。"

郝掌柜脸色一沉道："实不相瞒，老夫已将小女另许他人，月内就要成亲。你今天来了，就回去与令堂说明，郝黄两家婚事只好作罢了。"

秀才听了说："岳父如此行事，实在不妥，如执拗起来，两家只有见官，望岳父三思。"

郝掌柜听说"见官"，慌了手脚，心中暗想："他有婚契，打起官司来怕赢他不得。这……对，我何不如此这般，逼迫他自退婚约呢！"

郝掌柜鬼主意打定，满脸愁纹立即舒展了，便急急忙忙去找翠莲妈，让她准备所需之物。翠莲妈得知郝掌柜的用意后，又气又急，无奈何，只好来找女儿翠莲。进门后，翠莲妈见女儿已哭成了泪人，便说：“孩子，事已至此，你就别哭了，你爹的良心坏了。刚才他对我说，为了逼迫秀才退婚，他要我把五升扁豆和五升小米掺和在一起，叫秀才一夜分拣开来，拣得净就成婚，如一粒不净，婚约作废。一斗米豆混杂一堆，十天十夜也分拣不清啊！这不明明是作弄人！”翠莲闻听，悲愤交加，一气之下，决定帮黄秀才去分拣米豆，她向母亲说明自己的想法，母亲同意了。于是，母女来到房前，房内烛光明亮，门被倒锁着。母亲用食指拈了唾沫将窗纸戳了个小眼向内观看。见秀才并未动手拣那米豆，而是死死地盯着脚下发愣。再一看，她不由大吃一惊！黑压压的一群蚂蚁正在分拣地上的米豆，此时已分拣了一大半。她对女儿说：“这真是天无绝人之路，儿呀，快来看。”翠莲看后更觉得奇怪，这……天下能有这样的事吗？

“怎么没有，这是上天为了成全你和秀才，派神蚁来帮秀才拣米豆。”经母亲一说，翠莲破涕为笑。

天刚麻麻亮，郝掌柜来到秀才房里，见秀才正睡得香甜，而米豆已分为两摊，真是米中无一豆，豆中无一米，顿然惊呆了，正待回身要走，秀才坐起来笑着说：“岳父大人早安，小婿遵命拣开了粮食，这番无可说了，请速备花轿，送翠莲过河，先住在小婿姨家，待择吉日成婚。”郝老财见一计未成，又生一计。他对秀才说：“送亲不急，为了看你有没有福分要我女儿，我备了两顶花轿，人乘一顶，空着一顶，均用彩布蒙严实，凭你运气去选，选着坐人的，翠莲就跟你去；选上空轿，你只好独自回家，莫再纠缠。”

秀才说：“君子一言，驷马难追，话出你口，不得反悔！”

老财说：“众目睽睽，焉能反悔，只是摸着空轿，你也莫悔。”

秀才说：“那自然。”

商量妥当，蒙着彩布的花轿从后院抬出，这时看热闹的人已把院子挤得水泄不通。秀才面对两乘花轿左看右看，不敢轻易去选，心想成败在此一举，切莫抓了空的，正在为难，忽见一群蜂儿在他头顶飞旋一圈，齐齐停落在一顶轿盖上。秀才心中一动，暗自思忖："蜂儿指引，定是翠莲坐的轿。"他毅然上去捉住落蜂的轿子，掀开彩布和轿帘，翠莲正花枝招展地冲着秀才抿嘴笑呢。

看到此情此景，郝掌柜慌了神、傻了眼，扑上去欲夺回翠莲，不料那群蜜蜂一齐飞下来落在他脸上，脖子上，乱叮乱咬，他喊爹叫娘，招架不住，抱着头跑了，引得满院大人小孩哈哈大笑。这笑声一直把秀才和翠莲及翠莲妈送出大门。

讲　　述：王国宁

搜集整理：祁志彬

# 鸽子仙女

相传银川地区的一个村子里有个员外姓马。他娶了个老婆，几年也没有生个儿子。他又娶了第二个老婆，没有几年，她一连生了三个儿子。这三个儿子渐渐长大了，他们都没有娶媳妇。员外和他的大老婆没有几年就去世了，二老婆不到一年也相继去世了。三个儿子不知道钱的去向，没过多长时间田地和房屋都卖完了。

有一天，他们来到一座山脚下。老大说："我们就在这安家落户吧。"于是，他们去山上砍了几棵树，把树抬到山下一棵树底下，搭了两个草房。他们睡觉没有铺盖的东西，就在地上铺上草睡在上面。第二天早上，他们三人都去砍柴，砍了柴就去卖掉买米买锅。过了半年，他们置办了许多锅碗瓢盆。有一年，他们草房前的树上来了三只鸽子。这三只鸽子很不寻常——它们都会说话。一只鸽子说："他们哥仨在一天干了苦活还要做饭，多辛苦，我们给他们悄悄把饭做上，让他们回来好好吃上一顿。"于是它们从草房的天窗飞了进去。在地上把身上的羽毛滚掉，变成三个漂亮的大姑娘，她们赶紧把饭做好，又在羽毛上一滚，变成了三只鸽子，从天窗飞走了。那哥仨回来一看，不知谁把饭做好了，肚子饿得慌，不管三七二十一地吃了起来。他们太累了，吃完饭倒头就睡了。一连几天都是如此。老大感到很奇怪，就对老二和老三说：“明天你们两个去砍柴，我留在家里看看是谁来做饭。”第二天，老二、老三去砍柴了，老大就躲在草房的后面看。一会儿，三只鸽子又飞来了，它们照旧从天窗飞进来，像上几次一样在地上滚了以后，变成三个姑娘，就飞快地做起饭来。老大从窗门看见了她们的一举一动，就溜了进来用火把鸽子的一堆羽毛烧了。跑到厨房对三个姑娘说：“我是这家的老大，还有两个弟弟，你们要是不嫌弃的话，就给我们做媳妇吧！”姑娘们听了，害羞地朝放羽毛的那边跑去，一看羽毛已被老大烧掉了，不能变回鸽子了，她们就答应了。

老大选了一个最美的姑娘让她把锅灰抹到脸上，老二和老三回来，听了老大的叙述，就各自选了一个姑娘做媳妇。老大让抹灰的姑娘去把脸洗了，老二和老三看见老大的媳妇也很漂亮。三兄弟各自都很满意。从此以后，他们的生活过得和和美美。

**讲　　述：关秀英**

**搜集整理：陈庆玲**

# 神奇的金马驹

黄河流到宁夏银川通贵乡这里，有个叫黄沙古渡的地方，拐了个弯子。河西岸是一马平川，河东岸冒出了一个小沙梁，远远望去就像是一匹马驹静静地卧在那里。就是它挡住了黄河的流水，所以就拐出个弯来。相传，这座小沙梁当初是一匹金马驹造化而成的。

远古，这里是一片大沙滩，黄河水肆意泛滥，淹没村庄和良田。洪水下去以后，又是一片泥洼。两岸百姓来往没个渡口，很不方便。有一年秋天，黄河发洪水了，这一次比哪一次都厉害，两岸村庄被毁，大片田园变成汪洋。百姓无家可归，叫苦连天。一天清早，从河东岸大草原上跑来一匹金马驹，后边有无数人马追赶捉拿。金马驹跑到黄河边，不顾泥滩洪水，扑通跳了进去，结果陷入稀泥之中。后面追赶捉拿的大队人马赶来，望着陷在泥潭中的金马驹干着急，到不了跟前。为了得到这个宝贝，他们就在岸边安营扎寨，守候着，等待洪水下去，想办法捉拿。不料，出现了奇迹，过了一个月，洪水退下去了，金马驹却变成了一座沙梁。追赶的人还不死心，就开始挖沙梁，想把金马驹挖出来。可是白天挖掉的沙土，夜里又长了起来，就这样，挖呀长，长呀挖，一口气挖了七七四十九天，沙丘还是那么大。天冷了，草原上的人们失望地回去了。

从此以后，历朝历代的官员和有钱人，他们接连不断地到这里察看、寻找。年长日久，这个地方就成了人来人往的黄沙渡口。他们都想得到那匹金马驹，调动老百姓挖那座沙梁。也不知挖了多少年、多少次，但始终没把金马驹挖出来。所以直到今天，沙梁还在那里，而传说还在流传。

讲　　述：马光美

搜集整理：高耀山

# 白杨树

相传，当地的知县做尽坏事，老百姓一提起他来，都恨死啦。但是，老百姓有冤无处申，有苦也没法诉。

一天，县太爷又到乡下搜刮民财，强抢民女，弄得人心惶惶，鸡飞狗跳。

乡里有个壮士叫白杨。他身高八尺，浓眉大眼，大喊一声如同雷响，人们都叫他“喊半村”。他的力气可大啦，看见谁受了欺负，爱打抱不平，就是前边有刀山火海也不怕。今天一见知县横行霸道，气得他两眼直冒金星，一个箭步窜到知县马前，双手拉住马缰绳大喝一声：“你这狗官，老子今天饶不了你！”知县被这一声炸雷震得头昏眼花，差点儿从马上跌了下来。不一会儿，他心神稍安，定睛一看，见是白杨，哪里把他放在心上，就吹胡子瞪眼睛，耍起威风来。白杨气极了，一抬右脚把马踢得后退了三丈远，嘶嘶嘶地直叫，知县没坐稳，从马背上滚下来，跌了个狗吃屎。狗腿子一拥而上，把白杨围在中间，刀呀、枪呀就都使上了。白杨也不含糊，劈拳扫腿，斗了半天，最后终因寡不敌众，被一剑刺进心窝……

白杨站在地上，眼睛睁得大大的盯着知县。知县一见，吓得面色青黄，眼直了，腿子都软了，好一阵子，他才缓过劲来，丢了民女和财物，灰溜溜地逃跑了。临走时，他虚张声势，吩咐地保：“不准刁民靠近白杨，不准收尸，谁不遵从，小心脑袋！”

白杨死后，老乡们都非常悲痛，但只能远远望着，不敢靠近。他的尸首头一天站着，第二天还站着，到第三天清早不见了，可在他站着的地方长出了一棵钻天大树，树叶密密麻麻，在半空中发出哗哗的响声来。有人说：“看看看，白杨变成大树了，他死了也不低头，不折腰，还在骂那个狗官，真是个了不起的英雄！”这话像股风，才一天工夫，就传了十里八乡，大家都相信这是真的，从此就把这棵树叫做白杨。说也奇怪，以后到处都长出了这种高高的白杨树来。

搜集整理：何　村

# 千里驹

相传很久以前，河东羚羊滩上有个大牧主，外号叫毒蛇精，霸占着羚羊滩的千里草原。他家牛羊成群，良田千顷，有万贯家产。他的牧工当中有个青年名叫马龙，长得像个小犍牛一样。马龙心肠善良，性格直爽，为人厚道，是个勤劳勇敢的好青年。

马龙从十四岁就给毒蛇精放马，不论春夏秋冬，还是刮风下雨，他都吆着马群到处去放牧。因为马龙放马放得好，毒蛇精的马起群很快，才五六年的光景，两群马就发展到八九群了，可马龙却长年忍饥挨饿。

有一年，一个深秋的夜晚，乌云翻滚，雷声震天，怒吼的狂风夹着暴雨，像黄河决口般的倾泻下来。马龙顶着狂风暴雨，紧握着马鞭，看护马群，直到深夜，风停雨住。这时马龙又饿又累又冷，有点支持不住了。猛然间，发现马群里有一团火光，闪闪发亮。他心想，这是咋回事呀？大雨刚过，又是深夜，谁到这里来放火呀？他急忙跑到发光的地方，仔细一看，原来是一匹刚生下来的小马驹正在地上翻滚呢，周围还有几匹老骡马围着这匹小马驹，眼睛盯着它一动不动。

马龙心里纳闷，自言自语地说："真奇怪呀，刚才亲眼看见，明明是一团火光，咋会变成了一匹小马驹子！"马龙坐在小马驹身边，迷迷糊糊地睡着了。天亮之后，他才看清楚这匹马驹长得头大，脖子细，弓腰驼背，四腿瘦长，全身卷毛，鬃尾长长地拖在地上。有一天，毒蛇精来到羚羊滩查圈，看见马群里出现了这样一匹不起眼的怪马，十分生气。卖掉吧，没人买，留着吧，又给自己的马群丢人，他常为这匹小马驹，心里不快活。

时间过得真快，不觉三年过去，小马驹也三周岁了。有一天，马龙在滩上放牧，在一棵大树下睡着了，梦见一位银须白发的老人，坐在他的身边对他说："马龙呀，马龙，你老妈在家有病，你快回家去看看她呀！她很想你呀！你回家的时候，毒蛇精给什么你都不要接受，你就要那匹小黑马，那是一匹千里驹呀！"说完老人就不见了。马龙醒来，迷惑不解。他回想起三年来小马驹的情况：跑起来，快得像旋风；叫起来，声音震长空；吃起草来，好像一把小镰刀，吃得又快又光。想到这里，他觉得老人说的话像是真的。

晚上，马龙将马群吆回圈里，就去找毒蛇精。毒蛇精见了马龙，虚情假意地点烟倒茶。马龙说："老掌柜，我老妈有病，今天有人带信，叫我赶紧回家去探望。"

毒蛇精说："现在正是大秋季节，马抢草场揽膘的时辰，过了这一阵再回去吧！"

马龙听了，满腔怒火。又一想，胳膊拧不过大腿，惹不起人家，还是多说好话，坚持要回家。毒蛇精看中了马龙是个好把式，又不愿轻易得罪他，才勉强答应了他的要求。第二天，算了账，六年的苦役，被黑心的毒蛇精七折八扣只剩了十几块钱。毒蛇精怕马龙一去不返，又扣下了五块钱做押金，才叫马龙动身。马龙心里说道：

“小黑马还没有到手，咋能这样走呀！”他又去找毒蛇精说：“我家离这里山高路远，啥时能走到，来去时间过长，又耽误给你放马，能卖给我一匹乏马，在路上搭个脚吗？”毒蛇精为了让马龙早日回来放马就说：“好吧，就把那匹卷毛小黑马卖给你吧。”马龙一听，高兴得差点跳了起来，又强装作忧愁的样子。

当天晚上，等马上了圈，马龙从群里拉出了千里驹，戴上笼头，备上鞍子，离开毒蛇精不远，马龙脚踩铜镫，翻身上马，刚刚坐稳，只见千里驹两耳直立，真像云头龙、海底蛟，扬鬃甩尾，四蹄腾空，一声长嘶，鼻孔喷出两道白光，好似腾云驾雾，直向东山飞去。马龙骑在马背上，像是坐在八抬花轿之中，只见空中流云飞舞，只听耳边风声呼啸，走了不到一个时辰，就回到家中。

马龙回到家后，给老妈看好了病。母子二人种着二亩薄地，喂养着千里驹过日子。

第二年秋天，羚羊滩又要举行赛马大会了，方圆各滩的好骑手，都来参加。马龙骑着他的千里驹，也去参加赛马会。他看见远近的好骑手牵着骏马，都聚集在这里，什么红鬃豹、海里蛟、追风虎、赛麒麟，各个备着银鞍银镫，金丝笼头，红缨绿穗，迎风飘动，好不威风。

头三天，马龙没有上赛场，到了第四天，他才把千里驹牵到赛场。跑场上各色骏马，生龙活虎一般。马龙的千里驹和人家的骏马相比，真像驼群里的小羊，赶会的人见了都说：“小伙子，小心你的马吧，你拿上砖头打月亮，不识高低呀！”马龙听了毫不理睬，他心里想：是龙是虫跑场上见吧！

赛马就要开始，羚羊滩上，彩旗飘舞，人山人海，几百匹烈马好像展翅的雄鹰，雄壮威武，咴咴长嘶。只听一声炮响，金鼓齐鸣，烈马再也忍耐不住，好似离弦的利箭，向东飞去，只见尘土飞扬，过了一阵，跑得无踪无影。前来赶会的人们等啊、盼啊，过了足有一个时辰，忽见遥远的天边，有一个黑影在半空云彩之中飘舞，眨眼之间，已跑入赛场。马龙骑在千里驹的背上，扬起马鞭，大喊三声："乡亲们好！赶快让路，小心伤着！"这时，成千上万的人，拍手喊好，千里驹好像是懂得人话，在赛场内，又转了三圈，才慢慢停住了步子。马龙翻身下马，乡亲们像潮水一般向马龙拥了过来，把马龙团团围住，人人问好，个个请安，都为英雄的马龙喝彩。人们又看千里驹，才知道这匹不成形的小黑马，竟是腾云驾雾的千里宝驹。真是："羚羊滩，大过天，宝驹出在滩上边，自古深山出骏马，羚羊滩上出好汉。"

又过了一个时辰，从遥远的滩边才逐渐看见斑斑黑点向前移动，后边扬起漫天灰尘。等了好一阵，那些高头烈马，稀稀拉拉地进入会场，跑得气喘吁吁，汗流似水。有的刚入会场，就跌倒在地上，四蹄朝天，不能动弹。赛马完毕，几百名骑手拥上前去，向马龙问好。

在观看赛马的人群当中，也有毒蛇精。他看见马龙骑的小黑马竟得了头名，好像才从梦中惊醒，气得几乎发疯，粗声恶语地大骂马龙："你这穷小子，吃了豹子胆，还是喝了老虎血，竟敢哄我，将我的千里宝驹骗走。快快将我的宝驹还来。否则，我要你的狗命。"马龙说："老掌柜，说话要有根据，不能胡言乱语。我一不偷二不骗，这匹小黑马是我拿六年工钱买来的，卖马也是你心甘情愿的。今天你仗势欺人，想抢走小黑马，那是蛤蟆吃天——妄想。"马龙几句话，把毒蛇精顶得无言可答。毒蛇精为了把千里驹弄到手，又花言巧语地给马龙下话，要掏大价钱买回小黑马。马龙说："你要买小黑马我就卖给你吧！一斗金子，一斗银子来换。"毒蛇精一听要卖斗金斗银，吓得出了一头冷汗，想再商量，马龙说啥也不卖了。毒蛇精心想：先给他斗金斗银，把马弄到手再说。他吩咐管家拉马，却被马龙挡住："要拉马先得请来十个公证人，当面立下字据，一手交钱，一手拉马。"毒蛇精一看没了办法，只好叫管家拿来笔墨纸砚，又请了十个公证人，当着众人立了字据，交了斗金斗银，才把马拉走了。

马龙得了毒蛇精的金银，买了几匹骏马，将金银驮回家去，全部分给了家乡的贫苦乡亲。他和老妈仍然种着二亩薄地，过着清贫的日子。

毒蛇精得了千里驹，喜在心里，笑在眉尖，每天给它喂的是芝麻、绿豆，饮的是冰糖水冲鸡蛋。一天，毒蛇精想骑上千里驹抖抖威风，就请来了远近的豪绅富户。他叫马夫给千里驹戴上金环玉器的百花笼头，披上彩绸，备上金鞍，挎上银镫，牵出大门外边。马夫扶他上马，还没等他坐稳，只听千里驹长嘶一声，两道白光喷鼻而出，四蹄腾空向着西南方向飞去。它飞过高山，跨过深沟，越过羚羊滩，跑过大沙漠，直向黄河奔去。毒蛇精趴在马背上，两手紧抓马鬃，吓得丢魂落魄。转眼间，已来到黄河岸边，毒蛇精看见滔滔黄河，浑身打战。千里驹飞上河面，只听河水怒吼，波翻浪滚。毒蛇精头昏眼花，终于大叫一声掉进了黄河。

千里驹见毒蛇精掉进黄河，长嘶几声，掉转方向，直奔东山，去找主人马龙。

**搜集整理：王世兴**

# 喜鹊和蛇攀亲

从前，喜鹊和蛇攀了亲，蛇叫喜鹊为“姐姐”。喜鹊称蛇为“大舅”。

一天，蛇被人砍成了两截死了，喜鹊非常伤心，它就飞到天河里叼了一块泥，把蛇接了起来，又从天河里吸了一口水涂在蛇的伤口上。不久，蛇又活了过来，伤也慢慢好了。

蛇说：“姐姐呀，亏你救了我，不知咋报答你才好呢？要么我给你看家吧！”

喜鹊答道：“哎呀，那太好了！有你照应三个小外甥，我就放心了。”喜鹊把蛇衔到窝里，对三个小喜鹊说道：“你们的大舅来照看你们啦！”喜鹊飞出去找食，蛇却在窝里把三个小喜鹊一口一个吞进肚里，然后假装睡着了。

过了一阵子，喜鹊觅食回来，发现三个孩子都不见了，便把蛇叫醒问：“大舅呀，三个小外甥儿子呢？”

蛇回答：“我刚迷迷糊糊打了个瞌睡，也不知道它们去哪儿了。”

喜鹊飞上天到处找小喜鹊，哪点也没找到，就哭了起来。蛇说：“姐姐呀！不要哭了，以后你再添了娃娃，我一定给你看好。”

喜鹊听了这话仔细看了看蛇，发现蛇嘴边有几根绒毛，再一瞧，蛇肚子鼓鼓的，还动着呢。

喜鹊说："大舅呀，伤还没好吧？"

蛇答道："怪不得我肚子痛得要裂开呢！"

喜鹊说："那我给你再拿点药去。"

喜鹊飞到山上，把爪子磨得利利的，翅膀一展飞了回来："大舅呀，你闭上眼睛，我给你换药。"

蛇闭上了眼睛，喜鹊用爪子一划，蛇肚子就开了，三只小喜鹊都逃了出来。

喜鹊叼起蛇飞了万丈高爪子一松，蛇被扔下来，摔死了。

**讲　　述：王月娥**

**搜集整理：马振环**

# 风土

## 横城和马鞍山的传说

从银川向东仅十五公里就到了黄河边，隔水东望，横城即在眼前。古长城由横城蜿蜒东去，像是一条巨龙，而这横城恰好似一个龙头，伸在黄河里。关于横城和马鞍山，这里有这样一个传说。

当年秦始皇统一全国以后派公子扶苏为监军与大将军蒙恬领兵七十万和几十万民工修筑万里长城。长城从东到西，一直修到了黄河边。按照原来的计划，三里一个烽火台，三十里一座城堡。长城修到了横山堡，再往东三十里就到黄河边了。在河边要修一座城堡，正好符合三十里一堡的要求，士兵和民工就地烧砖筑城，经过千辛万苦，城终于筑好了。可是修完以后，前脚刚走，后面黄河就一直向东淘去，不出半月就吞掉了那座城！

扶苏和蒙恬为此很伤脑筋。他们重新察看水势地形，重选城址，又建造了一座新城。可是新城不出一年，照样被黄河水淘吞了……面对滔滔洪水，扶苏他们反复沿河上下勘察地形，研究水势，就是找不到一个理想的城址。

却说始皇天下已定，自以为海晏河清了，于是他巡游天下。最后来到泰山，祭祀东岳，凿山刻石，歌功颂德，之后起驾回京，路上得了重病，还没到咸阳就驾崩了。

秦始皇的二儿子胡亥伙同宦官赵高篡改诏书，继了帝位。

却说黄河边上，长城工地上，扶苏与蒙将军正商议第三次筑城的事，忽报圣旨到，二人跪拜，听太监宣读道：“始皇驾崩，胡亥继位，传令天下，举哀挂孝！”扶苏放声大哭，蒙将军号令全军，披麻戴孝，致丧举哀。

再说在咸阳秦宫，二世和赵高正在密谋。二世说：“圣旨原定扶苏继位，现在我坐了龙庭，蒙恬统兵七十万，一旦……”赵高说：“必先诛蒙恬、扶苏，才能确保皇位！”二世叹气说：“扶苏、蒙恬，平六国、筑长城，有大功而无过失，怎能加害？”赵高又说：“岂不闻欲加之罪，何患无辞！听说他二人在黄河上连筑二城，都被大水冲去，现在正一筹莫展呢！何不定他个劳民伤财，消极怠工，延误军期之罪，先杀蒙恬，后诛扶苏……”胡亥不等赵高说完，连称：“妙哉，妙哉！”立刻派将军章邯，率领三千御林军，速往边疆。

这天，将军蒙恬正与扶苏议论国事。蒙将军说：“先王在世之时，就立公子为太子，好让公子将来继位，不料今日却成如此局面，我看其中必有蹊跷。”扶苏说：“我也深觉其中有诈，但他若能于国于民有利，皇位他坐也行。”蒙将军说：“不过也要防止有其他变故才是。”正计议间，忽听圣旨到。片刻，章邯已到营前，宣读圣旨已毕，即令蒙将军交出兵符，随军进京问罪。

扶苏情知不妙，便给蒙恬暗使眼色，催他快逃。蒙恬心下明白，乘人不备，忽地跨上一匹黑马，一溜烟向东疾驰而去。御林军大惊，一齐穷追不舍。箭如飞蝗，向蒙恬一人一骑射去。黑马连中三箭，仍在狂奔。到了前面一个大沙梁，马终于跑不动倒下了。蒙恬弃马而逃，追兵来到沙梁上，只见那马卧地不起，背上驮着一架高大的马鞍子。几名军校挽弓引箭，瞄准了蒙恬。蒙将军终于倒下了。

三天之后，风住了，沙土掩埋了将军的躯体。沙土堆起一道高高的土岭，后人都叫它“黑梁”。那黑马殉难的地方也隆起一座土山，形状酷似马鞍子，后人就叫它“马鞍山”。

杀死了蒙恬，接下来就是扶苏。

中军帐中，太监又在宣读圣旨：“扶苏本该与蒙恬同罪，姑念手足之情，赐死……”太监把一柄长剑递给扶苏。

扶苏热泪盈眶，仰天长叹，手提宝剑，慢步来到河边，望着滔滔黄河水，跪下了，大呼道：“苍天啊！冤枉！”双手持剑，猛地刺入腹中。只见他身子向前一栽，扑通一声跳进水里。水花冲天而起，浊浪排空，扶苏的身体越变越大，横河而卧。霎时，雷电交加，风雨大作，天昏地暗，日月无光。那扶苏的身体，横躺在河中，截流分洪，恰如半河大坝。

慢慢地，风静了，浪平了，扶苏落水之处已是一片陆地。直泻而来的黄河水，冲到墓地边上，竟都回避而去，绕道而行了。

后人看到这番情景，都说：“这真是天赐的一个好城址啊！”于是，百姓们就在这避水的宝地上修起了一座城堡，这就是横城。马鞍山上也修起了蒙将军庙。

这横城以及与城一水之隔的永固乡的名称大概都与这段传说有关系吧！

**讲　　述：刘树同**

**搜集整理：牛大卫**

# 横城的来历

在黄河东岸附近有个村庄，名叫横城。关于横城的来历有这么一段有趣的传说。

古时候，这里居住着心地善良的父女两人，父亲是个老实的庄稼汉，女儿是个聪明美丽的农家女子。

一天，老汉到河边一块地里锄草。他看见有个小孩拿着树条子使劲抽打一只老蟹，老蟹在垂死挣扎。老汉非常可怜这只老蟹，就上前制止。待那小孩走后，老汉用清水洗净老蟹身上的污泥、血迹，小心翼翼地放回河里。老蟹进入水中，恢复了元气，爬到岸边对老汉说："老姨爹，谢谢您的救命之恩！"

有一天，女儿到河边洗衣服。突然，一条大龙张开嘴要吞食一只大蛤蟆，她赶快上前相劝。大龙说："要我不吃掉蛤蟆可以，你要做我的妻子。"女儿非常可怜蛤蟆，下了狠心表示同意。大龙放走了蛤蟆，对姑娘说："回去准备准备，明天我就来迎亲。"

女儿回到家里，伤心地痛哭起来。老汉很奇怪，经打问，女儿把事情的经过讲了，老汉听后，闷闷不乐。

这时，门突然开了，爬进一只老蟹，对父女俩说："你们不要怕，别难过，我自有办法。”说着便从口中吐出两颗珠子，只见那珠子闪闪发光。按照老蟹的吩咐，老汉在女儿住房门口和窗前各放了一颗珠子，然后便躲了起来。

第二天，大龙披红挂绿前来迎亲。当他来到姑娘家门口时被闪闪发光的珠子挡住了去路。

大龙在这里大吵大闹，就是进不了门。夜幕降临了，数百只蟹前来解救老汉的女儿，它们各自吐出一颗珠子。一时女儿房子周围全是珠子，金光闪闪，刺得大龙睁不开眼睛，只好垂头丧气地回河里去了。

天亮了，外面一片寂静，女儿推门一看，房子周围的珠子不见了，只见数百只蟹围起一座城池，将她的房子保护起来。

后来，人们便把这地方起名叫“横城”。

**讲　　述：杨发茂**

**搜集整理：万永成**

# 镇河堡的传说

据传说，夏禹王率领天下的百姓把黄河挖通了，水向东移，后来才慢慢露出来这片大平川。在古老的时候，镇河堡这片土地还是一眼望不到边的大水呢。

但是，人们还是在靠近沙渠的地方开荒种地。也不知道哪一朝哪一年，人们的庄稼眼看要吃到嘴里了，猛然下了一场大雨带冷子，一下子把庄稼全给糟蹋了！这一天，有一个年轻后生站在田边叹气，抬头向东一看，迎面来了一个老者。老者问后生："你怎么站在田边叹气为难呢？你有什么心事就对我说吧！我会帮助你的。"

后生说："老师父您看我们这么好的庄稼，眼看吃到嘴里了，叫冷子一下子给打光了。你说可惜不可惜呢？"老者说："东边河水里有两条龙：一条黄龙，是降吉祥到人间的；一条青龙，是残害生灵的。我看我和你有缘分，昨夜间黄龙向我托梦，明天正当午时他要和青龙打仗呢，他叫我托人把这个宝剑，在他伸出红手来的时候递给他，助他一臂之力。他有了宝剑一定能杀掉青龙，除掉青龙以后你们这一方就再不下冷子了，河水也会平定了。青龙使唤水里的爬水兵在水底下扫崖呢！你要牢记住我的话，青手上来，千万不要递宝剑。”老者说完，向西一指，又说：“你向西看，西边又来一个老者。”

后生向西一看没有人，回过头来老者也不见了，后生感觉很怪，“刚才还和我说话呢，咋一闪眼就不见了？”想到明天黄龙和青龙打仗的事，他心里说：“黄龙龙王爷，你为保护我们的庄稼去打仗，那我明天一定就照老人家说的干！”第二天，太阳到了正南时，从西边过来一片乌云。不一会儿，天马上阴沉了，雷雨下开了，后生拿上宝剑向东就跑，跑到河沿上一看，河水就像滚水锅一样直翻腾，河水涨得快到了他嘴巴子底下，闪电雷雨把他的眼睛扑得什么也看不清楚。就在这个时候水里伸出了一只手，后生赶忙把宝剑递了过去。不一会儿水中又出来一只手，这一下可把后生吓坏了！正在这个时候，水上漂起一个黄龙头，后生一看几乎吓倒了，他放声大哭：“黄龙龙王爷，我把你的大事耽误了！这可咋办呢？”他要狠心跳河一死，又一想，黄龙也死了，我再跳河一死。谁替我报仇呢？最后他下定决心去投奔“打碗口”北“武当山”师父。见到师父，他把青龙黄龙相斗，叫他递剑的事情说了一遍。从此，为替黄龙报仇，他跟随师父每日练习武艺，不觉过了三年。

有一天，师父把田进叫到面前说：“田进，今天我命你下山，有一件事，你记着，不能杀害生灵。如果犯了那要天打雷劈呢！你下山去吧。”田进回到了家乡，掐了七根芦草叶子使用法术后，把芦草叶子抛在水里，不一会儿河水就像滚水一般，有一个时辰，水上漂起来一个青龙的头，田进急忙跑到河边祷告：“黄龙龙王爷，我把青龙斩了，您的仇报了。”

田进除掉青龙以后，这一方再不遭冷子打庄稼了；水里的爬水兵也不扫崖啦，黄河向东移走了！有一年秋后，庄稼收成特别好，田进就对大家说："老者叫我递宝剑，我把宝剑给错了，青龙斩了黄龙。我的心里不服气，到山中学了三年艺，回来用法术斩了青龙。"大家听了都说："你下了这么大的辛苦，我们一点都不知道。现在我们就听你的吧！你说咋干我们就咋干！"田进说："黄龙为我们把命都赔上了，我们给它盖一座镇河龙王庙，要盖在河崖西边的高地方。"从此以后，这一方也不下冷子了，河也不倒崖了，庄稼收成也越来越好了，以后慢慢地，人越来越多了。本地百姓后来打了一个土寨子就叫"镇河堡"。

讲　　述：赵文续

搜集整理：王仰甫

# 汉延渠的来历

很久以前，银川没有大渠，非常缺水，人们生活十分艰苦。虽然整年辛辛苦苦种地，却总因为缺水，年年粮食收成不好，有时甚至颗粒无收。不少人饿死了，有的为了活命甚至卖儿卖女。

有一年，汉朝的一个皇帝为庆贺自己得了一匹宝马，设宴庆贺，一时，鼓乐喧天，热闹非凡。文武官员都应邀赴宴，前来观看这匹宝马。宴饮间，忽然，这匹宝马挣断缰绳，箭一般的狂奔不止。它的缰绳拖在地上，留下了一道弯弯曲曲的痕迹。白马一直跑到银川（今天的凤凰城），它看到这里没有河流，看到干枯的庄稼和贫穷的人们十分同情，决心为人们做一件好事。白马长嘶几声，顷刻，它化作流淌不息的渠水。

从此，人们种上粮食，因为有水灌溉，年年五谷丰登，衣食有余。为了纪念这匹白马，人们将这条大渠取名“汉延渠”，并立了一块石碑，上面刻着“汉延渠”三个大字。

讲　　述：杨峰山

搜集整理：杨继光

# 两口钟

银川小庙有两口大钟，人们都说是飞来的两口钟。后来，其中的一口钟突然不见了。它到哪里去了？当时，谁也说不清。

传说永宁县长湖套那儿有一个犁田的，他在湖边犁田，突然听到有人问他："这是啥地方？""这是长湖套！"犁田的只顾犁田，随口说了一句。可是他刚一抬头，面前什么也没有。他向后一看，田里立着个大钟。犁田的吓坏了，把犁一收，赶着牲口跑了回来，再也不敢到湖边犁田了。过了些日子，立钟的那块田变成了湖。后来，当地人经常听到湖里的钟发出"当——""当——"的声音。人们不知是怎么回事，响的时间长了，才摸出一个门道来：原来银川小庙的钟什么时候响，长湖套大洼湖里的钟就什么时候响。人们这才弄清，从银川飞走的那口钟，落在长湖套的大洼湖里了。

讲　　述：谢　恩

搜集整理：李家军

# 金鸡湖

从前，有一对勤劳的渔民夫妇，常年靠湖上抓鱼捉蟹为生。有一年，他们在小船上养了一只羽毛美丽的公鸡。

清晨，碧空万里，湖上风平浪静，雄鸡便昂首高歌，催促渔家夫妇下湖捕鱼。

这年秋天，阴雨连绵，接着又是几天大风，湖上风大浪大，渔民们一连几天不能开船捕鱼，生活发生了困难。正当渔民夫妇为揭不开锅而焦急的时候，忽然听到当的一声，夫妻俩抬头一看，船尾烟雾腾腾。原来雄鸡拉了一堆粪。顷刻，鸡粪变成了一堆金光闪闪的金子。

夫妻俩绝处逢生，喜出望外，包起金子到街上换了些柴米油盐，分给渔民们。“这是一只金鸡啊！”这消息很快在渔民中传开了。大家像爱惜生命一样爱护这只金鸡。

有一天，一个贪心的渔霸知道了这只雄鸡能拉金子的消息，立即带了几个狗腿子到渔民夫妇船上逼租，把金鸡抢到了他的船上。然后硬逼金鸡给他不停地拉金子。金鸡也不抗争，它拉呀，拉呀……

不知过了多久，船上的金子越积越多。渔霸欣喜若狂，手舞足蹈，高兴得快要发疯了。

正当渔霸得意忘形的时候，船上载不起这沉重的金子，哗的一声沉到了湖底。渔霸和狗腿子都被淹死了，金鸡也淹没在湖里。

渔民们为了纪念这只金鸡，就把这个湖取名金鸡湖。

讲　　述：杨天宝

搜集整理：万永成

# 孩子湖的传说

传说很久以前，在宁夏永宁县的孩子湖里，有一匹金马。

孩子湖边上住着一户农民。有一年麦子快拔节的时候，一天早晨，农民去地里干活。来到地边，发现一大片麦子被吃得精光。他以为是谁家的牲口吃的，也没在意。第二天，他去干活时，看到又有一片麦子被吃掉了。他很恼火，决定晚上来看看，到底是什么东西吃了他的麦子。

夜里，他拿了一根粗木棍躲在田边等待。可是等了好久什么也没看到。他不甘心又等了一会儿，还是什么也没看到。他很困了，打起盹来。忽然湖里咕咚、咕咚地响了几声。他马上振作精神，仔细看去。只见从湖里跳出一匹金黄色的大马来。一上岸便在他的麦田里大口大口地吃了起来。他想：这可能就是传说的那匹金马。于是他壮着胆子大喊一声跑了上去。那匹马听到喊声掉头就跑，他一边紧追，还把手里的木棍扔了出去。说也巧，木棍正好把马尾巴打了下来，那马疼得叫了一声，就跳下湖去。他走上前，拿起马尾巴急忙赶回家去。他回到家一看，马尾巴骨变成了金块，马鬃变成了金丝。他高兴得嘴都合不拢了。

第二天，他拿着金马尾到集市上卖了很多钱。从此他就不种庄稼了，开始做生意。

这件事很快传开了，人们都非常羡慕这个农民，都想碰到他那个机会，有个打鱼人，整天也这样想着。有一天，他到孩子湖打鱼，撒了一网，不一会儿就拉网，结果一条鱼也没有。捕到他放下网使劲向上拉铁链，拉呀拉，铁链装满了船，还没拉到头。这时船眼看要沉了，水面变成了黑色，乌云布满天空。他吃了一惊，放下铁链，使劲把船划向岸边，一上岸，水面就恢复了原来的绿色，天空中的乌云也散去了。他庆幸自己没有掉下湖。

从那以后，那匹金马再也没有上岸，只是人们想发财的愿望都落空了。

讲　　述：王立强

搜集整理：王　斌

# 孔雀湖的传说

从前，在汉渠西半边有个庄子。有一年，那里的庄稼长势很好，麦子绿油油的一大片。糜子田也犁了两遍，准备磙上两遍种糜子，可是糜子哪能不淌水呢？种田人天天盼望能下一场雨把糜子田淋湿了秋后能收获好糜子。有一天，村里有个女子到湖边不远的地方去挖苦苦菜。筐子快挑满了，正准备回家。她抬头一看，从南面天上飞来一只大鸟。鸟身上长着红黄绿黑白紫各色羽毛，非常好看。这只大鸟一扰膀子，就落在一个大土丘上。女子站在远处一看，那鸟样子与鸡有点像，身子比鸡大。大鸟向女子点了三下头。女子看了很奇怪：这大鸟怎么向我点头？这是什么缘故？女子赶忙提着筐子往回走。离家门不远了，她碰见八十多岁的老爷爷。女子把刚才遇见大鸟的经过说了一遍。老爷爷说：“我从前听人说，云南、贵州有一种神鸟，唤作孔雀。身上的颜色与你说的一样。这孔雀是吉祥鸟，是南方的鸟，怎么能到北方我们宁夏来了呢？噢，刚才对你女娃娃点了三下头。嗯！我猜测三天以内恐怕能下一场雨呢。”他二人在这里说话，听话的人就越来越多，村前村后的人，一齐都跑到湖边看孔雀。孔雀看人来得很多，便展翅飞起来了，在湖的上空转悠。湖里的大雁、白鹅、青鹅、白鹊、黄鹭、黄鸭、绿头鸭子、麦鸭、麻八鸭子等等各种水鸟，一齐叽叽喳喳地叫唤，好像欢迎远路上来的客人。看景致的人都认为这比看一台子大戏还好。只见老的、少的、男的、女的又是说又是笑，娃娃们高兴得又是喊又是跳。正在大家快乐的时候，有人说：“你们今天看了一场孔雀大戏，百鸟大戏，但是糜田干得还是种不进去，麦子淌不上头水，汉渠也决了口，水也不下来，秋后收成不好，今冬明春的日子怎么过呢！”大家都把头低下了，热闹的场面冷清下来，插嘴的人只说：“刚才那丫头对老爷爷说孔雀向她点了三个头，老爷爷猜测三天之内有雨，我们就等等看吧。”

第二天，太阳一出东山，就叫云彩给罩上了。有人说：“早看东南，晚看西北，早上天阴，恐怕有雨。”真的就在当天夜里下了一场大雨。全村的人七手八脚地忙着种糜子。麦子虽然没有淌上头水，这场雨也顶用呢，今年的收成一定好。割麦子时，镰刀口里沉甸甸的，割田的人都说：“今年的麦子见打。”结果，当年真的是个丰收年。麦子打完以后，有人说：“谢天谢地，咱们许一台子大戏吧！”又有人说“大戏唱不起，唱个小戏秧歌戏吧，要不，唱个灯影子戏也行。”老爷爷说：“我们的好收成是神鸟孔雀带来的。我看，咱们请戏的钱不如盖一座岗子，因为孔雀神鸟在岗子上落过，这岗子就叫孔雀岗子。孔雀在湖上空转悠过，这个湖就叫孔雀湖吧。”人们都觉得这个主意好，就这么办了。

孔雀岗子和孔雀湖的称呼就传下来了。



讲　　述：赵生仁

搜集整理：王仰甫

# 红花渠的传说

银川城的东边，有一条平缓的人工河，这就是银川平原上有名的红花渠。

关于红花渠，至今还流传着一个十分优美的传说哩！

很久很久以前，红花渠流过的地方，还是白茫茫的一片盐碱滩，荒无人烟。不知过了多少年，一伙穷苦的庄稼人在这里安下了家。他们从五十里之外的黄河挑水，开垦出了一块块的田地，又盖起了新房，逐渐形成了一个村庄。

这个村里有个姑娘叫红花，她不仅有着鲜花一样的容貌，还有着一颗金子一般明亮的心。红花姑娘从小就看乡亲们艰难挑水的情景，长大后，难过的泪珠常常不知不觉落了下来。

距离这个村子五十里远的黄河岸边，有一个不大不小的村庄，十分富庶。村里有一个小伙子，名叫牛娃。他干起活来就像是初生的牛犊，浑身有使不完的劲，远近的乡邻没有不夸他的。牛娃已经二十五岁了，还没成家。许多乡邻都来做媒，可他都谢绝了。原来牛娃早就爱上了红花姑娘。

牛娃的媒人带着聘礼来向红花求亲。红花说："要我答应婚事可以，但他必须允诺我一件事。”媒人先是满口答应，然后才问是啥事。红花姑娘沉沉稳稳地说：“听我们这儿的老人讲，沿着黄河一直向西南方向走，便可走到黄河的源头，那里就是龙王的水晶宫殿。龙宫里有一把金子做的月牙铲，如能借到这件宝物，黄河的水流便能引到我的家乡。牛娃要是能够办成这一件事，我就嫁给他。”

媒人回去，一五一十地告诉了牛娃。牛娃听罢，他背上干粮就出发。

牛娃沿着黄河，没日没夜地走，整整走了九十九天，终于来到了黄河的源头，昆仑山下。

龙王被小伙子的一片诚心感动了，十分乐意地拿出了月牙铲。

牛娃得到月牙铲，十分高兴。回到家乡后，他片刻也没有休息，就立即干了起来。这把金铲果然名不虚传，还不到半天的工夫，他已经挖完了一半工程。一想到很快就能和自己心爱的红花姑娘见上面，牛娃越干越兴奋，越干越上劲……

在太阳快要落山的时候，他终于望到了红花姑娘的村庄，望见了在村头呆呆地向远处眺望的红花姑娘。牛娃使出了全身的力气，朝着红花姑娘跑去，并高声喊道：“红花！我回来了！我回来了！”不料，由于他整整一天没吃没喝地劳动，再加上数月长途跋涉，竟重重地扑倒在地上。

滚滚的黄河水顺着牛娃挖好的河道咆哮而来，刹那间把牛娃的身体冲得无影无踪。红花望着浑黄的河水，哭了七天七夜，最后也纵身跳进了这汹涌激荡的水中。

后来，人们便把这条来之不易的渠叫做红花渠，把红花姑娘住过的村庄叫做红花村。

讲　　述：马万顺

搜集整理：刘中庆

# 黑泉湖与“山西庙”

永宁县城东北方向三公里处，有一片湖泊，名叫黑泉湖。方圆好几百亩大。湖边长满芦苇，湖中碧波荡漾，鱼跃禽飞，风光秀丽。原先在湖西边，有一座“山西庙”。有一个离奇的传说，给黑泉湖涂上了一层神秘的色彩。

据说在很早很早之前，黑泉湖是一片很大很大的海子，湖水一望无际，湖水清澈，盛产鲤鱼。湖边水草丰美，牛羊肥壮。周围百姓平时务育庄稼，闲时下海子捕鱼，过着安居乐业的生活。

有一年，海子里来了一条恶龙。这条恶龙在海子里兴风作浪，常推翻渔船，伤害打鱼的人。它还经常推波上岸，把牛羊卷入水中，把将要成熟的庄稼淹没，给百姓造成极大的灾难。老百姓苦于恶龙的肆虐，但又无法制止，只好背井离乡，远走他乡。

附近的庄子有一个山西来的铁匠，他来到此地住下后经常给庄户人打制铁刀等农具。由于他技术好，人缘好，心地善，周围的农民们都很信赖他。他走到哪里，人家都把他当亲戚一样看待，彼此亲热得像一家人一样。

海子里出了恶龙，糟害老百姓的事，铁匠看在眼里，恨在心里。

他看到平日和自己朝夕相处的穷哥儿们遇到了灾难，有的家破人亡，铁匠心里难受极了。他暗暗下了决心，要帮助这一方百姓除去这一祸害。他花了几天工夫，精心打制了两把锋利的钢刀，然后驾着一只小船，带了一些死猪烂肉下了湖。等到跟前的人知道了来阻拦时，他已经划到了湖心，他刚来到恶龙出没的地方，恶龙就从深水中出来了。铁匠把死猪烂肉扔给恶龙，趁恶龙吃的当中，他挥舞锋利的钢刀在恶龙身上连戳带砍，恶龙负伤在水中上下翻滚，搅得湖水像开了锅一样。小船翻了，铁匠落入水中，但他仍然和恶龙搏斗，等到杀死恶龙，铁匠精疲力竭，从此再没回来。

湖边老百姓们安居乐业，他们忘不了为他们除害的铁匠。为了纪念铁匠，出粮的出粮，出钱的出钱，出力的出力，在湖边为铁匠建起了一座庙宇，每年都要开庙会纪念他。由于他是山西人，人们就按照习惯把这座庙叫做“山西庙”。后来，不知哪一年，庙旁忽然出了一眼泉。泉水深不见底，看下去黑洞洞的。但泉水清澈甘甜，冬温夏凉，一年四季，长流不断，既能饮用又能治病。相传，这是铁匠看到自己被人们像神仙一样敬奉起来，十分感动，因怀念这一方百姓，他变成这眼泉来报答人们的情意。“黑泉湖”这个名称的来历，可能与这眼泉有关。因为当地老百姓的方言并不叫它“黑泉湖”，而是叫它“黑匠湖”。

讲述：李兴太

采录：王学宏

整理：张志树

# 谢府台开红花渠

谢威风[①]做宁夏府台的时候，经常到外面游山观景。一天，谢府台[②]带了一班人站在宁夏城的城墙上观景。突然，他大声叫了起来：

“哎——你们看哟，这个宁夏城哟，像个凤凰。那个东台寺，就是凤凰的头；那个玉皇阁，就是凤凰的脖子。哎——那个钟楼，就是凤凰的心呐；西塔和北塔嘛，就是凤凰的两条腿哟；南关和北关，是凤凰的两个翅膀。哎——你们再看西门桥，那不是凤凰的尾巴嘛！你们说，宁夏城像不像个凤凰哟！”

“像，像，大人言之极是！”随从们一齐附和道。

过了些时候，谢府台又到贺兰山小口子去了。他站在小口子上向东观望，那边天连地、地连天，天地交融、碧波万顷。突然，他看见一只大凤凰从地面上飞了起来，但没有飞多高就又落了下来。

“哎哟，不好了，”谢府台惊叹道，“这凤凰可真要飞起来呀，将来宁夏城里就要出大人才哩。我们湖南人可比不上宁夏人哟！”

回来以后，谢府台想了一个主意，把凤凰的脖子砍断，这样，凤凰就飞不起来，宁夏的人才也就出不来了。

于是，他下了一条命令，摊派民工，从宁夏城的南门外一直向东，开一条渠。民工们不知道谢府台的用意，只顾挖渠。有一个人挖出了一堆羽毛，他用锹一砍，扑哧一声，冒出血来。血喷了一丈多高。越流越多，把渠都染红了。水放下来以后，渠水又红又糊，人们都叫这条渠为“红糊渠”[③]。从那以后，宁夏府再不出人才了，难怪有人在贺兰山的关岳庙里写了一首诗，诗中说道：

黄土盖青山，
黄河水倒流，
富贵无三世，
清官不出头。

意思是宁夏这地方，不会出人才。老百姓说，这是谢威风干的坏事。

注释：

①谢威风：湖南人，清朝著名书法家。曾做过宁夏的府台，开了红花渠、黑阴沟，为宁夏农业发展作过一定的贡献。

②谢府台：银川市南门外有个谢家寨，后又改名为陈家寨。据说谢威风的官邸曾设在那里。

③糊：宁夏方言，稠的意思。红糊渠，1958 年成立人民公社后改为“红花渠”。

**讲　　述：赵文绪**

**采录整理：李家军**

# 宁夏地名的传说

传说宁夏是北宋抗辽的前线，宁夏有青铜峡，山水相连，形势险要，内中有一百零八个点将台，老年人说，点将台是穆桂英练兵点将，驻过大军的证据。宁夏固原有头营、七营、三营、杨郎，这都是杨家将驻过兵的证明。

宁夏吴忠市有一秦坝关，同心县有一下马关，相传这“秦坝”二字是“骑马”二字的误音，杨家将征辽时，从宁夏骑马关到韦州下马关，刚好是一站。

吴忠市的黄营是湘军黄鼎驻兵处；中营堡是湘军刘松山攻打金积堡的中营处；吴忠市的左营是湘军将领张俊的驻地。

讲述：董席珍

整理：董文伦

# 拜寺口双塔

从银川西夏区向北走到镇北堡，就会看到耸立于贺兰山拜寺口前的两座相互对望着的塔。这两座塔，有好多的名称，众说不一，有的人叫相望塔、对望塔、夫妻塔、母子塔的，也有人叫山神塔、海神塔的，还有叫飞来塔和百寺塔的。那么，到底叫什么塔呢？

传说很久以前，东海边住着一个没有父母，依靠打鱼过活的穷孩子。穷孩子有一副很好听的嗓子，他喜欢唱歌，每天下海打鱼前，他都要面对大海唱支歌。他唱歌时，云儿不走，风儿不吹，鸟儿不飞。穷孩子那年十八岁，还没有成家，别人给他说媒，他不回答，只是唱歌："风里浪里漂哟，有花也遭折，大海哟，请你送我花一朵。"见穷孩子无心说人家儿，热心肠的人也就不再言语了。和穷孩子一般大的小伙子都结婚了，穷孩子也不着急，照样唱歌。

一次，穷孩子在海上唱歌，唱得太阳都不升了，漂在海面上，染红了海水，这时只听唰的一声，一条小金鱼跳进了穷孩子的船舱。这天穷孩子一条鱼也没有打到，但他依然唱歌，对小金鱼唱歌。回到家里，穷孩子把小金鱼养到水盆里，饭也没吃，唱着歌睡着了。睡到半夜里，穷孩子被一种迷人的红光刺醒了，他睁开眼睛，看见一位美丽的姑娘坐在他身边唱歌。

穷孩子问："你是谁？为什么要在我身边唱歌。"

姑娘回答："我是小金鱼，从龙宫里来，我喜欢太阳，喜欢听你唱歌。"

穷孩子问："你也喜欢唱歌。"

金鱼姑娘说："我也喜欢唱歌，您别赶我走，让我做你的妻子，我们一同唱歌，谁也不能把我们分开。"

穷孩子说："我的妻子就是你，世界上除了你，我谁也不爱。"从此穷孩子和小金鱼共同生活，唱的歌越来越多。

可是不久，小金鱼就不再唱歌，穷孩子问她为什么不唱歌，小金鱼告诉了他一个坏消息。小金鱼是海神娘娘的三女儿，只因爱听穷孩子的歌声，从龙宫逃出来和穷孩子相爱。今天，海神娘娘找到这里，她下令要叫小金鱼三日内返回龙宫去，接受惩罚，和穷孩子永远分离。穷孩子不能没有小金鱼，失去小金鱼，他就生活不下去。穷孩子把小金鱼紧紧抱在怀里："不，我不放你去，小金鱼，我俩活不能同在，死也要死在一起。"三日期限到了，小金鱼没有归去，海神娘娘大发脾气，他发大水将穷孩子和他的小屋一同卷进龙宫里去，穷孩子怀里仍然抱着小金鱼。海神娘娘气极了，她说道："为什么还不放开我的小金鱼。"穷孩子说："小金鱼是我的妻子，你不能使我和她分离。"海神娘娘暴跳如雷："放手。"海神娘娘从穷孩子怀里抢走了小金鱼。穷孩子大哭大闹，哭吵声震得龙宫墙壁摇晃。海神娘娘将穷孩子打得只剩一口气，他还是呼喊小金鱼。海神娘娘见硬的不行，就换了笑脸来软的，她对穷孩子说："只要你不再呼喊我的小金鱼，龙宫中美女任你挑。"穷孩子说："再美再俊我不爱，我只爱我的小金鱼。"海神娘娘威胁说："把大地全淹没，让你永远消失。”穷孩子说：“我就是消失了，小金鱼也永远在我心里。”

海神娘娘想出一个歹毒的主意，她将小金鱼打入海神塔底，她对穷孩子说：“请你当着我的面说，‘我不爱小金鱼，我不爱小金鱼，我将永远地离开这里’，否则，我就将小金鱼压碎在海神塔底。”穷孩子伤心极了，为了心爱的金鱼姑娘，他说：“我走了，小金鱼，不论我走到哪里，都盼你和我到一起。”小金鱼眼含热泪，点头应允。

穷孩子出了龙宫，回到大地，他不再唱歌，不再下海打鱼，他要找一个僻静的地方去耐心地等待他的小金鱼。穷孩子相信小金鱼会逃出龙宫来和他相会，他要找一个很高很高，面向大海的地方，他就在那里等待小金鱼。听说西面贺兰山很高很高，穷孩子就投西而来。穷孩子走啊走啊，走了三百六十五天，才走到贺兰山脚下，在一个小山口前安了家。

从此穷孩子就整天整夜地在半山坡上面向东方坐着，盼心爱的金鱼姑娘逃出龙宫，飞到他的身旁。每天等到晚上，不见金鱼姑娘，他就趴在山坡上大哭一场，哭出的眼泪都变成了血水，血眼泪滴在石头上，就将石头染红了。穷孩子等啊盼啊，每够一年，他就动手在山坡上修一座相思庙，他等盼了一百年，就修建了一百座庙。后来人们根据这个山口有百庙，就给这个山口起了个名，叫百庙口，不知哪年有个书生路过这里说：“庙乃寺者也。”于是，百庙口就改成百寺口了。

穷孩子经常大哭，使山神睡不好觉，山神施了个诡计，说穷孩子是个妖怪，就造了座大塔将穷孩子压了起来。就在山神将穷孩子压入塔下的当天傍晚，人们发现一座同样的塔从东方慢慢向这里移来，只听塔里有一个女人的声音高喊：“哥哥呀，我来了，你等等我哪，我是你的小金鱼呀。”是金鱼姑娘的声音。

原来，金鱼姑娘自穷孩子离开龙宫后，她和母亲海神娘娘一直吵个不休，海神娘娘没法，只好答应金鱼姑娘和穷孩子的亲事。但狠毒的海神娘娘提出了一个卑鄙的条件，金鱼姑娘必须背着海神塔去和穷孩子团聚，啥时投入穷孩子的怀抱，啥时才将海神塔从金鱼姑娘身上除去。只要能回到哥哥身边，金鱼姑娘不怕吃苦受累，她毅然地背着海神塔走出了龙宫。金鱼姑娘由于身上背着海神塔，走路很不方便，每天只能走一里路，但她还是咬着牙去寻找心爱的哥哥。她背着塔找了一百年，一直找到了百寺口，想不到她百年来苦寻苦找的哥哥，就在快和她相见时，被山神压了起来。金鱼姑娘气塞胸窍，一口气没吸上来，倒在了距穷孩子只有几步远的山坡下，沉重的海神塔落下去，将金鱼姑娘永远地压在塔底了。穷孩子见心爱的金鱼姑娘被压入塔下，也悲哀地昏过去，再也没有醒过来。从此，山坡上留下了两座相互对望的塔，千百年来，两座塔日日夜夜都在相互对望，人们把它叫做百（拜）寺口双塔。至于那个山神，后来被一位大仙降伏，大仙说他不宜管山，就造了座塔将这个山神压入深山里，这就是山里的小方塔。

**讲述：宋长林　　宋丛凡**

**整理：殷国疆**

# 王澄塔

记不清是哪朝哪代了，我们这里出了一个名叫“王叔”的才子。这王叔虽说是个才子，可他自小就心地善良，最乐意帮助穷人家解除苦难。刘二奶奶的儿子死了，王叔陪着落了七天七夜的眼泪。他说：“奶奶，你别伤心了，把我当成您儿子吧，我给您养老送终。”王叔心好孝顺，使二奶奶的晚年过得很幸福。

听老人们讲，王叔妈刚生下王叔时，王叔就能站起来走路，并且妈妈、妈妈地叫个不停。王叔自小就聪明伶俐，八岁上无人指点，便能提笔写诗作画。父母看王叔是个读书的料，就省吃俭用地供王叔读书，希望儿子能考个一官半职，他们脸上也光彩。可是，事不顺心，王叔赶考了六次，都名落孙山，连个秀才都捞不上。王叔很是苦恼，常常一个人跑到渠坝上哭。一次，王叔正在渠坝上痛哭，一个白胡子的放羊老汉来到了他的身边。白胡子老汉用手在王叔的头上拍了三拍，又在王叔的脸上吹了三口气，最后从怀里拿出一个拇指蛋大的绿珠子让王叔吃了下去，他对王叔说：“你明年再去考。”说完白胡子老汉和羊群都不见了。

王叔记着白胡子老人的话，第二年又去赶考，果然考中了，他被分到宁夏府做了县官。王叔做官后躬身理事，广开言路，善纳良言，为老百姓做了很多很多的好事，被老百姓称为王青天。

有一年，庄稼遭了灾，颗粒无收，百姓的日子过得很苦，好些人都因为没粮吃饿死了，可银川府台却传下朝廷诏书，要王叔上交二千五百石粮食、一千四百匹绸缎的赋税。王叔愤愤地将诏书甩到一边，说："老百姓的日子都过不了，要什么税，没有！我还想问你们要一点钱粮来救济我县受灾的老百姓呢！"王叔决心要为本县受灾受难的百姓要救济的钱粮，就提笔写了一份很详细的表折，身背荆条，上了银川府。银川府台是当朝国公的外孙，是个专知享受，无能而又残暴的家伙，他接过王叔递上的表折，也不看，就将表折扔回给王叔，把惊堂木拍得叭叭直响，说："王叔，本府台辖内什么时候都是太平盛世，哪有什么灾荒之说，你分明是想和本府台作对吗！本府台念你身背荆条来，想来是自备重罪，将军头上能跑马，宰相肚里能撑船，我不责备有罪之人，你快快回去，五天之内交上赋税，否则我就摘了你的乌纱。"王叔说："大人撤小人的职，是小人罪有应得，只是我县老百姓饭都没得吃，哪有钱银缴纳赋税，只要大人能免去我县赋税，并拨钱粮救济我县受灾受难的百姓，我愿自摘乌纱，解甲归田。"

"叭！"府台将驴眼瞪得溜圆："胆大的王叔，尽让老爷我不痛快，来呀，摘了他的乌纱，重打四十棍，撵出府外！"王叔被打得皮开肉绽。想到自己不能为百姓解灾除难，他伤心地在衙门外哭了三天三夜。那府台听到了王叔的哭声，腰背一阵剧痛，他再也不能直着身子走路了，只能像狗一样爬着走了。关于王叔哭衙门，民间流传下一个口歌："王叔上衙门，胆子大，为救百姓挨了打，哭得府台招了怕。"

王叔在衙门外哭了三天三夜，见衙门内毫无动静，便第二次捧着表折进了衙门。府台趴在桌上看也不看表折，就对王叔说：“王叔，上次你来就让本官我不痛快，我罢了你的官，这次来还让老爷我不痛快，莫非你不想要脑袋了？”

王叔毫不惧怕地说：“只要你答应免去我县赋税，并救济我县受灾百姓，我愿送上脑袋。”

“好，有胆量的王叔，我答应你。”府台心想：我先假意答应了你，待砍了你的脑袋，我就派人去逼收赋税，你能把老爷我奈何。当下命人斩了王叔，府台立即商议，派人去逼收赋税，只听大堂上大喝一声：“狗官。”府台抬头一看，只见一个没有脑袋的人大踏步走了来，身上没有衣服，肚脐中一颗绿色的珠子，放出奇异的光彩，直刺府台二目。府台吓坏了，趴在地上喊：“你是什么人？”声音从那个没头人的胸膛里发出：“我是王叔。”

“你不是被我杀死了吗？”

“我不会死的，狗官！”那没有头的人一步步紧逼府台。府台吓得躲都没处躲，赶忙作揖求饶，但他又认为王叔已死，就装腔作势地说：“你又要干什么？”

“我来问你答应不答应免去我县的赋税。”府台又心照不宣地说：“我若不答应呢？”

“不答应我让你变成一只狗，让你的子孙都变成猪，让你这大殿崩塌。”王叔的话音刚落，他肚脐眼中那绿珠的光便刺向府台，府台感受自己在迅速缩小。府台害怕自己变成狗，哀求王叔饶命，答应免去赋税，并即刻派人点了二千石粮食、五百匹布交于王叔。王叔将这些东西运回来全部分给了老百姓。可是，不久，人们却把他忘了。这年冬天，一个放羊的白胡子老汉用羊驮来砖，在潘昶这里修建了一个塔，只修了塔身，没有塔头，有好事的人硬给加修了个塔头，这下触怒了白胡子老汉，他扔鞭就朝塔根打去，听得叭的一声，塔飞了起来。塔飞到东南方落了下来，这时天上掉下了五颗星星。白胡子老汉流着泪说："王叔，我的徒儿，你在这里安家吧，你落下时天上掉下了五颗星，你的老家就叫五星吧。"塔不吱声，白胡子老汉打了一鞭，塔飞了起来，飞回到原来的地方落下，落下时，天上掉下了一颗又大又亮的星星。白胡子老汉追上来，对准塔根连打了几百鞭，塔动都不动窝。白胡子老汉只好叹口气，用鞭朝别人加上的塔头打去，那塔头飞到了姚伏堡去了。白胡子老汉流着泪对围观的人说："这塔就是我的徒儿——你们大伙的儿子王叔，尽管你们侮辱了他，可他还是不愿离开你们，保佑你们平安地过日子。它落下来时，天上掉下了一颗亮晶晶的星，你们这地方就叫金星吧，这塔你们就叫王叔塔吧！"现在的"五星""金星""红星"村子的名字就是这样得来的。

讲述：王志高

整理：殷国疆

# 镇河的传说

在金贵乡南边有个地方，人们都叫它镇河。为什么叫镇河？这里有一个传说。

最早的时候，这里是一个正河，河里长出一对白莲花，不知是个什么宝贝。有一个外地人路过这里，看到了这对白莲花，知道是河中有一对金马驹子。

再说河边有个老太婆，她家种了很多梅豆，其中有一棵梅豆长得很特别。外地人看到梅豆，很高兴，给老太婆了五十两银子，托她好好看守梅豆，一定要让它长够一百天，如果不够一百天，他就不要了。

外地人走后，老太婆好好看护到九十九天的夜晚，她生怕被什么人揪掉了，就把这棵梅豆揪下来放在家中，等到第二天外地人来取。

第二天，天刚亮，外地来取梅豆。他一看梅豆不见了，就问老太婆。老太婆说："昨天晚上我怕它丢了就揪回来了。"外地人叹口气说："可惜只差一天。"他取了梅豆就走了。

原来，那梅豆是一把开河的钥匙。外地人拿了这把钥匙，直奔河边，对着河一划，河水一裂。第二划，河里闪出一条路，外地人对他徒弟说："我下河后，第一回伸手，你就给我递鞭子。"说完后，他就顺着那条路下去了。因那梅豆差一天，外地人下去后，河水又合上了。

那徒弟在河边拿着笼头、鞭子等外地人伸手。果真，一会儿河中伸出簸箕大的一只手，徒弟一见吓坏了，扭头就跑，没有给外地人递笼头鞭子。原来，那外地人下河后抓住第一个金马驹后要笼头、鞭子，因那徒弟没有递过来，第二个金马驹过来就把外地人咬死了。这大手就是外地人的手，因为没给徒弟讲清楚，结果马没捉到，命也丢了。

外地人死后，河边的两朵白莲花变成了红莲花，据说是外地人的血染红的。后来，金马驹子走了，这两朵莲花也没有了，河水也干了。闪出来的这个地方，从此取名叫镇河。河边闪出了一座庙，叫做"闪西庙"（陕西庙）。庙在河西，庙边有两个铁人，一个大铁人，一个小铁人。小铁人手里抖个大铁绳，拉着大铁人的脖子。

讲述：尤存贵

整理：贾学全

# 通八堡的传说

相传在清朝时，那时的宁夏境内的黄河边沿地带是一个狭长的低洼沼泽，地下水位高，水草丛生，盐碱渍渍，湖泊连片，春种夏涝，种下的五谷十年九不收，人们无法生活，只能肩挑小担，游乡串村，过着饥饱无定，糠菜各半年的生活。

清同治年间，皇帝不断派使臣前来巡视，名为体察下情，实则防患镇压。有一年派来了大臣通智，通智比较开明，他来到宁夏能够体察下情，治理有方。他看到黄河边沿地区民不聊生，居住不定，随时都有官逼民反的局势，他根据“民安则治之，民饥则乱之”的道理，采取兴修水利，以利耕耘的办法筹资集工，沿着河边开拓了一条排灌两用的大干渠——昌润渠。开工前，他把招集的民夫分群为营，派出自己的八个儿子——通宁、通贵、通朔、通吉、通义、通伏、通城、通昌各带一营民夫，分段开工。

人们经过几年春夏秋冬的艰辛劳动，一条沿黄河边的大干渠终于开挖成功。这条大干渠南起永宁县，经过贺兰县，终止平罗县流入黄河，全长二百多里。由于排水畅通，便利灌溉，杂草丛生、湖泊连片的低洼沼泽地变成年种年收的良田。八个民夫营地变成了八座人口集聚的庄园，从此人们移居庄园，生活安定，农牧并举，稻谷飘香，牛羊满滩。

体察民情，为民造福的清朝大臣通智受到了当地人民的尊敬，被人们尊称为通大人。可是，那些喝民脂民膏的清朝统治者内部的权奸不但不以通智为鉴，反生嫉妒，谎奏朝廷，以“莫须有”的罪名杀害了通智。人们为了铭记通智的功德，以通智八儿之名改八营堡为通宁堡、通朔堡、通贵堡、通昌堡、通吉堡、通义堡、通伏堡、通城堡，统称为黄河边的通八堡。

讲述：马进清

整理：马文选

# 唐徕渠的传说

相传，唐朝时，突厥人经常越过边境到大唐境内烧杀抢掠，边境一带难民成群结队拥入内地，朝廷对此大为恼火，就派唐大将带兵到边境征伐突厥人。唐大将带兵征伐突厥的消息传出后突厥人就不敢来犯了。

唐大将当时三十多岁，银盔银甲，白战袍，骑白马，挂银枪，武艺高强，英俊威武，带兵有方，手下将士对他十分拥戴。唐大将带兵出征后杀入突厥境内三百余里，连一个敌人都没碰到就回兵到贺兰山下安营扎寨，以便随时出击杀敌。

话说突厥人时间长不入大唐境内抢掠他们的吃穿就发生困窘。一年后突厥人自认为唐大将守备松懈，就起兵两万多人又入大唐境内烧杀抢掠。其实这都是唐大将为迷惑敌人故意使用的外松内紧的战术。当探马报告说突厥人起兵杀来，唐大将立即将大军兵分三路设伏只留下一座空营。突厥人不知底细直奔大营，被唐大将的三路伏兵杀得丢盔弃甲、鬼哭狼嚎，除少部分逃窜外其余全部被消灭。自此，突厥人也服了唐大将。服归服，但只要唐大将带兵往内地一撤，敌军马上就入境，唐大将带兵回头一追，敌军马上就无影无踪。

当时边境距内地距离太远粮食草料经常接济不上，怎么办？后来就想到了屯田军垦。虽说屯田军垦是个好主意，可西北地方雨水少，天常旱，靠天吃饭显然不行。唐大将想起了黄河。守着黄河靠天吃饭这不成笑话了吗？能不能开一条渠把黄河水引过来？

拿定主意后他就带了几个将佐沿黄河寻找渠口，后来在青铜峡找到渠口，把个唐大将高兴得不知说什么好。当晚他们几个就在青铜峡渠口休息，此时唐大将又发了愁，几百里长的一条大渠那得用多少人来挖呀？这里的老百姓被突厥人烧杀抢掠也不剩多少人，后来又向内地迁徙了不少人，能开渠的民工寥寥无几，光靠那些将士既要征战，又要开渠，这渠要开到猴年马月？

想着愁着，愁着想着，唐大将不知不觉地就睡着了。睡梦中忽见一条白龙头北尾南，摇头摆尾，不大一会儿就开出一条又宽又大又长的渠来，那渠水淌得哗啦啦作响，唐大将高兴得大喊一声："渠开成了！"醒来一看，明月当空，三星过午，渠口还是渠口，石头还是石头，原来刚才是一场美梦。

唐大将叫醒大家连夜回营。渠口有山有石不便骑马。唐大将就把缰绳搭在马背上，信马由缰让马自己走着，他又想着梦中的情景。走着走着，背上的那匹白马缰绳就落到了地上，马拖着缰绳一路走去。谁知白马缰绳拖过的地方转眼间成了一条大渠，那黄河里的水随即灌入渠里。唐大将正感到奇怪，忽然想起刚才的梦立刻醒悟过来。白龙开渠？这白马不正是白龙吗？心里想着忙跪在地上对天叩首道："苍天圣主，各路神仙，本将在此为天下苍生谢过你们了。"起来后加快脚步跟着白马向北走去。那白马走着走着忽然前面有个庄子一挡就拐了个弯，后来人们就把这个弯子叫陶家弯子。过了陶家弯子那白马又走了不远被一团黑影一拦又拐了一个弯子，原来那团黑影是棵大树，后来人们把这个弯子叫钟家弯子。白马拖着缰绳走了不远碰上了一块坟地又拐了一下，后来人们把这个弯子叫罗家弯子。走着走着碰上个寺庙，白马一拐又拐出一个弯子，后来人们把它叫做“马家弯子”。

整条渠开成后，唐大将带兵屯垦驻守边境。当地百姓守着这条渠年种年收，丰衣足食。后来，人们为感谢唐大将之功就把这条渠叫做“唐徕渠”。

**搜集整理：本书编委会**

# 金贵的传说

金贵镇原名叫官桥子，后来又叫保家户，1958年又改名为金贵。为啥改名金贵？原因是保家户东北角有个堡子叫金贵堡。说起这金贵堡还真有段故事。

在叫金贵堡之前，那地方叫北沙窝，后来因那里蒋姓人多又被叫成蒋家沙窝。

还是在叫北沙窝时，那地方有个黄土高台，当地人在那里盖了座玉皇庙。当地人每年农历六月初六、七月十五都要开庙会。庙会上有唱戏的，有杂耍的，有做小生意的，有看热闹的，人来人往很是红火。

话说这北沙窝有两户人家都是外来户，一户姓王，户主名叫王白元，另一户姓陈，户主名叫陈四水。这两家在北沙窝没耕地，以售货为生。王白元专卖女人用的针头线脑、胭脂水粉；陈四水专卖小孩玩的泥鸡、泥猴、泥人、木刀、木枪、竹箭。这俩货郎因卖的东西互不掺行，更何况买东西有女人必然有孩子，所以总是走乡串户一路同行。这一年，两人一起来到庙会上，不大工夫货郎担子就卖空了。两人正要起身回家，这时一位老人笑盈盈地走了过来："二位真是好面相呀！”二人愣了一下，王白元就说：“老人家见笑了。我二人不过就卖个针头线脑、小孩玩具，哪来什么好面相。”老人家又笑着说：“哎，你二人是吉人自有天相，以后自有应验。”陈四水笑了一下说：“老人家就别耍笑我们两个外乡人了。我们整天为衣食住行奔忙，你说的这话又能顶啥用。”老人家说道：“信不信由你。”二人放下货物担子坐下后老人家先问王白元：“这位兄弟何姓何名呀？”王白元回说自己叫王白元。老人家一听乐了：“‘王’和‘白’字不是个‘皇’字吗？就是说你和皇上有缘分啊！”王白元一听赶紧摆手：“老人家不敢乱说，不敢乱说！”老人家又是一笑再不往下说啥。接着老人家又问陈四水说：“这位兄弟何姓何名呀？”陈四水答说自己叫陈四水。老人家随手在地下写道：“陈者臣也，四者巳也，再加上四滴水这不就是个‘熙’字吗？这位兄弟也和当今圣上有缘啊！”陈四水一听着实吓了一跳：“祸从口出，祸从口出。”拉着王白元挑起担子就走。老人家望着二人背影说道：“大富大贵之人呀！”

光阴荏苒，不知不觉几年过去，王白元和陈四水仍然挑着货物担子走乡串户，叫卖为生。这一年秋天，二人结伴到兴庆府办货，办完货时值正午，两人又饿又渴，就找了家饭馆每人花一文钱要了碗面汤，从怀中掏出自带的饼子吃了起来。不一会儿，进来了两个人，都是青衣小帽打扮，一个像是主人，一个像是随从。那个主人周围看了看就坐在他俩坐的桌子上。那随从站在主人一侧。那主人坐下后，打开折扇扇了扇就问：“二位老乡哪里人呀？”王白元抬起头说：“我俩是北沙窝的，离城二十多里。”那主人又问：“你们那里的老乡们日子过得怎么样啊？”王白元回说：“康熙盛世嘛，有吃有喝好着呢！”那主人又问：“不是说康熙康熙，吃糠拉稀吗？”陈四水赶紧抬起头摆手："别胡说，我们这里的百姓都说康熙康熙，国家康泰，百姓欢喜。"那主人一听哈哈大笑，对立在一旁的随从说："去，要三碗羊肉臊子面，给这两位老乡一人一碗。"那随从应声去了。不一会儿，三碗油汪汪的臊子面端了上来，那主人说："二位老乡，趁热吃吧！"二人忙站起来推辞："这怎么好意思呢？"那主人说："能坐在一起那就是缘分，吃吧！吃吧！"那主人见二人吃的馍馍是黑面做的，又吩咐随从说："去给俩老乡每人买上十个白面大饼！"那随从应了一声就出去了。

话分两头。原来这个像主人的乃是当今皇上康熙。康熙第一次亲征噶尔丹时因不服大漠水土得了一场大病，只和噶尔丹打了个平手就班师还朝。大军从黄沙古渡渡过黄河后，他让大阿哥和近侍大臣明珠率军回京，自己留在兴庆府调养身体。康熙此人一生随和。出征时帅盔金甲，坐朝时紫顶龙袍，除此之外平时总是青衣小帽，一柄折扇。最近，在兴庆府调养得差不多了，就在城里城外随意走走，一来散心，二来体察民情。今日无意来到这家饭馆，听到这二位老乡提及"康熙康熙，国家康泰，百姓欢喜"，不由得心中高兴，就给二位乡民要了羊肉臊子面，又让手下去给买白面大饼。

康熙和王白元、陈四水吃面之时，邻桌上也早已坐上了一个人。这人身材高大，头戴草帽，一身短打扮，一边吃饭，一边看着康熙的举动。他见康熙把随从打发出去后，乘着康熙埋头吃饭的机会，从怀里掏出一把匕首扑向康熙。康熙自幼习武，警惕性很高，听见动静立马反应过来，见那人匕首刺来，忙用折扇挡开，那人又刺，康熙再挡。说话间两人就来来往往斗了十几个回合。按说康熙武功不弱，一般情况三五个人近不了身前。但因大病初愈，渐渐有些体力不支。眼看那刺客的匕首要刺到康熙胸前时，王白元急中生智从货郎担上抓起一把钢针向刺客面门撒去，正好扎在眼中，刺客哎哟一声丢下匕首捂住双眼。陈四水趁机从货郎担上抽出一把竹箭向刺客肚子上刺去，谁知只一下就给刺客来了个透心凉，咚的一声刺客直挺挺地倒在了地上。王、陈二人一看吓坏了，嘴里喊着："杀人了，杀人了。"手里忙不迭地收拾挑子准备逃走。那个主人倒是不慌不忙地说："不要惊慌，坐下坐下，一切由我承担！"二人只好坐下。

不一会儿，那随从买了饼子回来，一见此景忙跪下说："奴才失职，奴才失职。"那主人说："不怪你，起来吧！"

就在这时，宁夏的赵将军带兵士进了饭馆，一见那主人忙跪下说："奴才失职惊了圣驾，望皇上降罪！"王白元、陈四水一听这个主人是皇上，赶忙跪下磕头，连大气都不敢出一声。只听康熙说："起来吧！"赵将军和带来的人就都站起来了。康熙见他二人还不起来，就让那随从把二人扶了起来。康熙又问赵将军："这是怎么回事？"赵将军回答："此人是噶尔丹派来的刺客，一共来了三个，都是顶尖的武士。这几天我们已经盯住他们了。今天您在前面走，我的人一直跟在您后面，谁知那两个刺客把我的人引开，让这个刺客趁机下了手。"康熙说："今天多亏了这两位老乡，要不朕早就归天了。朕要好好封赏这二位。"他指了指王白元说："你叫什么名？"

"我叫王白元。"

接着，康熙指了指陈四水："你呢？"

"我叫陈四水。"

康熙对赵将军说："你那里不是还缺一个副将吗？就让这个王白元去。你这儿不是还有个布政使的空缺吗？就让这个陈四水去。"王白元、陈四水半天听了个一头雾水，二人站在那里一动都不敢动。赵将军见他俩的样子就笑了："你俩救驾有功，皇上封你们一个是副将，一个是布政使，这可都是三品顶戴，还不磕头谢恩！”二人慌忙跪下给康熙谢恩。

过一段时间又逢北沙窝庙会，王白元和陈四水一个骑马，一个坐轿。途中，遇到老人老远就迎上来道贺，众位乡亲也拱手相庆。老人对大伙说：“咱这北沙窝一天就出了两个朝廷三品大员、大富大贵之人，看来咱这北沙窝真是金贵之地、富贵之乡，我看以后北沙窝就叫金贵堡吧！”众人听他说得有理就齐声附和。从此，就有了金贵这个地名。

**搜集整理：本书编委会**

# 兵沟和冰沟

在黄河贺兰段以东、鄂尔多斯台地上有一个深不见底的大峡谷，向东绵延几十里，向西直入黄河主河道，山大沟深常有野兽出没。传说宋朝时，外寇经常侵犯中原，烧杀抢掠，只弄得大宋朝国无宁日，边关一带民不聊生，朝廷就派元帅杨六郎带二十多万大军镇守边关，防止外寇入侵。

杨六郎带兵来到鄂尔多斯台地之后发现了这个深不见底的大峡谷，认为此处山大沟深，屯兵有很大的隐蔽性，万一敌兵到来，进可以突出奇兵制胜，退只要封住谷口任凭敌军攻打无法攻入腹地。敌军要用火攻无奈周围无草无木，敌军要用水淹方圆百里水源甚少，真是一个天然的屯兵之处。于是，杨六郎就把大军驻扎在这里，后来人们就把这个大峡谷叫兵沟。

话说杨六郎屯兵大峡谷不久敌兵来犯，他出奇兵攻击，杀得敌兵丢盔弃甲落荒而逃。第二年，恰遇大旱，连绵几百里寸草不生，整天赤日炎炎毫无一丝雨意。原来的水源全部枯竭，大军人马无处饮水，杨六郎就派士兵打井，谁知打下去全是枯井。后来好不容易打出一眼井却是苦水井，人不能喝马不能饮（传说内蒙古黑沙土的那口苦水井就是当年杨六郎派兵打出来的）。杨六郎一看没办法，急忙派人从距离此地较远的黄河往营盘运水，以解决人马的饮水问题。敌兵知道宋军饮水发生问题，就派铁骑切断了运水的道路，凡派出运水的士兵不是被杀就是被俘。杨六郎多次带兵去争夺运水的道路，怎奈将士干渴难忍毫无斗志。还有的士兵斜躺横睡倒在地上干脆等死。杨六郎一看情况不妙，心里暗自叹道："这是天要亡我！"就在万分悲痛之际他仰天大声呼喊："苍天呀，你真想灭我几十万大军吗？这可是几十万生灵啊！"呼喊中他将手中的金枪扎下大地，谁知就在枪扎在地下的那一刻，一股清泉从枪眼里冒了出来，顷刻喷泉如注直射向天空。大军一见水人欢马叫痛饮一番，顿时士兵们有了胆量马有了精神，杀败敌兵夺回了黄河水路。

士兵们为了纪念杨六郎金枪扎水之功，把这股泉水起名为杨冒泉子。这股泉水随着地势直流入大峡谷，杨六郎一想，正好用大峡谷储水，就把兵营搬出兵沟驻扎于鄂尔多斯台地。说来也怪，这股泉水流入兵沟后立马就结成了冰，天长日久冰层越来越厚且常年不化，所以后来人们又把兵沟叫做"冰沟"。

**搜集整理：本书编委会**

# 豆腐的由来

战国时候，有两个很有学问的人，是有名的大军事家，他们就是孙膑和庞涓。

孙膑和庞涓少年时期同在一个老师（据说是鬼谷子）的门下求学。孙膑为人忠厚老实，勤学好问，遇事总要问个为什么，直到弄得明明白白才肯撒手。庞涓聪明伶俐，争强好胜，一心求学。那时候，学生大都住在学堂里，家中清苦的学生都带些粮食自己煮饭（学生们带的大多是粗粮）。孙膑家中贫寒，常带些豆子炒着吃。炒豆子很硬，吃多了牙床子又痛又酸，口干舌燥。后来孙膑又将豆子煮着吃，结果既费时间又费柴火，时日一久，吃多了也腻了。孙膑老想着用什么法子做豆子吃，晚上睡到床上时想，吃饭时也在想：能有什么好办法让豆子变得又软又香。他把这个想法告诉了庞涓，庞涓觉得可笑，讽刺他说："你的学问想必已经学够了，真是异想天开！"孙膑见庞涓没有帮助他的意思，也不理会那些难听的话，暗暗下了决心，一定要弄出个名堂来。

后来，孙膑把豆子先干磨成粉，再搅到水里煮，终于做成了一锅糨糊。之后，他又把豆子先泡软，再弄成糊糊放到锅里煮，可又成了又散又涩的豆渣不好下咽。孙膑仍不甘心，一直思谋着办法。

一天，他刚煮好一锅豆浆，正好老师有事找他，便放下手里的豆浆就去了。这时庞涓刚好进来，他见屋里没人，只闻到一股煮豆子的味儿，就很生气，心想：原来孙膑还在整这事呢！突然他有了一个坏主意。他到门口看看四下没人，就顺手撒了把卤盐，又用勺子搅了几下子，盖好锅盖，蹑手蹑脚地溜了。过了一阵子，孙膑回来了，揭开锅盖一看，原来的糊糊子都变成了块块子。他用勺子盛了半碗，也不见散，又细又软，放到嘴里一尝，还真好吃。他正吃得香呢，庞涓来了，孙膑赶忙递给他说："你尝尝，我做的东西还挺好吃呢！"庞涓听了哈哈大笑："那是我撒了一把卤盐制成的。"孙膑听了将信将疑，只觉得这是戏言而已。他苦苦思谋着，这到底是怎么回事？究竟有啥东西能让豆子浆水变成又白又软的块块子呢？他四处寻找，终于明白卤水的功能。于是，孙膑找来一块粗布把豆浆盛到布里包住，再用木板压上去，过了一个时辰，打开一看，水都流掉了，豆浆结成了又白又嫩的块状。他给这东西起了个名字叫"豆腐"。

这就是豆腐的由来。

**讲　　述：王兰英**

**搜集整理：马振环**

# 走马观花的来历

在很久以前，有个人叫李员外，养了一个儿子，五官端正，皮肤特别白，眼睛大得像葡萄。可是，有一个缺点，一条腿比另一条长半尺左右。还有一个张员外，养了一个女儿，也是五官端正，皮肤白嫩，只是没有鼻子。

一天，张员外家里来了一个姓王的人，他特别能说。张员外对他说，“我的女儿长得特别标致，可就是没有鼻子，你是否能给她找个对象。”姓王的想，李员外的儿子和她挺相配的，就把事情告诉了张员外，并告诉他怎样接待李员外的儿子。然后，他来到李员外家。李员外说：“你能不能给我儿子找个对象？”姓王的就对李员外说了张员外的女儿，并安排李员外儿子如何相亲的事。

到了相亲的那天，李员外让儿子骑着骏马去见张员外的女儿。张员外的女儿坐在轿上，手里拿着一朵花在闻。李员外的儿子看了很高兴，便答应了这门亲事。

结婚的时候，张员外的女儿坐在轿上不见李员外的儿子来迎接。等呀等，终于看见了李员外的儿子。她说：“你为什么不迎接我？”于是，李员外的儿子去接她，刚一走路他就栽了个大跟头，张员外的女儿以为他病了，就扔了花去扶他，李公子抬头一看，这么大一个窟窿。气得就要写休书。于是就去找媒人。

姓王的说："都怪你当初走马观花，你应该认真地看她。"从此，走马观花就传开了。

讲　　述：哈晓琴

搜集整理：哈彦邦

# 没钱能使鳖耍水

很久以前，红花渠畔住着一家贫苦而善良的农民，名叫张本，三十多岁还没成家，靠给富豪人家扛长工挣钱养活七十多岁的老娘，母子俩过着孤苦伶仃的生活。

张本给财东扛长工，经常挨打受气，他把一肚子苦情压在心窝里。他看硬碰硬是要吃亏的，就想一些别的办法，捉弄财东，有时，把财东闹得哭笑不得。

一天，财东杨四饭饱茶足之后，闲得无事，又想拿张本开心。他把坏主意打好之后，自己觉得美滋滋的，张开大嘴狂笑了几声，伸着他那个瘦长的脖子，大喊："张本，张本。"张本听见杨四在喊，不觉打了一个寒战。他心想：这个不安好心的坏蛋，喊我又想干什么！一边盘算着，还是赶忙来到杨四的面前，问道："老掌柜，叫我有事吗？"

杨四说："有事，有事！"

张本又问："有啥事？你就说吧！"

杨四不阴不阳地开了腔："这会子，已经是夏天了，太阳晒得很啊，我的屋门前想搭个凉棚，遮遮阴凉。喀，你拿上斧头，到大水坑边上的大柳树上，砍些树枝，来搭个凉棚。”

张本听了杨四的吩咐，拿着斧头，直奔大柳树而去。张本前面走，杨四紧紧地跟在后面。张本刚爬上大柳树，杨四站在树下又在想坏主意。这时只见张本双手紧紧握着斧头，使尽全身的力气砍树枝。被砍断的树枝，噼里啪啦地从树上落在地上。

杨四把坏主意想好了，咧着大嘴狂笑着说：“张本你听着，我老汉有钱能使猴上树啊，哈哈……”说完，又是一阵狂笑。

张本听到杨四对自己的侮辱后，肺几乎都气炸了。但他又不敢硬碰，他一边砍树枝，一边在想对付杨四的办法。突然他心生一计，自言自语地说：“对，就这么干。”他把斧子从树上扔下来，只听通的一声，掉进大水坑里。这时，张本故意高喊。“老掌柜，不好了，斧子掉进大水坑里，快捞啊！”杨四听说自己的斧子掉进水坑，大吃一惊，好像从他身上割下一块肉一样心疼。他顾不得脱掉衣服和鞋袜，扑通一声跳进水坑里去捞斧子。只见杨四在大水坑里像个落汤鸡，爬来爬去，东捞西摸，一阵钻进水里，一阵又钻出水面，摸了好一会儿，才把斧子摸着。他双手紧紧握住斧子，带着一身泥水，从坑里爬上岸来。老狐狸被水淹得直喘气，坐在岸上动弹不了。张本看见杨四狼狈的样子，又高兴，又解恨，心里乐得就别提了。这时，他从树上一个蹦子跳到地上，指着杨四的鼻子说：“你有钱能使猴上树，嗨嗨，老子没钱还能使个鳖耍水哩。”

**搜集整理：王世兴**

# 宝缸的故事

从前，有一位老公公住在山坡上。

有一天，他正在山上干活。忽然挖出一口水晶般的缸。老公公家里只有一碗米了，他想：“把这口缸拿回家去，把那碗米盛到这口缸里。于是，他把缸扛回家，把那碗米倒进缸里。

第二天，老公公取米煮饭的时候看见满满一缸米，老公公很奇怪。他用碗取出许多米，缸里的米仍是那样满满的。老公公想，这一定是口宝缸。于是，他就把缸里的米分给穷人吃。穷人们都很敬佩他。

过了一段时间，村里的财主知道了这件事，就带着走狗们来抢这口宝缸。老公公说：“你要抢，我就把宝缸砸得粉碎给你瞧。”财主怕老公公真的把宝缸砸烂，就带着走狗们走了。

财主没得到宝缸不甘心，躺在床上翻来覆去想了三天三夜，终于想出了一个办法。这一天，财主带着一包银圆到县官那儿去告状。到了县衙，财主跪下说：“县官大人，我家祖传的一口宝缸给邻居偷了去。”说完就把带来的一包银圆递给县官。县官看见那包银圆，心里非常高兴，说：“把那个偷缸的人押上来，把宝缸也抬上来。”老公公被押上来了，宝缸也抬来了。县官喝问：“你为何偷宝缸？”

老公公看一眼宝缸不说话。县官就从财主的一包银圆里取出一枚银圆扔进宝缸里，接着，他又从宝缸里拿出一枚银圆，奇怪，里面还有一枚，他又拿出一枚，里面还有一枚，一连拿出十枚银圆，缸里还有银圆，县官自言自语道：“我要有这口宝缸就会发大财。于是，县官命令衙役们把老公公和财主一起哄了出去。

过了几日，县官的父亲知道了这件事，他对县官说：“我听说你得了口宝缸，抬出来让我看看。”县官就命令衙役将宝缸抬了出来，县官父亲也拿出一枚银圆扔到宝缸里。他伸手从宝缸里拿银圆，却一头栽进缸里了，县官急坏了，赶忙把老爹拉出来。奇怪，县官拉出一个老爹，缸里还有一个老爹，他一下子拉出十个老爹。那县官气急败坏地说：“你们谁是我的老爹”。老头儿一起说：“我是你的老爹。”县官一气之下，说：“我一个老爹也不要了！”那些老头儿一听这话，举起拐杖一通乱棍把县官打得断了气。

讲述：马　俊

整理：马秀琴

# 飞钟扣河眼

很早以前，在银川市北塔的西边有个湖叫塔湖。这个湖的湖面，方圆有几十里。湖里长满了高高的芦苇。湖中心水深十几丈，传说是个河眼。每年到雨季，就从湖中间冒出几丈高的水柱，湖水漫涨，溢出湖外，淹没了北塔周围的良田和村庄，害得老百姓有家不能归，有田不能种，急得当地百姓磕头祈祷求平安。

说也奇了，有一年不知从什么地方飞来两口大钟，一口落在现在的中山公园三层楼门前，一口落在塔湖的河眼上。从此以后，塔湖的水再也没有泛滥。听北塔周围的老年人讲，至今每到夜深人静，只要三层楼上的钟声“当——当——”一响，塔湖里的那口钟也跟着“当——当——”响起来。

讲　　述：李海勤

搜集整理：郭玉琳

# 风情

# 张二打鱼

从前有个人叫“张二”，以打鱼为生。有一天，张二一早起来去河边打鱼，撒下一网拉上来一看，竟然连一条小鱼也没有，只打捞上来一个小葫芦。他连忙拿起葫芦打开盖，谁知竟从葫芦里蹦出来一个一寸多高的小人儿。小人儿站在地上，说话间长大了，像树一样高。他双手叉腰，瞪着碗一样大的眼睛说：“我住在水里，躺在葫芦里好好的，谁叫你把我倒出来？我非把你吃了不行。”张二听了这话，又看看那个人，吓得直打哆嗦。怎么办呢，张二正在发愁，只见那边过来一个老汉，张二忙对这个人说：“你先别吃我，等那老头儿来，评评这个理，他若说你该吃我，那你就把我吃了。”这个人听罢答应了。

却说那老汉，远远看见张二和一个人，心里说：“这么大个人，我还没见过，一定是个妖怪吧。”想到这里，他马上回过头要走，张二连忙叫住他。老汉只好硬着头皮走过来。张二对老汉说：“大伯你看这个大个人，本来住在小葫芦里，我打鱼不小心把葫芦从水里打了出来，一掀盖，他从葫芦里蹦出来要吃我，你看该吃不该吃？”老汉一听这事管不得，要说不该吃，惹恼了大个人，要吃我怎么办？

我还是赶快走了吧。于是，老汉说："这事我管不了。"说完大步走开了。大个人一见老汉不管这事，就笑着对张二说："这回我该吃了你吧？"张二正在没办法时，又看见前边走来个书生。张二忙对这个人说："你再等一下，等那个书生走过来再问一问，你该不该吃我。"这个人又答应了。

却说那书生，老远就看见一个大个人和张二，心想：那大个人一定是个怪物，是想害张二的吧，赶快去看看。于是，他一路小跑来到张二和大个人面前。这时张二连忙对书生说："兄弟，快救救我吧，这个大个人说我把他从葫芦里倒出来，一定要吃了我，你看咋办呢？"书生又问了几句，明白了怎么回事。只见他眼珠一转想出了了主意。他看了一眼张二说："真没想到，老实巴交的张二，现在会扯谎了。"

张二一听着急地说："我没扯谎。"

书生说："你说你没扯谎，那我问你，那么大个人能钻进这小葫芦吗？"

张二说："他就是从葫芦里出来的，这是真的。"

大个人也解释："张二说的是实话，我原来就是住在小葫芦里。"

书生接着说："那好吧，你要是真能进这个小葫芦里，然后你就吃了张二，你要是进不去，说明你本来就不在小葫芦里，与张二无关，你就不应该吃张二。"

大个人一听说这话，马上就变变变，眼看着变小了，可是张二却吓得满头大汗，心想一会儿就没命了。说话间大个人已经变成了一个一寸多高的小人，这时书生连忙扶起葫芦，让小人跳进去了。

书生见小人进了葫芦，急忙把盖紧紧盖上，然后松了一口气，对张二说："你还愣着干吗，快把葫芦撂进河里去。"这时张二如梦方醒，连忙接过葫芦使劲投进了河里，回头连忙向书生道谢，书生看着滚滚的河水说：“永远闷在葫芦里吧！恶魔。”说完他继续赶路了，张二又去打鱼了。

讲　　述：刘元德

搜集整理：刘兴梅

# 红石头路

从前，有老两口养了个儿子，后来，儿子长大了，又娶了媳妇，养了三个女儿。这一家子的生活过得挺红火的。有一天，吃饭的时候，爷爷高兴地问大孙女："孙女，你享的谁的福？"

"我享的爷爷的福。"爷爷听了心里更乐了。爷爷又问二孙女："你享的谁的福？"二孙女说："我享的爷爷奶奶的福。"爷爷奶奶听了二孙女的话，喜得连嘴也合不拢了。之后，爷爷又问三孙女："你享的谁的福？"三孙女说："个人有福个人享，个人有罪个人受。"爷爷一听就气了，心想：你说个人有福个人享，个人有罪个人受，我以后把你嫁给超乎子[①]，穷光蛋，你就享福去，你就受罪去。以后，老爷爷就一个劲儿地把这件事搁在心里头了。

有一天，从山里来了个驮脚货的穷小伙子，到城里驮脚货，没想到下开雪了，回不去了。到了晚上，小伙子没钱住店，他就蹲到老爷爷家的门道里避雪，待了整整一夜。第二天，天刚亮，小伙子要赶驴走，才发现，驴夜里拉了一门道粪。小伙子发愁了，叹气道："唉，也没个簸箕、笤帚。咋把这粪扫掉呢？"他正愁着呢，忽然听见开门声，抬头一看，一个老爷爷把大门开开，走了出来。小伙子赶紧对老爷爷说：“老爷爷，我是个赶脚货的，昨晚上下雪没有办法回去。在你们家的门道里避雪，驴拉了一地的粪，请你借给我一把笤帚、一个簸箕，我好给你打扫干净。”老爷爷听了，也没吭声，进去拿出来了一把笤帚、一个簸箕，递给小伙子。小伙子赶忙把粪扫掉，将街门道打扫干净。老爷爷又和他扯磨：“小伙子，你家在哪儿？”“我家在山里头。”

“你家都有啥人？”

“我家只有一个老妈，再啥人也没有了。我就是干赶驴驮脚货的营生。”

老爷爷听完就说：“噢，你是干驮脚货的营生的？那么，我给你一个媳妇。”小伙子听了吓了一大跳，以为自己是听错了。他又听老爷爷对他说：“你别害怕，你回去跟你妈说说。半个月以后，你就来驮媳妇。”小伙子在回去的时候，走了一路愁了一路。回去跟他妈一说，他妈挺高兴的。小伙子对他妈说：“妈呀，你光高兴，那娶媳妇的钱又在哪儿呢？”他妈说：“儿子，好办，你把驴卖了，给她缝上一身穿的，到日子就去接你的婆姨去。”儿子想想也没办法，就照妈说的办了。过了半个月，小伙子把驴卖掉了，缝了一身新衣服，又借了一头驴去老爷爷家接媳妇。老爷爷见小伙子来了，就让儿媳妇给三孙女梳头，好让小伙子驮上走。姑娘的妈一边给女儿梳头一边哭，怕女儿受穷，悄悄地给女儿塞了二十两银子。老爷爷嫁孙女啥也不让拿，针头线脑都不给。姑娘没吭气，换上了小伙子带来的一身新衣裳就随小伙子走出家门，骑上驴走了。姑娘到了小伙子家，结婚后三天都过了，还不见小伙子出门，她就问：“你不是驮脚货的吗？咋不出去干活？”小伙子就说：“唉，实不瞒你，我为了娶你把驴卖了，用卖驴的钱给你扯了一身穿的，如今这驴也没了，还拿啥赶脚货呢？”姑娘听了就把临出门时妈妈塞给的二十两银子给了小伙子，让他买头驴来，好干营生。

一天晚上，姑娘起夜，刚一下地她就把砖踩翻了，她摸着一块砖头，咋也安不上，一着急她就把砖掀掉了。哎哟，砖底下有一个缸，缸里装满了金银，姑娘高兴地喊起来，惊动了小伙子，两人一起把缸抬了出来。这下子可发了财，小两口和老妈一商量就把家搬到苏州，开了一家绸缎庄，日子过得红火得很。

时间过得好快啊，一晃三年过去了。娘家奶奶想孙女把眼睛哭瞎了，妈想女儿眼睛也花了。老爷爷心里也想孙女，就四下派人出去找孙女，老爷爷打听来打听去，好不容易找到孙女家，可孙女不出来见爷爷，只打发底下的人用好吃好喝的侍候老爷爷。老爷爷住了几天也没有见到孙女就回家去了。隔了几天，老爷爷还是想孙女，就又来了。孙女仍旧是不见，还是用好吃好喝的打发人侍候老爷爷。老爷爷住了几天，见不到孙女，心里真不好受，只好又回去了。第三趟老爷爷去了，打定主意，不见孙女不回去。孙女知道了，派人传话：“要想见我，除非给我铺一条红石头路，我才回去。”爷爷听了，一声不吭就回去了。老爷爷赌着气，雇了许多人，从红石头山上采了许多红石头铺了一条红石头路，一直通到了孙女家。孙女这才回了娘家。爷爷奶奶，娘家妈妈、兄弟姐妹总算是见到了姑娘。

注释：

①超乎子：宁夏方言，即叫花子、乞丐。

**讲　　述：马色礼**

**搜集整理：由慧茹**

# 白马圈

一个庄子里，有两口子，养着两个娃娃，儿子叫金梁，女儿叫玉柱，家里的日子过得好红火啊。

一天，男人借故大骂婆姨，女人气恨不已，便哭闹起来。男人竟以一张休书把婆姨给休了。女人让男人休了，别人就当是干了见不得人的事了，女人只好回娘家。这个婆姨哭得可怜啊。男人说："你愿意拿啥就拿啥我不挡你。"女人哭哭泣泣地拿了些穿的，又揣了二百两银子，走到马圈里，哭着给马磕了个头说："哪匹马愿随我走？"只见一匹干肋巴白马把头掉了过来，对她点头！女人见了立刻把马拉了过来骑上，随后，哭着走出了家门。

女人不敢回娘家，骑着白马走来走去，走了一天，走到一座大山里。眼看着到了太阳落山的时候了，她走到一个小房房跟前，见门口坐了一个老奶奶，正纺线。女人对老奶奶说："老大妈，您有喝的吗？给我些水喝。"老奶奶抬头见是个骑白马的女人，两眼哭得红红的，就给她喝了些水，便和她聊了一会儿，才知道女人是要回娘家路过这里。这时候，天黑了下来，老奶奶看她孤孤单单的一个女人就让她住下，明天再走。

老奶奶家没啥人，只一个儿子，娘俩靠老奶奶纺线、儿子打柴维持生活。晚上，天都黑麻麻的了，老奶奶的儿子才打柴回来，看见屋里有外人，就在小屋子里睡下了，半夜里她惦记着给这个媳妇喂马。女人在老奶奶家住了一夜，第二天赶早起来，本来想走呢，又觉得老奶奶家里没啥人，小伙子怪老实的，又勤快，还给她操心喂马，这娘俩倒是蛮实在，她对老奶奶讲了实话。老奶奶听女人的话非常愿意女人给她当儿媳妇。老奶奶的儿子老实得很，和女人成了家以后，照旧天天出去打柴，女人在家煮饭，干些家里的活，日子过得也将就。后来，女人见男人每天砍柴，肩挑背扛累得很，就让男人把白马拉去，用马驮柴。

日子久了，这个女人把银子拿了出来，让男人拿到当铺去当了，好添补家用。这个打柴的男人是个穷汉子，没见过银子，见女人拿出来银子就说："这就是银子？我打柴的地方，这样的东西多得很呢！"女人听了，就让男人打柴回来时带两块回来。晚上，男人带回给她看，她一看："哎哟，可不就是银子。"从这以后，男人不打柴了，两口子用白马往回驮银子，那银子多得驮也驮不完。这银子咋这么多呢？其实还是这个女人的。那会子人都说："金银遍地走，不够命穷的人。"这两口子从山里驮回来的银子，还是这女人原来家里头的，她一走，又都随上女人走了。发了财以后，男人也不打柴了，在庄子里买田、买房，日子过得像模像样的。

后来，女人听说原来的汉子眼睛瞎了，穷得在街上要饭，当了讨吃的，把两个娃娃也卖了。女人想两个娃娃，就和现在的男人商量："咱们在庙台里许上一台戏吧，看两个娃娃还在不在？"男人同意了。等到看戏的人来了，女人看见金梁、玉柱都卖给庄户过日子的人家了，娃娃也都过得好着呢，她也放了心。前头的傻汉子听说女人嫁后又发了财，就瞎摸着，找来找去，找到了以前的女人家。第一回，女人给了点银子让他拿去过日子用，他吃完了又跑来赖着要钱，女人可怜他，又给了点银子。第三回，女人气气地扔给了他一串钥匙让他摸去，满院子的房子，让他愿开哪个房子就开哪个，结果，瞎男人摸来摸去，拣来拣去开了一间房子，进去一摸，啊！一屋子糠，他生气地吃了三口糠，岂料被这三口糠噎死了。

讲　　述：马色礼

搜集整理：由慧茹

# 傻女婿的故事

从前，有个挺聪明的女人，嫁的男人不机敏，是个傻女婿。一天，女人让傻女婿把她出嫁时带过来的马拉到街上卖掉，卖上三十两银子就行了。傻女婿就按女人的吩咐把马拉到了街上，有个人看他傻着呢，又想买他的马，就问："小伙子，你的马卖多少钱？"

"三十两银子。"

"噢，这价钱是谁给你说的？"

"俺们婆姨说的。"

"对，我给你三十两银子，这匹马我买了。只是今天我上街没有带银子，你到月亮圆的时候到我家里去拿钱吧！"

傻女婿听了就问："你的家在哪儿？"

"我的家住的那个地方啊，门口有三个木料箱，还有两棵花椒树，吃在嘴里怪甜的。你记下了吗？"

傻女婿听了说："我记下了。"他回到家，告诉婆姨："马卖了。"

婆姨问："钱呢？"

傻女婿赶忙告诉婆姨："买马的人让月亮圆的时候到他们家拿钱去。他家的门口有三个木料箱，还有两棵花椒树，吃在嘴里还怪甜的。”

婆姨听了就说:“月亮圆的时候就是十五,让你十五那天去拿钱。三个木料箱,是三口棺材,两棵花椒树,吃在嘴里怪甜的,是两棵母子树。”不觉得到了十五那天,傻女婿就按着婆姨说的找到了买马人家住的地方。他对卖马人说:“我拿钱来了。”

“谁给你说的让你今天来?”

“俺们婆姨。”

买马的人听了也没吭声,就给了他三十两银子,又搞了一个狗头,在狗头上插了一枝金花,让傻女婿拿回家给他的婆姨。傻女婿回去把银子交给了他的婆姨,又傻傻地把插金花的狗头给了婆姨。婆姨一看气坏了,说啥也不和傻女婿过了……

讲　　述:马色礼

搜集整理:由慧茹

# 石子养活老子

过去，有个老头，有两个儿子。老头把卖苦力挣来的血汗钱给两个儿子娶了媳妇。大媳妇刁钻，二媳妇奸猾，她们都不想养活老子。老头受饥受寒，无人照管。

一天，老朋友杨木匠来看望老头。老头子诉说了自己的处境，杨木匠给老头出了个计。过了几天，老头从山上抱回一个小木箱，在回家的路上碰见了村里的马快嘴，马快嘴问道：“拿的啥东西啊？”

“唉！人老不中用，没人管了，靠这点东西养老。”马快嘴见箱子沉重，扣子又严实，便又说：“你身子太弱了，我帮你送半截子路吧！”老头吃惊地按着箱子，急促地说：“不用，不用，我能拿动。”马快嘴坚决要送，老头没办法，最后说：“好吧！你把箱子给我抱起来，我背着走就行了。”其实，马快嘴也不是真心给老头帮忙，是想知道里面装的是啥。马快嘴双手把箱子抱起来，有意偷摇了一下，才把箱子放在老头脊背上，笑着走了。马快嘴赶忙找到老头的两个儿子。一再地说：“我替你爹提过财宝箱子，里面不是元宝就是金条！”经马快嘴这么一传，村里家家户户都知道老头有个“财宝箱”。

没过两天，大儿子和媳妇提着油香、馓子来看老子，问长问短十分关心，还要请老子回家一起过日子。不一会儿，二儿子和媳妇拿着新衣服和新鞋来看老子，二儿媳妇还哭着要请老爹回他们家一起过日子，由他们来养活。

两个儿子和媳妇都争着要养活老人。正巧杨木匠来了，杨木匠从中调停，最后根据老头的意见提出了一个办法：“都不要争，愿尽孝心，可以这么办：两家轮着养活老人，老人单月去老大家，双月在老二家。至于财物，等老汉同意凶再给你们分，我老杨是见证人。”两个儿子和媳妇都很满意，事情就这么定了。

从此以后，儿子、儿媳妇们赛着讨好老人。大媳妇今天送清炖鸡，二媳妇明天送红烧鱼；二媳妇烩的夹板肉丸，大媳妇又赶着端来荷叶饺子，都怕对老汉孝敬得不周到。

老头子活到八十岁，突然病了，看来也不行了，两个儿子请来杨木匠，单等咽气时分老汉的财物。杨木匠一本正经地问老汉：“你有什么话要说，当着我的面，让两个儿子都落个无怨！”老头说：“老弟，我的箱子埋在我睡觉的炕底下，这几年，两个儿子、媳妇都对我好，我走以后，你主持把财产平分给他们兄弟二人吧！”话刚说完，老头去世了。老头还没送走，弟兄俩当着杨木匠的面就把炕挖开。取出箱子，打开一看，里面装的全是石子，石子上还盖着一张纸，纸上写着四句话：

养活老子，全靠石子，
没有石子，饿死老子。

两个儿子和两个儿媳妇一看都说不出话来。

讲　　述：马成山
搜集整理：谢　荣

# 一顶破草帽

从前，有一个人，他爹临死的时候留给他一顶破草帽，叫他好好保存着。他不知道那顶破草帽有啥大用场，就撂在一边没重视。

一年夏天，天气热得吓人呢，他在地里犁田，火辣辣的太阳晒得他难受得很，就跑回家找出那顶破草帽。随手往头上一戴，赶紧下地干活去了。过往行人只见牛拉犁，不见人赶牛，感到很奇怪，纷纷议论起来："哎，这头牛真神了，不用人赶就会犁田，真是太怪了。"那人听了不满地说："你们都是咋闹的，难道看不见是我在赶牛吗？"过路的人们东看西瞧，不见一个人，吓得四散逃去。那人愣了好一阵子，才明白这顶破草帽是个宝贝，能隐身。

从此，那人再也不出苦力干活了，天天戴着破草帽去拿现成的吃喝。时间一长，破草帽更破得不成样子了。那人生怕从此断了不费吹灰之力就能吃香的喝辣的路子，就找来针线把草帽缝了缝。一天，他又戴上破草帽去逛大街，看见一个人正在卖热包子，他伸手拿来就吃。卖包子的觉得很奇怪，不知是谁拿走了他的包子，就瞪大两眼仔细观看，只见眼前有一团乱线晃绕，就一把把它揪住了。这下子，破草帽掉到地上了，戴草帽的人现原形了，人们一拥而上，把他送进了衙门。

讲　　述：周建军

搜集整理：周建安

# 铁臂郎与娅莎

从前，有个大员外，他有个女儿非常漂亮，名叫“娅莎”，庄子里许多小伙子都看上了她。

一天，一个叫“铁臂郎”的年轻猎人去打猎，见到一只很好看的小鸟从头上飞过，他一箭射去，正好射在小鸟的肚子上。小鸟挣扎着飞过小河，飞进一个很阔气的院子里。铁臂郎一直紧紧在后面追赶，他正想翻墙捉鸟，忽然，从墙上露出个姑娘来，请求猎人手下留情，把小鸟送给她好生喂养。铁臂郎一看是美丽善良的娅莎姑娘，就高高兴兴地同意了。从此，他们俩相好了。

在离这个庄子很远的深山里，有一只老鹰精，专门作恶，伤害了许多生灵。有一天，娅莎不小心让老鹰精看见了，就被老鹰精叼走了。老员外非常伤心，四处张贴告示。告示上写着：“谁能救回娅莎就把她嫁给谁。”看告示的人很多，但没有人敢冒这个险。铁臂郎打猎回来，听到这个消息，二话没说，揭了告示就上路找老鹰精去了。他日夜不停地走啊，走啊，整整走了七七四十九天，才来到一座大山前。他见一棵大树下有一块很大很平的石头，一时感到困乏，就倒在大石头上睡着了。他做了个梦，梦见一个白胡子老人送给他一支神箭，告诉他说：“明天中午的时候，你要对准太阳旁的黑云彩射一箭，老鹰精就藏在那里。”铁臂郎醒来一看，手里果真握着一支神箭。他很高兴，一口气就爬上了山顶。等到中午，他看见太阳边上真的有一块黑云，于是，他使劲拉满弓，一箭射去，只见老鹰精怪叫着带着箭向前飞去。铁臂郎就跟着老鹰精洒下的血迹追呀追，追到一个山洞前就找不到血了，他知道，老鹰精肯定藏在这个洞里，就不顾一切地钻了进去。

洞子很深很大，娅莎姑娘正坐在堆积如山的白骨旁哭呢。铁臂郎高兴极了，拉着娅莎就要走。娅莎不肯，她说：“要不把老鹰精杀死，它还会害别人呢！就是杀死了老鹰精，要不把它的十二缸起死回生的药水盖上，它会复活，会继续害人的！”铁臂郎听了，连忙使劲搬起十二块大石头，把十二缸药水盖好，又轻手轻脚地走到昏迷不醒的老鹰精身边，拿起压在老鹰精身下的宝剑，猛地向老鹰精砍去，把老鹰精的头给砍下来了，只见那脑袋骨碌碌地朝药水缸滚去，铁臂郎三步并作两步赶忙撵上去，把老鹰精的脑袋砍了个稀巴烂。

这时候，娅莎把十二缸起死回生的药水全都向那堆白骨洒去，转眼间，白骨都恢复了原形，原来他们都是漂漂亮亮的姑娘和白白胖胖的娃娃。

大家高高兴兴地向铁臂郎和娅莎姑娘道了谢，欢欢喜喜地回家团圆去了。

讲　　述：蔡何民

搜集整理：周　云

# 黑娃和白娃

古时候，有个忠厚老实的农民叫马宏，他娶了个聪明的媳妇叫麦燕，小两口日子过得还顺心。一年以后，麦燕生了个儿子叫黑娃，不久麦燕因病去世了。马宏独自领着儿子过日子。又过了一年，马宏和一个外号叫酸枣刺的女人成了亲。这个女人怀孕了，孩子没出生马宏就去世了。不久，酸枣刺就生下一个男孩，起名白娃。开始酸枣刺对两个孩子都不错，到黑娃长到十四岁时，对待黑娃的态度就不一样了。

起初，酸枣刺每天给黑娃几个菜饼叫他去放牛，让白娃背上书包，带着油花面卷去上学。

酸枣刺后来便想方设法要害黑娃。有一天，她心生毒计：给白娃一个瓦罐，给黑娃一个竹筛子，让他俩人到河里去打水，谁先把水端回来，就给谁饭吃，端不回来就不给饭吃。

白娃和黑娃抢着跑到河里去端水。白娃从河里提了一罐水就往回跑，黑娃拿着筛子在河里端了好半天，一点水也没端上来，急得直哭。

这时，一个白胡子老爷爷迎面走来，他问明原因后让黑娃把筛子用双手端起来，在河水里摆了几下，往上一端，只见筛子里盛了满满一筛子水，水里还有一条大鲤鱼，黑娃拜别老爷爷端着水和鱼高兴地往家里跑去。

快到家了，在路边碰见一个瞎老奶奶，伸着双手求他救命。黑娃问明情况，瞎老奶奶说："我这双眼睛了好多年了，先生说只有吃了刚从河里打上来的鲜鱼才能好。"黑娃听了，马上把鱼双手递到老奶奶手里，老奶奶感激地说："我一定要报答你的恩情。"

回到家里，酸枣刺见黑娃用筛子端回来水了，感到很奇怪，当问明情况后，又听说黑娃把鱼送给人了。她又气又恨地把黑娃骂了一顿，夺过筛子，让白娃拿上，把瓦罐塞给黑娃，让他二人再去河里端水。

白娃走到河边碰见那位白胡子老爷爷，他端着水看见水里有条大鲤鱼。他端着水一边往回跑一边大声喊他妈，母子俩正好在黑娃给瞎老奶奶送鱼的地方碰见了。这时瞎老奶奶又向白娃要鱼，被酸枣刺一把推倒在地。瞎老奶奶二次又去要鱼，被白娃一脚踢倒，母子俩端着鱼就走了。

黑娃提着瓦罐，在河里打上水，往上一提却怎么也提不动。他仔细一看，见瓦罐里面却是闪闪发光的黄黄的东西，用力地提回家去。酸枣刺见黑娃提着一罐水，累得气喘吁吁，边骂边走到瓦罐跟前，一看罐里装的全是金子急忙提起来倒进箱子里。

白娃正在屋里收拾鱼，他妈把瓦罐递给他，叫他快去河里捞金子，母子俩高兴地提着瓦罐往河边跑去，黑娃见妈和兄弟往河边跑去，他也跟到河边。只见白娃双手紧抱瓦罐不放，直往水下沉呢！黑娃急忙过去抓住白娃的手往上拉，酸枣刺见黑娃抓住白娃不放，上前一把推开了黑娃。黑娃被推倒在地上，白娃和狠心的酸枣刺连同瓦罐一起沉入河中，再也没上来。

黑娃正想跳下河去救他母子，却被白胡子老爷爷和瞎老奶奶从后衣襟紧紧地抓住。两位老人说：“善良的小伙子，不要可怜那些心肠狠毒的人！”说完两位老人就不见了。黑娃回到家里，把金子全部分给了村上的穷人，他依旧种着家里的几亩薄田，过着和众人一样清苦的日子。

讲　　述：张志槐

搜集整理：张　飙

# 仨兄弟的故事

从前，有个姓张的屠户，他年老体衰，干不动了。他有三个儿子，每天半夜，他都早早地叫醒老大和老二，让他们背着肉到集市上去卖。这两个儿子走在路上把老爹和弟弟恨得咬牙切齿。

一天，张屠户觉得自己不行了，临终时对三个儿子说：“我走了以后，你们把我用绳子抬上走，走到哪儿绳子断了，就把我埋在哪儿。”兄弟三人按着老爹的嘱咐，用绳子抬上张屠户的尸身走啊走，走到山塆的一个破庙后面时，绳子断了。他们动手在破庙后面挖坟。挖呀挖，坟还没有挖好，天就黑下来了。老大和老二说：“赶紧回家吧，要不天黑了狼、狐、虎、豹来了可就没命了。”老三孝顺老爹，舍不得撂下没埋的老爹，就说：“你们先走吧，我要给爹下葬呢。”老大老二走了，老三一个人把老爹安置妥帖后，天已经黑得像锅底一样了。老三不敢走夜路，只好躲到破屋里一座造像后边。

这时候，一阵腥风刮过，破屋里进来了虎大哥、狼二哥和狐三哥。虎大哥搐动搐动鼻子，说：“我闻出来了，有生人气味，有生人气味！”老三一听，吓得浑身发抖。张屠户躲在造像后面假装生气大声呵斥虎大哥：“呸，你胡说什么！哪来的生人气味，还不是你们自个儿带进来的！”虎、狼、狐听闻造像发声，一时惊吓，没敢吭气。过了一会儿，它们坐下来扯磨。虎大哥说：“今天我吃了王员外家的牛犊子，美气得很。”狼二哥说：“今天我吃了王员外的一只羊，太美气了。”狐三哥伸了个懒腰慢慢地说：“我吃的是王员外家的芦花鸡，味道美极了！”躲在造像后面的张屠户听了插嘴说：“你们都到王员外家捞吃喝，看来王员外是个老好人哪。”狐三哥连忙说：“你算是说对了，那王员外不光老实，还有些傻气呢。”躲在造像后面的张屠户问：“这话咋讲呢？”狐三哥说：“王员外有个女儿长得如花似玉，可惜病了半年好不了，王员外请了多少医生也没顶用。其实王员外的女儿是被门前草垛子里的蜘蛛精给缠住了。只要用一根红线拴住小姐的胳膊，把草垛子点着，烧死蜘蛛精，小姐的病就好了。”狼二哥接着说：“就是嘛，王员外家花园里有五棵树，中间的两棵枝枯、叶落快死了，王员外不知啥原因，想把树砍倒。其实，那两棵树下埋着两缸银子，只要把那两缸银子挖出来，树就会活的。”虎大哥也开了口：“嗯，说的也是，王员外饮牲口，天天都要赶到老远老远的泉口上，其实，他家后院有一棵白蜡树，顺着白蜡树挖下去，有一块大石板，把大石板打个洞，就会冒出又清又甜的水呢。”

老三躲在泥神身后，把虎、狼、狐的话听得一清二楚。等天亮后，虎、狼、狐都走了，他急忙来到王员外门前，口口声声喊着要给小姐治病。王员外一看他的穷酸样，连连摇头说：“唉，多少名医都没办法，你能有啥本事？”就打发家里人端给他一碗饭，叫他吃了饭赶紧走。老三不接饭碗，非要给小姐看病不可。王员外叹口气，只好叫家人领着老三到小姐的绣楼上去。老三不动弹，叫王员外找根红线拴在小姐的胳膊上，再派十来八个人把门前的草垛子挨个点着，烧了个彻底。第二天，小姐的病竟然好利索了。王员外很高兴，为了感谢老三，就请老三逛花园。老三指着两棵快要枯死的杨树说：“这两棵杨树下埋着两缸银子，把银子挖出来，树就活了。”王员外半信半疑地叫人来挖土，果然刨出两缸白花花的银子。两缸银子刚一搬出来，那两棵杨树马上枝繁叶茂。过了几天，老三对王员外说：“我看你家的牲口天天都赶到老远的泉口去饮水，太麻烦了。其实，你顺着后院里那棵白蜡树往下挖，挖着一块大石板子，就在上头打个洞，保险有一股甜水冒上来。”王员外一听，赶紧找人来顺着白蜡树挖土凿石板，果然，打出的水又清又凉又甜。王员外看老三老实憨厚又能干，就把小姐嫁给了老三当媳妇。

老大和老二知道了眼红得很，两人相跟着也来到那破庙里碰运气。谁想他们刚刚一进破庙门，就被怒气冲冲的虎大哥、狼二哥和狐三哥撕着扯着吃掉了。

讲　　述：贾明颜

搜集整理：刘春玉

# 财主过河

有个老财主，家中有银钱万贯，吝啬得像铁公鸡，一毛不拔。有一天，他腰里装着钱去赶集，乘船过了河，趁船家向别人收摆渡钱的时候，就跳下船溜了，省下了五个铜子儿。可下集回来晚了，过河只有他一个人，坐的还是那只船。船家知道他是个啬鳖[①]，怕下了船不给钱又溜了，所以一上船就盯住向他要钱。不管船家怎么要，这老家伙磨来磨去就是不掏钱。

眼看船快到岸了，船家急了把船一停："拿钱来，不拿钱我不摆渡。"老财迷一看，船已离岸不远，耍赖说："我不坐你的船了。"说着一头跳进河里。没想到河水太深，一跳下去水就漫了头顶。船家心想：铁公鸡，让你喝两口水也好，便不去捞他。一会儿，老财迷从水里冒了出来，举起胳膊，伸出一个指头。船家一看，又可笑又可气。他自言自语道："只给一个铜板，不行。"没去理他，点上旱烟吸着。老财迷又沉了下去。过了一会儿，他冒出头来，伸出两个指头。船家一看，感慨道："咦，这老家伙还有点水性呢。"仍然没去理他。又过了一会儿，他冒出头来伸出三个指头，船家只顾吸烟还是不理他。之后，又过了好长时间，他才冒出头来，伸出四个指头。不过这次时间很短，头刚一冒，四个指头一伸，就又沉下去了。船家气得忍无可忍，骂道："这个老浑蛋，命都快没有了，连一个铜板还舍不得给，再让他淹一会儿。"可是老财主这次沉下去就再也没有冒出头来。船家一想，不行，别为了那一个铜板真的把他给淹死就不好了。他把旱烟管往船板上一丢，一个猛子扎下去把老财迷给捞了上来。船家将船摆到岸边，然后将老财迷迅速拖到河滩上，头朝下脚朝上控了一会儿水。老财迷渐渐缓了过来。船家一看，死不了就行，便摆船又过对岸去了。

老财迷醒过来以后，坐起来，揉揉眼，伸伸他那肥胖的懒腰，突然把手伸进内衣口袋里一摸，钱还在，一个不少。他笑眯眯地自言自语道："嗯，合算，一个铜板没花也过了河。"

注释：

①啬鳖：宁夏方言，吝啬鬼。

**搜集整理：鲍　杰**

# 锯树留邻

从前，一个庄上住着两家人，他们说话办事总先想想别人。人们把东家叫“四海”，把西家叫“五湖”。

四海家的一棵枣树已经结果，有一半树杈逐年伸进了五湖家的院里，而每年从结果到收获，两家女人总是发生口角。为了不影响两家的关系。四海编织了一个大席笆，挂在树枝下，让枣子掉在席笆上。但是，四海的这些做法并没有避免麻烦，他的老婆还是为五湖家里的小孩摘拾枣子而争吵。五湖为了不影响邻里关系，便和老婆商量搬家。四海知道后就说：“打桩立营，要看四邻。”不能为这棵树，就舍了邻家。于是，当晚，四海趁人们睡熟后锯倒枣树。次日天明，五湖收拾好了家当，搭在毛驴上准备启程，却被四海拦住。四海说：“你不要搬家，我把枣树锯了。”顿时，五湖感动得热泪盈眶。从此，四海、五湖两家和睦相处，亲如兄弟。

讲　　述：杨秀花

搜集整理：纳红珍

# 财迷心窍的人

从前有一个人，成天只想着吃好的，穿好的，做一位老爷。一天，他听说有一种树枝，只要拿着它，谁也看不见自己。他听了后，高兴地说："如果我要得到这样的树枝，那就什么都有了。"说到这里，他不禁得意起来。于是，他就四处寻找这样的树枝。他见一个庄户人就问："你知道哪里有人拿着树枝别人就看不见这个人的树枝吗？"庄户人笑了笑，指着田埂旁的一棵树的树枝说："这就是你所要找的树枝。"那人一听，高兴地拿了树枝就跑。农夫望着他的背影，哈哈地大笑起来。

从此，他就拿着这个树枝到处跑。抢别人的钱，别人喊他，他也不听，所以人们就把他当作疯子。这样一来，他更觉得这个树枝是无价之宝了。他想做官，于是他拿着树枝向县衙跑去，守门人以为是告状的，没拦他。他以为别人看不见，就直奔到大堂上去拿大印。两边的差人便把他押到县官那里。县官一听他要拿大印，命令差人打他八十大板。直打得他皮开肉绽，然后被推出衙门。那个庄户人把这件事告诉了人们以后，大家都指着骂他："谁叫你财迷心窍，该打。"

讲　　述：王　华

搜集整理：王　锋

# 为什么正月里舞龙耍狮子

在我国很多地方，正月里都要舞龙耍狮子，说起来还有个来历呢。

传说，远古时世上有种九头鸟。这种鸟十分厉害，不但吃猪羊，吃牛马，还伤害人，糟蹋庄稼。更可怕的是它一叫，嘴就流血，这血落到房子上，房子立刻就倒；落到地上，地上顿时草木枯黄；落到生灵身上，生灵的皮就会烂还会中毒而死。人们都非常害怕，可没有什么办法。

这件事被一位隐士知道了，他很同情世人的不幸，给人们传授办法。他说：“九头恶鸟最怕龙和狮子，你们可以想个办法做些假的龙和狮子吓唬它。”

后来，人们便在每年正月，扎出许多龙和狮子到处舞，八方耍，还敲锣打鼓，声势非常大。九头鸟看见人间这么多龙和狮子在跳，很害怕，就没命地逃跑了，再也没有出现。

后来，人们舞龙耍狮子的风俗就这样一直沿袭了下来。

讲　　述：李海勤

搜集整理：高飞霖

# 牧童除妖

很久很久以前，在一片森林旁边有座村庄。森林里有各种树木，地下还有许多宝藏。村民们的生活全靠森林。有一年，森林里突然来了一只熊精。它霸占了森林，谁要进森林砍树或挖宝，就会被它吃掉。

村里有个放牛的孩子，决心除掉熊精，造福村民。一天他拿了一把快刀要去森林杀熊精，他放的那头老牛用嘴拽住他，突然开口说话了："你不要去，你不是熊精的对手。"老牛又说："从现在起你开始走，一直走七七四十九天，到南山最高峰，那里有一棵高高的杨树，杨树上有一只乌鸦，乌鸦的头对着哪儿，你就到哪儿去。看到哪个地方有一位老人，你就拜他为师，跟他学艺，然后回来除妖。"

于是放牛娃开始走了。走啊走，走过一条大河，走啊走，走过一座大山……走到第四十九天，终于来到南山下，他赶快跑到高峰，果然有一棵高高的杨树，杨树上有一只乌鸦，他看乌鸦头向着山下，赶快向乌鸦鞠了一躬。飞快向山下跑去。山下有一所小房子，他赶快进去。屋里炕上坐着一个白眉白发白须的老者，放牛娃叫了一声"师父"。那老者说："娃儿你千里迢迢来投师，为师收下你。"

就这样放牛娃冬练三九，夏练三伏，一年过去了。他忽又想起了村里，就对师父说："师父，我技艺学成了吗？"

师父说："为师知你的心，过来。"

他一边说着一边走进屋，抽出一把宝剑，说道："这是我的心爱之物，现在传给你，望你为民造福赶快下山去吧！"

放牛娃告别师父，日夜兼程赶回村里。当他看见村民们面黄肌瘦，病病歪歪①，心里非常难过。

他拿着宝剑直奔森林。熊精奔出来和他搏斗，他把师父传的技艺施展出来，一剑扎在熊精前胸，熊精终于被除掉了！

注释：

①病病歪歪：方言，形容病体衰弱无力的样子。

**讲　　述：邓　柱**

**搜集整理：邓建新**

# 怪病巧医

有个大户人家的小姐，早上起床时伸了个懒腰，结果出人意料地两只胳膊再也放不下来了，只能举着。这下可把全家人给吓坏了，想方设法诊治，但是小姐的胳膊还是放不下来；请了许多名医，也没有办法。数日后，有位朋友对小姐的父母说："离这儿不远，有一位宋老先生，医术高明，何不请他来看看？"

急病乱求医，地主赶紧把宋老先生请了来。当宋老先生听完了小姐父母的叙述之后，笑了笑嘱咐道："明天早上我来，请你们全家和周围的亲戚朋友都出来迎接我。小姐只能披一件大褂。"说罢转身便走。

为了治病，地主只得依照宋老先生的嘱咐去办。次日，宋老先生果然来了，手中只拿根拐杖，未带任何医疗用具。人们出于好奇，便一起出门迎接。宋老先生不见病人出来，便问："怎么小姐没出来迎接？"

小姐的父母面带难色，回答："她……"

宋老先生失望地说："这么说，我就没有必要再进去了。"说罢，他扭身想走。

小姐的父母看到宋老先生要走，着了慌，喊道："要真能治好女儿的病，就让她受受委屈吧！"于是，他们慌忙留住宋老先生，又回屋好一番劝说，小姐才不得不走了出来。本来小姐就羞于见人，又加上这样的打扮，觉得自己就像是赤身裸体地站在众人面前，更加难为情。好不容易走到门口，她觉得大家的眼光忽地一下都朝她射来，她难为情地勉强支撑着站在那里。这时，宋老先生迎着小姐走过去，温和地笑着说："让我来看看，小姐是不是里边没穿内衣。"说着抬起手中的拐杖，要撩起小姐披的大褂……小姐的身子猛地抖了一下，两只胳膊竟放了下来，死命地护住了就要被撩起的大褂，众人一见此景，才恍然大悟。难怪要这么兴师动众。于是，众人无不称赞宋老先生的奇妙医术，小姐一家更是千恩万谢，盛情款待宋老先生。

讲　　述：李海勤

搜集整理：高飞霖

# 长工智斗“蝎子头”

从前，宁夏川里有个老财[1]姓韩，他尖嘴猴腮，两腮无肉，对穷人尖酸刻薄，心肠歹毒。他常对人说：“杀不了穷人，当不了富汉。”人们都叫他“蝎子头”。

蝎子头田多地广，家大业大，雇了不少长工。这些长工经年累月在他家，干的牛马活，吃的猪狗食，实在忍受不下去了，也就想着法儿和老财斗。

农历腊八一过，眼看就到阴历年啦，本该让长工们歇缓歇缓，哪知蝎子头还是死不饶人，仍然叫长工起五更睡半夜，不是碾米、磨面，就是往田里送粪。大年初一，蝎子头全家团聚，菜香酒美饺子热，给长工们吃的却是黑面馍。长工们的肚子气得鼓鼓的，忍气吞声地过了一天。

年初二，黑心的老财给长工们吃的还是冷冰冰的黑面馍。长工心想，蝎子头欺人太甚，得要想法气气他，就把黑面馍往牛角上一插，拉着牛到南墙根去晒太阳。不一会儿就围满了看热闹的人。大家你一言我一语，都骂老财是活剥皮。这时蝎子头气冲冲地拄着拐棍走过来，恶声恶气地喊道：“大过年的，你们拉着牛在这里干啥？”

长工轻蔑地看了看蝎子头说："我们在牛角上晒馍馍！"围观的人都哈哈大笑，蝎子头一声不吭地溜走了。

数九寒天格外冷。长工外出干活回来，肚子饿得咕咕直叫，忙到伙房里找饭吃。东翻西找，好不容易找到些凉搅团，由于肚子太饿，就很快吃完了，搅团下肚，冷得长工直打哆嗦，他们想这样下去会得病，就到草园子里拉了一捆麦柴，把炕烧得热热的，趴在炕上暖肚子。夜深人静，蝎子头抽完大烟出来解手，发现牲口圈里槽空料净，大喊大骂："现在已经是半夜了，怎么还没喂牲口，马无夜草怎能长膘？"长工趴在炕上漫不经心地回答："我们忙着热肚子里的搅团，等搅团热了，再喂牲口。"蝎子头自知理亏，再不好言传了。

蝎子头的老婆长着一肚子鬼心眼，对长工更为刻薄，她嘴尖舌快爱咋呼，人都叫她"呱呱鸡"。呱呱鸡爱养鸡，她养的一只红公鸡好像一台"活钟表"，每天不到五更就喔喔喔地叫个不停。鸡一叫，地主婆就尖起嗓门催长工下地干活。俗话说"鸡狗也有个打盹的时候"。长工们总是起五更睡半夜，时间长了咋也受不了。他们合计了一下，决定先在那只公鸡身上做文章，整整狠心的呱呱鸡。

一天晚上，长工喂完牲口，又悄悄地靠近鸡窝，在那只已经宿了眼的公鸡脖子上轻轻地套上了一根细绳，绳下面吊了块石头。到了叫鸣的时候，公鸡的脖子伸不长，自然叫不响。等鸡叫时间过去了，长工才把砖头取掉拿走。第二天，呱呱鸡一觉醒来，大天四亮。她气急败坏地追打着那只没有按时叫鸣的红公鸡。这时睡了一夜好觉的长工，望着地主婆的狼狈样暗暗发笑。长工们为此还编了几句顺口溜："稀奇真稀奇，五更鸡不啼，笑坏老伙计，气死呱呱鸡。"

蝎子头使长工，向来都是让人顶着星星下地，迎着月亮收工，一到农事大忙季节，更是不消停。这样一来，十天半月不要紧，日子长了就是铜铸铁打的人也受不了。狠心的蝎子头酒足饭饱之后，不是闭目盘算，就是和老婆嘀嘀咕咕。只要赶车的长工把车一停，牛脖子的铃铛一不响，蝎子头就会马上赶出去，七个三八个四闲话一大堆，逼着长工马上再套车干活。

饥寒交迫，困倦不堪的长工们实在吃不消了，就又想了个办法。他们知道蝎子头是只听铃响不问行车。于是将计就计，来他个“铃响车不走”。一个长工解下牛脖子上系的铃铛，来去摇晃作响，其他人却好好地休息，补补亏气。愚蠢的蝎子头躺在炕上，听着一阵阵的铃铛声，只当是长工还在赶车送粪，也就不管不问了。

注释：

①老财：方言，财主（多指地主）。

**搜集整理：本书编委会**

# 龙　女

从前，有个财主叫张富。他爹给他留下万贯家产，他仗着有钱，好耍威风，经常在乡里横行霸道，无事生非，闹得谁也不敢惹他。

他闲着无事，总爱打个野兔钓个鱼。这一天，他带了一帮狐朋狗党去耍，耍累了，也正好到了一条河边，财主说："我们一边缓着一边钓鱼吧，若是钓多了就可以烹煮食用！"众人说："好主意！"过了一顿饭的时辰，就钓了十几条鱼，财主命他的伙计王宝去烧鱼。王宝是个穷苦善良的好后生，因父母早亡，孤苦一人，投在张富门下混碗饭吃。王宝赶忙端着鱼到下游河边上去开洗，忽然发现有一条鱼金光闪亮，两眼朱红，王宝拿起细看的时候，这鱼忽然说话了："好心的后生，求你放了我吧，日后我一定报答你！"王宝见这条鱼边说边流出两行泪来，就心软了，他不忍心宰割，就悄悄地把鱼放回水里。鱼到水里，回头看了看他，摇了摇尾，便游走了。

一天，王宝正在门口劈柴，来了一位白胡子老人，对王宝说："我家主人让我来请你去做客，你跟我去吧！"王宝听了很纳闷，心里嘀咕："我长这么大了，从来也没有谁请过我这个穷汉，这是咋回事呀？"王宝对老汉说："老人家，您家主人是谁？您大概找错人了吧？”老汉说：“没错，你救过我家主人的命，他要报答你，你一定要去！”王宝听了心中毫不疑惑，只得跟着去了。

走在半道上，老汉悄悄对王宝说：“到了那里，主人给你啥你都别要，就要墙上挂的那个小葫芦！”王宝心想，一个小葫芦算个啥宝贝，嘴上答应着：“我听您的。”

来到河边上，有一座阔气的庄园，老汉说：“这就是主人的家。”进了大门，有一位鹤发童颜的老人欢迎他。老人让王宝进屋，王宝受到热情款待。酒席间，老人让人端出几盘珍珠、珊瑚、玛瑙，让王宝挑选。王宝看得眼花缭乱，正想动手拿，突然想起老汉在路上说的话，就对老人说：“老人家，这些我都不要，我看您挂在墙上的那个小葫芦好得很。”老人听了，迟疑了一会儿，语重心长地说：“既然你看中了它，我也就忍痛割爱了，这是我最心爱的东西，你回去一定要看管好。”王宝拿着小葫芦高高兴兴地回去了。

这天晚上，王宝拖着疲乏的身子回到屋里时，他惊呆了，桌子上摆着热气腾腾的饭菜，可屋里没有一个人。王宝饿了，香香地吃了一顿，倒头便睡了。一连几天，他都是吃现成饭，心里很不安，暗自思忖：“怪了！这是哪个好心人，我一定要弄个明白。”

一天，王宝出了家门，悄悄坐在墙根等着，过了有半个时辰，就轻手轻脚地进了院子，他爬到门缝往里一看，只见一个天仙一样的女子正在屋里忙着呢。王宝猛地推门进了屋，那女子一听见有人来了就赶忙去钻葫芦。可是晚了，因为只要被人看见，就再也钻不进去了。王宝问她是谁，她告诉王宝自己是龙王的小女儿，从这一天开始，他们二人便结成夫妻，和和美美地过起日子。

有一天，龙女对王宝说：“我们自己盖些房子，置办些家当，你也不要到张富家受苦去了！”王宝说：“我太穷了，没有那些钱啊！”

龙女说：“这你不用发愁，有我呢。”

王宝早早起来准备去上工，睁眼一看，自己怎么睡在一座阔气宽敞的房子里？走到院子门口一看，骡马成群，牛羊满圈。王宝问龙女：“这是咋回事？”龙女说：“这就是你的家呀！”从此，王宝不再替张富扛活了，一心拾掇自己的庄子。

张富知道了这件事，红了眼，心想一个女人这么能干，要把她弄到手，我可就更富了。于是，他找到王宝说：“你欠我的银钱要你的媳妇来顶还！”王宝当时就恼了：“这怎么行？”可是龙女在一旁满口答应说：“好，你可不要后悔！”

龙女到了张富家，对张富说“你先睡你的觉，啥时叫你，你再来。”龙女进了后屋，化作一阵清风不见了。张富睡醒一觉，睁眼一看，大吃一惊！自己睡在荒滩上，所有的庄子家产都没有了，他趴到地上大哭大喊，只是一点用处也没了。

张富没吃没喝，来到一家门上要饭，开门的正好是他的女人，一看他那个倒霉样，气得又哭又骂：“你这个猪狗不如的东西，一辈子没有好下场！”张富灰溜溜地到别处要饭去了。

**讲　　述：王月娥**

**搜集整理：马振环**

# 点灯与放火

传说，宋朝年间，有个叫“田登”的人做了州官，因为要避讳他的名字，不许老百姓说“点灯”。因为“田”与“点”是谐音，“登”与“灯”是同音，后来就连“灯”字也不准说了。

说话间，元宵节到了，按民俗要放灯三天。田登就出了张告示：“本州官依例放火三天。”老百姓看了告示，讥讽他是“放火州官”。后来，人们对胡作非为、不为百姓办事的官儿就说成是“只许州官放火，不许百姓点灯”。这句话因而被记载并流传下来了。

讲　　述：李海勤

搜集整理：郭玉琳

# 老奶奶哄儿女

从前，银川住着一个老奶奶，丈夫早死了，她一共生了三男二女五个娃娃。老奶奶辛辛苦苦把他们都抚养大，成了家，立了业。老奶奶老了，活儿干不动、路也走不动了，生活更是困难。几个儿女都不大管老奶奶的事。

有一天老奶奶把几个孩子叫到跟前，说："自从你们爹去世后，我汗一把、泪一把地把你们拉扯大，现在都能独立生活了。我呢，年老了，要人照应。我养你们小，你们应该养我老。"几个儿女听了，都没有吱声，一个个地都溜走了。老奶奶挺生气却没办法，只能整天沫眼泪。过了几天，有一个白胡子老汉从她门前经过，听到了哭声，就走进屋，问明情况，给她出了个点子，叫她把路边的碎石子捡些来装在一个布袋里，然后放出风说："老汉临完时，给老奶奶留下过一布袋碎金细银，哪个儿女愿意赡养老人，老人死后，这些金银就归他。"

儿女们听到之后，都愿意把老奶奶接到自己家去赡养，五个人争得不可开交。老奶奶最后想了个办法说："既然你们都有孝心，我就哪儿也不去了，你们把我吃的用的拿来就行了。"过了两年老奶奶死了，他二爹主持着把老奶奶埋了。五个儿女就回来争着分金银。二爹把柜子打开，拿出布袋往炕上一倒，面对一堆碎石头，五个人都傻了眼。他二爹板着脸说：“妈养儿小，儿养妈老，这是道理，你们不按道理办，你妈也只好哄你们了！”

讲　　述：李海勤

搜集整理：郭玉琳

# 巧选女当家

从前，有个勤劳的农民叫“黄祖俭”，六十岁上老伴去世了。之后，三个儿子都娶了媳妇，一家子九口人，就缺个女当家的。家务全压在老头身上，他觉得很累，便决定选个聪明能干、精打细算、会过日子的儿媳妇为女当家。

但都是儿媳，选谁好呢？黄老汉想出了一个办法。

一天，老汉把三个媳妇叫到跟前吩咐道：“今天我想吃十个菜，你们分头去炒，看谁做得省工省钱，又好吃。”大儿媳一听公公说，想讨公公高兴，就煎、烧、煮、炖，用了大半天时间，做了十碗菜；二媳妇为了省钱，从各种菜中取一些，烩了一大盘菜；只有三媳妇并不忙着做，想了一会儿，她起身炒了一盘韭菜（“韭”谐音“九”）加鸡蛋。

三个媳妇都把炒的菜端给老公公，老公公边吃边评论：“大媳妇做了十碗菜，用钱太多不应该；二媳妇一盘十样菜，省时省钱也不赖；三媳妇鸡蛋炒韭菜，聪明勤俭我开怀。”

就这样，黄老汉在三个儿子、儿媳面前宣布，今后由三儿媳妇当家。

**讲　　述：李海勤**
**搜集整理：高飞霖**

# 望子成龙

传说古时候，有一个人家里很穷，只有一头老牛，一辆破车，还有一个八十岁的老母亲。他们靠打柴为生，每天打草喂牛，到河边去饮水。有一天他正在打草，发现昨天刚割过的草茬子又长高了，他很奇怪，便拔出一些根来想看个究竟。突然眼前白晃晃的，眼睛也睁不开了。等慢慢睁眼看时，地上有一颗宝珠，他赶忙揣到怀里回家了。家里没处放，他就把宝珠埋到了米缸里。第二天起来煮饭时，他揭开缸盖发现：米缸满了。于是，他又把珠子埋到面缸里，第二天，面缸又满了。他高兴极了，再也不愁没饭吃了。他还经常拿些粮食接济穷人们。

后来这事让一个地主给知道了，就派人去抢宝珠。他急了，赶忙把宝珠含在嘴里。打手们来撕他的嘴，他把珠子吞进了肚子里，打手们要捉住扒他的肚子，他猛地挣开，从后门跑了出去。

打手们在后面追，母亲也在后面慢慢地撵。他边跑边骂，只觉得口渴得要命，便向河边跑去。他一口气就把河水给吸干了。心里觉得很舒服，等打手们追上来时，他却变成了一条龙，腾空而起。

母亲见儿子变成了龙，飞走了，一边哭一边喊。儿子向天上飞去，听着母亲的叫声，一路上回了三次头，就再也看不见了。

讲　　述：李　山

搜集整理：李建军

# 兄弟俩

从前有两兄弟。老大爱财，老二爱劳动。

有一天夜里，老二在田里看庄稼。深夜，忽然跑来一只马驹，老二跑过去把那只小马驹捉住。小马驹竟然对老二说："明天夜里你带两条口袋跟我去驮金子。"说完小马驹就不见了。

第二天夜里，老二只拿了一条口袋。小马驹果然在等他。老二就骑着小马驹来到一个遍地是金子的地方。他站在那儿不动，小马驹说："赶快捡，不然天亮了就晚了。"老二就只捡了半口袋就不捡了，小马驹又把老二驮了回来。

老大看见老二背了半口袋金子，眼红得不得了，忙走来问："兄弟，你从哪弄来的金子？"老二是个老实人，就一五一十地告诉了老大。老大一听，急得不得了，只骂老二是个大笨蛋，不多背些。他好不容易等到天黑。果然，小马驹出现了。他忙抓住小马驹，小马驹也同样让老大拿两条口袋。老大贪财得很，拿了四条口袋，小马驹驮老大到了那里。老大一看遍地金子闪闪发光，黄灿灿的耀得他眼睛也睁不开。他一下子扑上去，拼命地往口袋里装金子。两只袋子都装满了，还是不停地装。小马驹叫了一声，老大说："再等等嘛！"

小马驹又叫了一声，老大还说：“再等等。”就这样，太阳都快上来了，小马驹先走了。

过了一会儿，太阳出来了，遍地的金子都着了火，把老大烧死了。

**搜集整理：本书编委会**

## 金蝉脱壳

民国二十四年，宁夏城北有个马家庄，庄上住着一个马老汉。马老汉为人忠厚，老实、好客。他膝下无儿，老两口就一个独生女儿，乳名叫“翠枝”。翠枝长得俊眉俊眼，身材苗条，就连城里的名门闺秀也比不上她，老两口爱如掌上明珠。翠枝长到十九岁了，还没看中个好后生定下亲。

有一天，宁夏城保安团陈团长打这儿路过，恰巧碰见了马翠枝。这陈团长见了马翠枝，一下子变得两眼发直，盯着马翠枝一动不动地看，看了好一会儿才离开马家庄。回城后，他就派副官和媒婆子给马老汉家送去两匹布和十块大洋，强迫翠枝给他当三姨太，并说后天一大早就来抬人。翠枝一家又急又气，哭成一团。马老汉要去跟陈团长讲理、拼命。翠枝妈抱着马老汉说：“你这样去，不是白白送死吗？”翠枝哭得死去活来，说什么也不去跳那个火坑。马老汉老泪纵流，心如刀绞，时近黄昏，仍未能想出个办法来。这时忽听院里吧嗒一声，不知谁从墙外扔进来一块石头，上边还绑着一张纸条。马老汉赶紧拾起纸条进屋点灯就看。看完后，他又喜又忧，半信半疑，想想也无计可施，只好按纸条上说的冒险一试了。

次日，马家杀鸡宰羊办酒席，真像办喜事的样子。可马家庄的乡亲们有点纳闷，纷纷议论：马老汉一向是个很正直的人，怎么突然变得贪恋富贵，做出卖女求荣的事来呢？

第三天，天刚麻麻亮，陈团长那边娶亲的人马，抬着轿、打着灯笼火把、鼓乐喧天地出发了，一大队保安团的兵跟在花轿后边，天刚亮就到了马家庄。按过去宁夏的风俗，新娘必须在太阳露头前上轿。可是陈团长这一帮人等不及，媒婆子进屋立即把已穿戴好的新娘搀扶着上了轿。翠枝妈抹着眼泪把一包袱“陪嫁”衣服塞进花轿里，跟女儿低言耳语地嘱咐了一番。这一切，媒婆和副官看得真真切切，清清楚楚，他们为这么顺利地办成事暗自高兴。这时，唢呐一响，花轿抬起上路了。媒婆随轿步行，累得她上气不接下气，副官骑在马上压阵。路过北塔时，新娘在轿里拍着轿帘子叫媒婆。她对媒婆细声细语地说：“停停轿，我要解个手。”媒婆转身对副官说了，副官立刻让轿夫抬轿到北塔门前。见新娘进了厕所，副官命令兵丁把庙院团团围住，以防不测。大约有一袋烟的工夫还不见新娘从厕所出来，媒婆就进厕所去找，竟然一个人影儿也没有。她立刻大喊：“快来人呀，新娘子跑了。”副官一听急了，就带着人里里外外搜了几遍也没找见。副官没法，就押着媒婆子返回马家要人。马老汉夫妻听说女儿没有了，顿足捶胸，号啕大哭，拽住副官和媒婆子要女儿。马家庄的乡亲们听说翠枝没有了，也围过来喊着：“你们一大早把人给抬走了，怎么反来向人家要人，准是你们在半路上把翠枝给害死了。”副官见势不妙，抽空子溜了，跑回城里去报告。陈团长听了大发雷霆，可又无计可施，还怕引起众怒，只好不了了之。

翠枝哪儿去了呢？其实她在头天晚上就装扮成个男娃娃跟着舅舅逃走了。

搜集整理：本书编委会

# 仨兄弟

从前，银川有三个从小结拜的兄弟，经常走街串巷去要饭。后来，老三发了迹，在某县当了总兵官。老大知道后，就急忙投奔了去。走到衙门口，他就大大咧咧地向守门人吆喝：“快给传报，说老爷的大哥来了。”

总兵官皱着眉头在大堂上召见。这位大哥进门就哭：“三弟呀，你当官好快呀……”没等他说完，早就气歪了鼻子的总兵官大声喝道：“哪里来的叫花子，快给我打出去！”衙役们一顿棍棒，把老大打得屁滚尿流。

第二天，老二也赶到衙门口。他轻声细语地对守门人说：“请老兄通报进去，就说老爷的老部下来了，求见。”守门的一通报，总兵官先有几分喜色，连声说：“快请！快请！”老二一路拱手走了进去，刚刚坐定，老二就绘声绘色地说：“大人还记得吗？那年你兵驻漳州府，打破沙罗城，活捉芋将军，我们兄弟一枪（抢）一个，杀得多威风……”

总兵官听了哈哈大笑：“是呀，是呀，难得你还记得那些事，封你一个总管随营效力吧！”

**讲　　述：赵　雷**

**搜集整理：李海英**

# 张长李短

从前，银川城南有个青年叫“张长”，穷苦人出身，给人家做零工攒下几个钱，买了头驴跑生意，赚了钱，把驴又换了头骡子。一天，在路上遇到个讨饭的：“走路的大哥，给我块干粮吃吧！”张长见他很年轻，就问他：“看你是个聪明人，咋要着吃呢？”年轻人说他叫“李短”，父母都下世了，自己无依无靠。张长说：“我也是孤身一人，你给我当个兄弟吧！”李短求之不得，两人结拜为兄弟。从此，哥儿俩一起做生意，赚了钱，又买了头骡子。钱多了李短起了歹意。一天，李短又渴又累。张长把他驮在骡子背上，好容易找到了一口井，没有井绳和桶，张长把骡架子上的绳解下来，让李短把绳拽住，自己下井，把碗放在骡子笼嘴里给他往上转水。李短喝过三碗水后，突然搬起一块大石头往井下砸去，井下完全没有动静了，才赶上骡子起身。

凑巧，李短往井下掀第一块大石的时候，张长正好躲在井壁的拉坯洞里歇气，因而没砸着。李短再往下掀石头，张长心里就明白了。他躲在洞里没有出来也没吭气，直等到李短吆上牲口走远了，他才长出了一口气。可是井很深，他怎么也爬不上来。

到了三更天，张长听到井上有说话声。那是几个过路神仙在井口扯磨呢。一个说“张家庄的人每天从十里路口到这儿来担水吃呢。”另一个说：“张家庄有个‘李豆腐’，老两口家境很困难，没儿没女，靠磨豆腐为生。他家门前有棵树，树下有个海眼，海眼口盖有三尺厚的石盖，冲开石盖水就上来了。这个海眼千牛百羊喝不干，还能浇二百多亩地呢。”又一个说：“李豆腐家的院子里埋着三缸金子、三缸银子。”还有一个说：“离张家庄十里有个李家庄，李员外有个如花似玉的女子害了病，请了多少先生都看不好，其实是让癞蛤蟆精缠住了。若要好，井里有棵灵芝草，还有三个河泥疙瘩。第一天，吃一个河泥疙瘩，人就能翻身，再吃一个能坐起来，到第三天，栽上十二把扫帚，准备四缸水。李家后院有一堆三年的陈谷草，里面藏着个癞蛤蟆精，要把谷草烧着，然后把扫帚在水缸里泡湿守护着，不能让一根谷草飞走，要是飞走一根，妖精的精气就会跟上跑了。谷草烧着以后，马上回到楼上给姑娘挖病根，先拔掉姑娘脑后的三根红头发，然后把最后一个河泥疙瘩连同灵芝草一起吃掉，姑娘的病就全好了。几个神仙说完就走了。”

第二天天亮，李豆腐的老婆来打水，张长抓住井绳就攀上来了。李奶奶见状吓坏了。张长说：“您老人家不要害怕，我是上了贼娃子的当了。”说罢，张长就把水背上，送李奶奶回家。路上，李奶奶告诉他，家里没儿没女就是老两口。张长说：“我给你当儿子行不行？”李奶奶说：“我得跟老汉商量商量。”到了家，张长跟老汉说：“我孤身一人，无家无业，您老要不嫌弃我，我就给您当儿子啦。”李豆腐一听十分高兴，就把张长收下了。从此，一家三口就过起日子来了。张长人勤快，除过磨豆腐，家里的活路差不多他全干了。一天，张长在后院平院子，果然挖出了三缸金子、三缸银子。张长怕露富又悄悄地盖了起来。过了两天，他对老汉说：“咱买个牲口吧！”老汉说：“咱没钱呀。”张长说：“咱先赊下吧！”他就悄悄拿上钱到集上买了一头骡子回来。这以后，张长每次到集上卖豆腐，就把豆腐全分给穷人吃了。回来后交给李老汉一吊钱，说是卖豆腐的。老汉挺高兴，要是老汉自己卖，只能卖七八百块钱。过了些天，张长见天天背水困难，就说：“门前大柳树下有海眼呢，咱把它挖开吧！”大柳树是张员外家的，张员外说：“树挖掉要是没有水，你得给我长上呀！”张长说：“要是有水呢？”张员外说：“有水就两家分。”结果挖出了水。张长又买了些牛羊，光阴越来越兴旺了。日子过好了，老两口张罗着要给张长讨个媳妇，他说啥也不要，提出来要去李家庄给人看病。李家庄有个李员外，李员外的女儿得了病，请了多少名医都治不好，急得李员外许下愿，谁要是能治好他女儿的病，就把女儿嫁给他。这天，张长来到李员外家，说是有办法能给小姐看好病。李家的人一看他是个毛头小伙子，又空身一人，心里嘀咕：“到我们家来的郎中把门槛都踩断了，带来的草药都顶到房梁了，谁也没有看好病，你来顶个啥！”下去进去一禀报，李员外说：“别是来骗钱要饭的吧，给他些吃的打发他走。”张长说：“我吃饱肚子来的，是专门来给小姐看病的。”李员外半信半疑地让他给小姐吃了一颗从井里挖来的河泥疙瘩，小姐吃了后睡到半夜就能翻身了。第二天，又给小姐吃了第二颗，到后晌，小姐就能坐起来了，一家人看了都很高兴。到了第三天，张长对李员外说：“要想完全治好小姐的病，就得把你家后院的陈谷草点着，你舍得吗？”李员外说：“只要能把我女儿的病治好，要啥我都给啥。”于是张长先叫人准备了十二把扫帚，四口水缸，然后嘱咐把后院的谷草点着，把扫帚浸泡在水缸里看好火堆。等到谷草烧起后，张长急忙跑上楼去，一看小姐脑后果然有三根红头发就立刻拔掉了。他又给小姐吃了灵芝草和第三颗河泥疙瘩，不一会儿，小姐就下床了。李员外见张长把小姐的病治好了，他却闭口不提许亲的事，只吩咐手下人送给张长十两银子了事。张长一见李员外反复无常，气得把十两银子撒在地上就走了。小姐听说气走了张长，就对父亲说："既然我们有言在先，我非嫁给他不可。"李员外怎么劝说小姐也不听，她让母亲到李豆腐家去找张长说亲。张长的气还没消，说什么也不要。小姐知道后，就让母亲给她开了脸，上了头，把她送到李豆腐家，张长要是不收，她就跳海一死。这天，正赶上李豆腐在门口晒太阳呢，问明情由，急忙把小姐请到屋里，一看是个十分俊美的姑娘，老两口做主给张长成了亲。

张长成亲后，夫妻和和美美，日子越过越好。一晃，好几年过去了。这天，李短要饭要到张长的门前，哥俩又见面了，提起往事，张长就把怎么在井里听到神仙说话的前前后后都告诉了他。李短听后，心急火燎地恨不得一步跳到那口井里，张长留也留不住，就让媳妇蒸些馍馍给他路上吃。媳妇见是丈夫的结拜兄弟，就蒸了十二个馍馍，每个馍馍里包了一锭银子。这十二锭银子少说也能开三个大字号呢。

李短急匆匆地带上馍馍上了路，中途遇上个过路的人，说是去看张长的，正愁手里没个拿头。李短正嫌馍馍带上累赘，就把十二个馍馍卖给了他，一个卖了两个麻钱，一共卖了二十四个麻钱。这人到了张长家，媳妇一看是自己蒸的馍，十二锭银子又回来了。

李短呢，他急急忙忙来到井台上，眼睛一闭就跳下去了，到了半夜，果然几个神仙又来了，一个说："咱们再不能说什么了，上次说的话都漏出去了，井下有人听着呢。"一个说："干脆咱们把井填了吧。”李短在下边急得直喊：“下边有人呢！”上面说：“就知道你在井里。”结果把李短埋在井里了。

讲　　述：杨金贵

搜集整理：海　洪

# 后 记

2020 年 12 月，接到宁夏回族自治区民族艺术研究所关于《黄河文化丛书·黄河民间故事·宁夏银川篇》的约稿函，根据自治区文化和旅游厅要求，将组织出版一套《黄河文化丛书·黄河民间故事》，每地市单独为一册，要求故事内容和黄河宁夏段密切相关，坚持保护、传承、弘扬中华优秀传统文化，保护、传承、弘扬黄河文化，坚持社会主义先进文化，践行社会主义核心价值观，内容清晰，故事情节完整，生动感人、广为流传。银川市艺术研究室接到此函，安排李国强同志负责此项工作。

2021 年 1 月 21 日，宁夏民族艺术研究所召开了《黄河文化丛书·黄河民间故事》编辑工作会议，听取了各地县市区编辑人员的意见，研究决定了丛书主题、选材范围、框架结构、完成时间等方面问题。2021 年新春佳节一过，银川市艺术研究室立刻投入丛书的编写，成立了由李国强、赵苏平两位同志组成的银川黄河民间故事编写组，具体负责编纂工作。

民间故事是中国民间艺术的重要组成部分。编辑这样一部关于黄河的民间故事集需要占有大量的民间故事资料。为此，编写组深入到银川市所辖三区两县一市（兴庆区、金凤区、西夏区、贺兰县、永宁县、灵武市），收集到大量民间故事资料，为《黄河文化丛书·黄河民间故事·宁夏银川篇》奠定基础。

在编辑过程中，我们具体引用了《中国民间故事集成·宁夏分卷·银川民间故事集》（银川市民间文学集成办公室1988年8月编印）、《中国民间故事集成·宁夏分卷·贺兰民间故事集》（贺兰民间文学集成办公室1986年11月编印）、《中国民间故事集成宁夏分卷·永宁民间故事集》（永宁民间文学集成办公室编印）、《中国民间故事集成·宁夏分卷》（中国民间文学集成全国编辑委员会中国ISBN中心出版1999）、《骏马奔腾的地方》（2015年12月阳光出版社出版，作者：保元璋）等书籍中有关黄河内容相关资料，于2021年4月初确定初稿目录，7月初交付初稿。其间由于编纂体例的变化，我们又按照新体例进行了多次修改，撰写了序和后记，于8月中旬完成书稿。

《黄河文化丛书·黄河民间故事·宁夏银川篇》从开始收集资料到打印编纂成书用时仅仅半年，对于银川编写组来说可谓是人员少、时间紧、任务重。编写组两位编辑人员冒着严寒酷暑，深入县（市、区）收集资料，认真甄别分类，付出了辛勤的劳动。由于时间紧，此书在编纂过程中难免有收录内容地区分布不平衡、各类别间内容不均等、整体布局不均衡等问题，还请大家批评指正。

最后，在此要特别感谢贺兰县保元璋老师对编辑工作的大力支持。

《黄河文化丛书·黄河民间故事·宁夏银川篇》编撰组

2021年9月